中公文庫

江戸落語事始　たらふくつるてん

奥山景布子

中央公論新社

目次

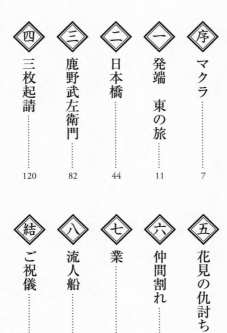

江戸落語事始　たらふくつるてん

序　マクラ

……さてさて、ご用とお急ぎのない方はごゆるりと、
　ご用のある方もちょいとだけ、お寄りなされお寄りなされ……

延宝《えんぽう》八年（一六八〇）、春。

京都、北野天満宮《きたのてんまんぐう》の境内には、参詣客から一文でも多くの投げ銭を得ようと、芸人たちが大勢集まっていた。

型どおりの参拝を済ませた武平《ぶへい》の足は、迷うことなく、その中のある一隅《いちぐう》へと吸い寄せられていく。

——はよ帰らんと、またお松《まつ》のやつ、機嫌悪《わる》するやろけど。

ちょっとだけ、ちょっとだけと自分に言い聞かせつつ、人垣を縫《ぬ》っていった武平は、やがてお目当ての芸人、辻咄《つじばなし》の露《つゆ》の五郎兵衛《ごろべえ》の姿がちゃんと見える位置を探り当てた。

「……人の世、人の世とみなさん思うていなさるが、それは思い上がりと言うものでな。人しかせぬであろうということを、人でないものがするということは、世にはた

ーくさん、ござりまするぞ」

五郎兵衛は、軽やかに扇《おうぎ》をぱん、と鳴らすと、にやりと笑って客を見渡した。つるりとした額《ひたい》の産毛が、春の陽にほわほわと立ち上って、どことなく赤子を思わせる。一人の客がその問いをついと引き取って「そはいかに、そはいかに」と合いの手を入れた。

「たとえば、琴三味線《ことしゃみせん》などというものは、海底《うなぞこ》の魚《うお》でもいたしまする」

「ほうほう。それはそれは、珍らかな」

よほどの常連なのか、それとも実は五郎兵衛の仲間なのか、客は調子よくやりとりを続ける。

――ええな。ああいうの、わしもやってみたい。

五郎兵衛の扇が動くたび、武平の手と首が知らず知らず動く。辛気《しんき》くさい塗り物の仕事などやめて、こんなふうにしゃべって暮らしがたったら、どんなに良いだろう。

親方や兄弟子たちとさえ、うまく言葉の交わせぬ武平には、思いもつかぬことだ。

改めて、五郎兵衛と客の顔とを、交互に見る。

「さてさて、そこな、お客人。海底で音曲をいたしまするは、どの魚か、ご存じか」

にまっとした顔がこちらを向いた。誰に問うているのかと武平が思わず振り向くと、

「お客人お客人。後ろではござらぬ、おまえさまじゃ、おまえさま」と楽しげに言わ

れてしまった。どうやら五郎兵衛は自分に問いかけているらしい。

「えっ、えー、あのう」

耳朶《じだ》まで紅くなっているのが分かる。小娘ならいじらしいが、自分のような白髪《しらが》交じりの三十路の小男では、邪魔くさいだけだろう。

「お客人、ようく、三味線の音というものを、思い出しなされ。答えはこうじゃ。〝たんたらふくつるてん、たん鱈河豚《たらふく》つるてん〟」

武平の頭の中で、餌《えさ》を食い過ぎ、ぽってり太って膨《ふく》らんだ鱈と河豚が、ひれで三味線を抱えて「つーるてん！　つーるてん！」と音を出した。

まわり中からぷっと吹き出すような笑いが起きた。五郎兵衛の小さな目がまん丸くまん中に寄っている。口は剽軽《ひょうきん》に尖《とが》って、まるでタコだ。空を泳ぐ手つきは器用に口三味線と合って、今にも音が聞こえてきそうだった。

ちゃりん、ちゃりん。幾人かが、五郎兵衛の脇にある木の箱に銭を入れた。

「ありがとうござーい。さてさてお次は……」

次から次へと繰り出される辻咄に、武平はなかなか立ち去るきっかけをつかめぬまま、五郎兵衛が座を仕舞《しま》うまで、結局ずっと聞き入ってしまった。

「お客人、最後までよう聞いてくださりましたの。どうぞまた、おいでやす」

武平の様子が目にとまったのか、五郎兵衛は帰りがけ、そう声をかけてきた。あわてて箱に銭を多めに入れる。にまっとした笑《えみ》は、何もしゃべらずとも人を飽きさせぬ愛嬌だ。

――うらやましいな。

人と話すのが苦手な武平は、女房のお松からいつも「だいたい、おまえさんのその陰気な顔があかんわ。なんとか、ならへんのかいな」と言われる。

世帯を持ってまだ間もない頃、お松は「おまえさん、ただでさえ、年の割に白髪が妙に多くって老けて見えるんやから、せめて背ェ丸めてうつむいて歩くのんだけはやめてや」とも言った。それ以来、できるだけ猫背にならぬよう気をつけているが、陰気な顔というのは、どうやったら直るものなのか。

歩き出すと、鐘が聞こえた。もう七つだ。

――あかん。また遅なってしもた。

お松のぶすっとした顔が思い浮かぶ。武平は足を速めた。

――ぶつぶつ言われに、急いで帰る、いうのも、わびしいもんやなぁ。

頭の上を、烏《からす》が「あー」と通っていった。

一 発端　東の旅

1　大矢数

「今日はこれから生玉《いくたま》はんで大矢数《おおやかず》や。見に行こやないかい」

「おお、そりゃあええな。今度は幾つできんのやろ」

延宝八年（一六八〇）五月七日。

大坂、松屋町《まつやまち》筋を通りかかった荒木清兵衛《あらきせいべえ》、竜吉《りゅうきち》の兄弟は、生玉神社へと続く参道の入り口辺りで、人々が口々に言うのを聞き、思わず色めき立った。

「兄上。お聞きになりましたか」

「うむ。大矢数と申したな」

大矢数――大弓を使って、寺社の長い回廊を射通す競射は、荒木兄弟が仰ぎ見憧れる、武士の誉《ほま》れの一つである。京都の三十三間堂《さんじゅうさんげんどう》や、東大寺《とうだいじ》の大仏殿《だいぶつでん》などで行われるのが有名だ。

「生玉社でもやるとは、聞き捨てならぬ。行ってみよう」

参道へ足を踏み入れると、南坊に向かって、わいわい、人の列が出来ている。

「幾つできるか、賭けよか」

「ええな。去年、三千風《みちかぜ》はんが三千しはったからな、それはまあ、越すやろな」

「けど、西鶴《さいかく》はんはその前、確か千六百やったろ。三千越すなんて、そんなにできるかいな」

「いや。今の西鶴はんなら、分からんで。何せ一番のやり手や」

聞こえてくる噂に、兄弟は顔を見合わせた。

三千や千六百なら、昨今の大矢数の記録としては、まるで話にならない。

三十三間堂の通し矢は、暮れ六つに始まり、翌日の暮れ六つまで、一昼夜休みなく矢を射続ける、およそ常人ではやれぬ競技だ。堂の南の端から北の端まで、三十三間堂というから三十三間かと思えば、それは素人《しろうと》の間違いで、長さで言えば六十四間一尺八寸（約一二〇メートル）もあるという。

太閤秀吉《たいこうひでよし》公の頃からたいそう流行していたらしいが、徳川公方《とくがわくぼう》さまの太平の世になってからは、諸藩が名誉を懸《か》けて藩中一の剛《ごう》の者を送り込み、近頃では尾張《おわり》と紀州《きしゅう》の一騎打ちのようになっている。

今現在のもっとも上位者は、確か尾張藩の星野勘左衛門《ほしのかんざえもん》という侍で、一昼夜で一万余の矢を放ち、そのうち八千を成功させたという。これは半時《はんとき》で四百以上矢を放ち、そのうち三百以上、的に当てるというとんでもない腕前を、一昼夜、途切れず休みなく、保ち続けたことになる。星野というのは、技も気力も体力もそれこそ仁王のごとく鍛《きた》えた者なのだろうと、清兵衛も竜吉も、会ったこともないその侍をいたく尊敬しているのだった。

それを、たかだか三千を越す越さぬで、この人だかりとは。それとも、この生玉では、よほど難しい条件でもあるのだろうか。

「あの、ちと尋ねるが。西鶴殿というのは、どちらのもののふか」

清兵衛が近くにいたお店者《たなもの》ふうの中年男に尋ねると、男は怪訝《けげん》そうに兄弟を見た。

「もののふて、なんでっか？　お豆腐の親戚かいな」

「もののふは、もののふじゃ……、分からんか。武士、侍じゃ」

「お侍？　は、何を言うてなさるかいな。おまはんら、西鶴はんを知らんとは、どこの山里から来なさったやら。井原《いはら》西鶴はん。有名な、俳諧師じゃわいな」

男はふうと息を吐きながら、団子鼻をうごめかした。田舎者扱いされて、清兵衛はいくぶんむっとしたが、町人相手に事をかまえるわけにもいかぬ。

「そや。五・七・五、七・七、五・七・五……って句をつなげていく、風流なもんでっせ。けどな、今日のはたいへんや。矢数俳諧、一日かけて、何句作れるか、挑みはるんや。三千も詠もうと思うたら、飯食う暇もないわ、命がけやで」

ああ俳諧、と分かったとたん、兄弟はばかばかしくなった。

「竜吉。帰るぞ」

兄弟は人の流れに逆らって歩き出した。

「なんだ。くだらぬ。何が命がけだ、たかが言葉遊びではないか」

「世も末だ。さようなものにかくも人が集まるとは。もののふの気概はどこへ行った」

ようやく人混みから逃れた清兵衛は、改めて弟に向き直った。

「竜吉。そなたはもうすぐ、武士になる身だ。いっそう剣の腕を磨いて、是が非でも、功名を上げよ」

「兄上、言われるまでもない。我らは、父上が常々申されるとおり、今でこそ、田畑を耕し物も商う郷士《ごうし》だが、もとは大坂夏の陣にて切腹なさりし赤松伊豆守祐高《あかまついずのかみすけたか》殿の最期まで御側《おんそば》に仕《つか》え奉《たてまつ》りし……」

家系の由緒を並べ立てる弟のよどみない口上に、清兵衛は満足げに何度も頷《うなず》いた。

父の奔走《ほんそう》の甲斐あって、竜吉はもうすぐ、姫路《ひめじ》藩のさる下士の家に婿入《むこい》りが決まっている。歴《れっき》とした武士の家に弟が養子に行くことは、兄である清兵衛にとっても喜ばしいことだ。今日も、播磨《はりま》の家からわざわざ大坂まで出向いてきたのは、竜吉の婿入りの支度を調《ととの》えるためであった。

「うむ。では、行くぞ」

「はい、兄上」

竜吉のうきうきとした様子がいくらかうらやましくもある。妻となる小絵《さえ》とは、見合いの席で一度会っただけのはずだが、どうやらたいそう気に入っているらしい。

家のあとを継ぐのは長兄の文右衛門《ぶんえもん》、次男の自分と三男である弟の竜吉とは、いずれ養子先を探すべき身である。こたびの話、本来なら清兵衛が受けてもおかしくない話であったのだが、先方の一族の中に、俗信や卜占《ぼくせん》をひどく気にする者がおり、「歳回りが良いから」という理由で、竜吉の方が望まれたという経緯があった。

竜吉ははじめ、兄より先に自分が身を固めることにかなり遠慮をしていたのだが、「そなたが良い話を受ければ、その縁がまた某《それがし》に繋《つな》がることもあろう。某のためにも受ければ良い」と清兵衛が強く説得したのだった。

――弟の仕合わせは、某の仕合わせでもある。

歳の離れた長兄に比べると、竜吉とはともに過ごした時も長く、互いへの信頼も篤《あつ》い。

兄弟は連れ立って、旅籠《はたご》のある長町《ながまち》あたりへと戻っていった。

2　たらふくつるてん

……たんたらふくつるてん、たんたらふくつるてん……

「おまえさん、おまえさんったら」

「たらふくつるてん……」

「おまえさん！　ほんまにもう……何時《なんどき》やと思うてるんや、まったく」

ぴしゃり。額にお松の平手が飛んできて、武平はようやく、夢から覚めた。

「飲めもせんくせに大酒食ろうて、べろんべろんになって。ほれ、早う起きて、飯食うて、さっさと仕事へ行きなはれ！　ちっとも片付かんやないの」

布団の上で半身を起こすと、頭の芯に予期せぬ痛みを感じて、思わずこめかみに手を当てる。痛みは、お松の平手打ちのせいばかりでもなかった。

昨夜、親方のところで塗師《ぬし》仲間の寄り合いがあった。武平は酒もあまり強くない上、仲間うちで披露するような芸も何も持ち合わせていないので、そうした場ではできるだけ目立たぬよう、いつもより一層小さくなっているのが常だった。

「武平。おまえもなんかせい」

――きた。

「いや、わしは……」

兄貴分たちは、職人でありながら、唄やら踊りやらの芸達者も多い。中には、近頃《とみ》に流行《はやり》始めた三味線を器用に弾きこなす者などもいて、わいわいと賑《にぎ》やかにやっている。それでいて、たいていは職人としての腕も武平より良いのだから、こちらは立つ瀬がなかった。

「おまえ、芝居も浄瑠璃《じょうるり》もこそこそよう見に行ってるみたいやし、辻咄《つじばなし》やらいう見世物《みせもん》もたいそう好きやいうやないか。そやのに、何一つ自分ででけんて、そんなことあるかいな。ほれ、なんぞ一つやってみい」

機嫌良く踊っていた一人が、武平の前に盃《さかずき》と徳利《とっくり》を持ってきて、どんと座った。

「いや、わしは」

「ほれ、下手でもかまへん、なんぞ芝居の台詞《せりふ》でも言うてみい、相手したるさかいに」

「いや、すんまへん。堪忍してください。ほんとにわしは」

「おまえほんっとにつまらんヤツや。仕事もへた、芸もなしか、あほ」

他の兄弟子が「まあまあ、武平はこういうヤツや、あんまりいじめるな」となだめてくれるものの、座が白けていくのは明らかだった。いつものこととは言いながら、我ながら、情けない。

――ええい。イチかバチか。

武平はむくりと立ち上がると、手ぬぐいを頭からだらりとかけて、端を手でちょいと持った。

「や、や……ヤァヤァお内儀《ないぎ》、そ、それは本当か。いかにこの世に、玉子の四角と女郎の真実《まこと》は、いかにてもなしといえども、夕霧《ゆうぎり》の心底《しんてい》だけは信じていたに……」

お松の目を盗んでは、何度ものぞきに行った坂田藤十郎《さかたとうじゅうろう》の伊左衛門《いざえもん》。頭に残っていた台詞は案外、するすると口から出てきたが、はじめて人前で何かする恥ずかしさは、総身《そうみ》の血の流れを逆さにして、頭をぼうっとさせていく。

座がしんとした。兄弟子たちが顔を見合わせている。

――あかん！　やっぱりわし、何やってもだめや。

坂田藤十郎は当代随一の美男役者で、役の伊左衛門は花魁《おいらん》夕霧と心中する哀しき優男《やさおとこ》である。その声色《こわいろ》の真似など、鼻の穴が胡座《あぐら》を掻《か》いて上を向いている自分が、やっぱり、やるものではない。

頭を抱えたとたん、兄弟子たちがいっせいにげらげら笑った。

「おい。武平おまえ、なんや」

「なかなか、藤十郎の声色、うまいやないかい。そやのに、顔は打って変わって不細工なのが、なんとも可笑《おか》しいてならんわ。もういっぺんやってみ」

真っ赤な顔の兄弟子が、武平に盃を突きつけてきた。武平はその盃を一気に空けると、もう一度、今度はもうちょっとゆっくり、さっきよりもわざとらしい嬌態《しな》を思い切り作って、やってみた。

兄弟子たちはさらに大声で笑い、ばたばたと手を叩いた。

「なんや。いつもむすっと黙っとるくせに、存外やな。ほかにもなんか、でけんのか」

「おもろいやないか。まあまあ、まずは飲めや、飲め」

なみなみと注がれた酒に、おそるおそる口を付ける。かあっとなるのは、酒のせいだか、なんのせいだか、よく分からない。

常とは違う武平の様子を面白がる兄弟子たちから、伊左衛門の相方の夕霧大夫が出たり、浄瑠璃が出たり、ひとしきり芝居の真似ごとが出尽くした頃にはもう、武平は天地がめぐるほど、酔いが回っていた。

「おまえがよう見にいってるいう、辻咄いうのはどんなんや。それはでけんのか」

「でけんのか、やと。〝か〟とはなんじゃ、〝か〟とは。でけんことがあるかい、よう聞け」

扇子の代わりに、手に持った箸で、盆の縁をこん、と叩く。

「さてさて、そこな、お客人。海底で音曲をいたしまするは、どの魚か、ご存じか！」

「おお？　なんや、言うてみい」

「ふん。三味線をよう聞け！　よう、聞けよ！」

「おお、よう聞いたろうやないかい。ほいで、答えはなんじゃ」

見よう見まね、覚えている五郎兵衛の口調、顔つき、仕草を、ぐっと自分に引き寄せる。

「よう聞けよ！……たんたらふく、つるてん！」

兄弟子たちがはじけ飛ぶようにげらげらと笑った。「あほらし、こいつなんや、今まで猫被《かぶ》っとったんかい」と頻《しき》りに小突かれるのが、武平はうれしくてうれしくてならなかった。

——おもろかったなあ、昨夜は。あんなん、はじめてや。

思い出し思い出し、口元に笑がわき上がって、頭の痛みを押しやった。

これまではいつも、隅っこで兄弟子たちの陽気な騒ぎを見ているだけだった。いっしょになって騒ぐなんて、考えたこともなかった。

面白くて面白くて、たぶん、相当に飲んだのだろう。どうやって長屋まで帰ってきたのか、まるで覚えていない。

「なにしてんの。早う、顔でも洗い！」

お松の額にはきつい縦皺《たてじわ》が寄っている。いつにもまして、機嫌が悪そうだ。

武平は職人としての腕はあまり良くなく、稼ぎは決して多くない。ただ、人は悪くないからというので、親方が嫁にと世話してくれたのが、お松である。

美人というわけではないが、小柄でくるくるとよく動くしっかり者のお松は、武平には過ぎた嫁だ。ウジがわきそうだった家の中が片付くようになったのも、日々、温かい飯と味噌汁が食べられるのも、お松が来てくれてはじめて味わった仕合わせだった。それはありがたいと思っている。思っているのだが、武平はどうしてもお松に一つだけ、「どうしたもんかいな」と思うところがあった。

——まあ、わしの方が悪いんじゃろうけど。

武平は、酒も博打《ばくち》も女郎買いも、どれもつきあい程度でほとんど深間《ふかま》にならないが、そのかわり、浄瑠璃や芝居、見世物の類《たぐい》が大好きだった。少しでも余分に稼げると、ついつい、木戸銭や投げ銭に使ってしまう。

お松は、それをひどく怒った。「何にもならんものに銭出して、なんでそんな無駄遣いをするんや、酒でも飲んでくれた方がまだましや」と、何度も何度もきつく言われ、そのたび諍《いさか》いになる。手八丁口八丁のお松は、到底、口げんかで武平が敵《かな》う相手ではなかった。

「あ」

ふと思い出したことを、武平はぐっと飲み込んだ。お松の険しい目がこちらを向いている。

――西鶴はんの大矢数、確か今夜からやったなあ。行きたいなぁ。

お侍の大矢数を真似て、「矢数何々」と銘打った見世物が、近頃幾つもある。矢数香《こう》、矢数酒《ざけ》、矢数食《くい》……どれも面白いが、見ていて武平が一番わくわくするのが、矢数俳諧である。

俳諧は、まず始めに「発句」として第一句に「五・七・五」の句を詠む。それに対して、意味が通り、かつ広がるような第二句「七・七」を付ける。第三句になると、二句とは意味が繋がるが、一句とは違う世界が見えるように詠むべし、ということらしい。他にも、この言葉が出たら次はこういうふうに詠むべし、あるいは、詠むべからず、などの細かい決め式がある。

その決め式を守りつつ、三十六とか百とかまで句を続けるというのが一つの遊びだが、矢数でやる場合は、百をいくつも積み重ねるのが通例だ。

西鶴がやるというこたびの矢数俳諧の場所は大坂、天王寺《てんのうじ》の生玉神社だと聞いている。

今日の仕事を終えて伏見《ふしみ》から舟に乗れば、大坂まで行くのは容易《たやす》い。親方に頼んで一日暇をもらうのは、嫌な顔はされるだろうが、まあ許されないことではあるまい。しかし、お松にどう言い訳するか。仕事を休み、わざわざ行き戻り三百文も船賃を使って、大坂まで俳諧を見に行くなど、とても言えるものではない。どう考えても無理な話だ。

——見たいなあ。

西鶴は三年前にも大矢数をやっていて、まだ独り者だった武平は、その様子をほぼ一昼夜、ずっと見ていた。次から次へと五・七・五、七・七を繰り出すその姿は、どんな手妻《てづま》遣いよりもすごい。もちろん、早いだけでなく、言葉の続き具合など、俳諧として成り立っているかどうか、決め式を守れているかどうかも大事で、周りに立会人みたいな人が大勢いて、ちゃあんと見定めてもいる。

武平は時折、自分でも俳諧らしきものを捻《ひね》りだしてみることがある。言葉の遊びは、自分の頭の中だけ、一人だけでできるのがありがたい。が、武平の場合は、発句はまあともかく、一句付けるのに最低でも小半時、どうかすると一時《いっとき》以上かけても、どうにも付けられないことも多い。

——西鶴はんの頭の中て、いったい、どないなってんのやろ。

ぐずぐず考えながら井戸端で顔を洗い、歯を掃除して戻ってくると、飯と味噌汁が香《こう》こと一緒に膳にのっていた。お松はもう洗濯も終えて、裏に干しに行ったらしい。

もくもくと口を動かし終わると、武平は「ほたら、行ってくるで」と、長屋を後にした。

3　ぼっち

淀川《よどがわ》を行く三十石舟《さんじっこくぶね》は、夜、伏見を出ると、翌早朝に大坂へ着く。道頓堀《どうとんぼり》で舟を下りた武平は小走りに生玉神社へ向かった。

昨日は仕事の間中、矢数俳諧のことが気になって気になって、武平はいつにもまして、しくじりばかりしていた。仕舞い際《ぎわ》、思い切って親方に「明日、休ませてほしい」と頼むと、親方は、いつも以上のしくじりの多さを、具合でも悪いと思ってくれたのか、苦い顔をしつつも、「まあ一日、ゆっくり骨休めしたらええ」と言ってくれた。

足はそのまま、伏見の船着き場へと向かってしまったのだ。

舟の中では、幾度もお松の顔が浮かび、そのたび、「すまん、堪忍、堪忍。戻ったら、ちゃんと、もっと、働くよって」と、胸のうちで手を合わせて拝んでいた。

――今、どれくらい詠んではるのやろ。

矢数俳諧は、暮れ六つに始まり、翌日の同じ暮れ六つまで続く。境内へ入ると、西鶴がいると思しき南坊あたりは、見物の人であふれていた。

「すんまへん、ちょいと見せておくれやす」

人混みをかき分けると、中の様子が遠目に見えた。詠み手の西鶴の周囲には、指合《さしあい》見《み》や脇座、書き役など、大勢の「見届け人」が列座している。

前に、紅と白の幟《のぼり》が立っている。すでに二千句を越えたということらしい。

――ああ、やっぱり、西鶴はんはすごいなぁ。

一句出るたびに目付《めつけ》の板木に印が打たれる。紙に書かれた句も張り出されていくが、どうかすると詠む早さに追いつかないこともあるようだ。

武平はじりじりと人を分け、句が読み取れる位置まで進もうとした。上背《うわぜい》のない武平は、なかなか前が見通せない。額に汗が滲《にじ》んでくる。

「えらいもんや。やる方もやる方やが、見る方も大変や」

「一休みして、また来よか。お天道さまも高うなってきたし」

そう言いながら、場を離れていく人もいる。

武平は、腹が減るのも忘れて、句を詠み続ける西鶴を遥かに見た。首を傾《かし》げたりしているのは、思案の最中なのだろうか。

三千を越えたようだ。どこからともなく、どよめきが上がった。

――お、銀の幟だ。

「これで日本一、間違いなしや！」

……大句数　これにて恥よホトトギス
　世間の範《さい》に銀の卯の花……

結局武平は、厠《かわや》へ行くのに一度場を離れた外は、目付の印と句をずっと目で追っていた。

……これまでの花は奢《おご》りの難波《なにわ》鶴
　長き日の出やいずれもの影
暮れ六つを前に、西鶴の最後の句が詠み上げられた。

「四千や！」

うおうという呻き声、ため息をかき消すように、太鼓が派手に鳴らされる。

やり遂げた、見届けたという思いと、一昼夜の夏の疲れ。やる側も見る側も、頭の箍《たが》が弾け飛んだとしか言いようのない、ぎらぎらした熱い空気に浸りこみながら、興行は終わった。

西鶴たちは、きっとどこかで祝杯でも上げるのだろう。連れ立っていく俳諧師たちにねっとりとした羨望のまなざしを注ぎつつ、武平はようやく生玉神社を後にした。

――うわーおもろかったなぁ。ええなぁ。

やっぱ来て良かったわ。さてと、舟、舟。

仕舞いの舟に間に合うと思い、走って船着き場へ行くと、妙に静かである。

――?!

しまった。

三十石舟は、京から大坂へ下る時は、夜出て朝着くが、上りの京行きは朝出て夜着くということを、すっかり忘れていた。つまり、一晩待たないと、舟には乗れぬのだ。

「どないしよ……」

歩くか。しかし、十二里余（約四九キロメートル）はあろうという道のりを、夜通し……と思うと、足腰に自信のない武平は、へたへたと座り込むしかなかった。

「しゃあないなぁ」

さっきまで、西鶴のおかげでぱんぱんに膨れあがっていた心が、しゅうっとしぼんでいく。

船着き場の待合で、武平は一人、膝《ひざ》を抱えるようにして眠った。

――怒ってるやろなぁ。

結局、まるまる二日、お松に無断で家を空けたことになってしまった。

ここは、どんな言い訳も通じまい。戸が開いたとたん、何か物でも飛んでくるかも知れない。ともかく、まず真っ先に謝ってしまおうと、武平は身構えた。

「おうい。お松。開けてくれ。昨夜はすまなんだなぁ、堪忍してや」

返事がない。

「おうい。お松？」

戸に手をかけると、締まりがされていない。おやっと思っていると、隣に住む婆さんが声をかけてきた。

「あれ、武平はん。お松はんやったら、お昼過ぎにどこぞへ出て行きなはったえ」

「ほうでっか」

――どこへ行ったんやろか？

一間しかない長屋が、妙にがらんとしている。

「お松？」

お松の着物や帯が入っている葛籠《つづら》がない。さらに見回すと、櫛箱《くしばこ》と裁縫箱もなくなっている。

泥棒か？

――それならまだ、その方がいい。

一番考えたくないことを考えないようにしながら、武平はそろそろと、自分の一《いっ》張羅《ちょうら》が入っている葛籠を開けた。

お松の縫ってくれた袷《あわせ》の着物が一枚、何事もないような顔できちんと畳《たた》まれて入っている。

「武平。おるか」

声とともに入ってきたのは、親方だった。

「親方、二日も休みもろうて、すんまへんでした」

「そのことやけどな。おまえ、お松はんに黙って、どこへ行ってたんや」

「あの、それが……大坂へ」

ごにょごにょ言う武平に、親方は、「やっぱり大矢数か、まあええ」と呟《つぶや》くと、大儀そうに上がり口に腰をかけた。

「さっきお松はん、お母はんとうちへ来てなあ。おまえから離縁状もろうてくれ、言うて」

「離縁状……」

「わしもいろいろ、話聞いたり、なだめてみたり、したんやが。どうもなあ」

親方は深々とため息を吐きながら、「あの様子では」と首を横に振った。

「わしは正直、よう分からん。おまえはまあ腕はともかく、博打もやらん、大酒も飲まん、女郎買いもそう好きやない、うちの職人のうちでは、物堅い方やのに。そう思うてるからこそ、昨日の休みかて、日頃は毎日真面目やし、一日くらい良かろうと思うて許したったんやが。けど、俳諧なんぞ見に行って、二日も家を空けるやなんて。ほんま、あほちゃうか」

「すんまへん」

「まあうちの方はええけどな。けど、お松はんの方は、おまえと暮らすんは、目の粗いざるからぼろぼろ米が抜けていくみたいで、もう嫌や、ややこのできんうちに離縁してくれて、その一点張りや」

——ざるからぼろぼろ、米が……。

あのしっかり者のお松がうまいこと言いよる。武平はぼんやりとした頭でそう思った。

「浄瑠璃も芝居も、それから俳諧も、わしは悪いとは思わん。それでも、なんぼなんでも、程《ほど》いうもんが、あるわな。そやから、まあ……。後は自分で何とかせえ」

親方は困惑しきった声でそう言った。

——歩いて戻ってきといたら、良かったんやろか……。

たぶん、そういうことではないのだろう。

へえ、と言う外に、返答のしようはなかった。

その後、武平はお松の実家《さと》まで二度、詫びを入れにいったが、結局、お松本人には一度も会えぬまま、泣く泣く、離縁状を書くことになった。

誰もおらぬと分かっていても、ついつい、一声出してしまう。ならいとはおかしなものだ。

「ただいま」

声をかけた分、戸を開けた後の静けさは深く、寂しい。

――また、一人ぼっちになってしもた。

武平はもともと、摂津《せっつ》と山城《やましろ》の国境《くにざかい》にある村の出だ。そこでの暮らしは、思い出したくないことばかりである。

「そなた、また庄屋の子に……すぐに返して参れ。いつも申しておろう、武士の子がやたらと百姓に頭を下げるでないと」

夢中で本を読んでいた頭に、父の拳固《げんこ》が飛んできた。がさっと、膝から本が落ちた。

――何が武士や。塗師やないかい。

貸してもらった本に涙が落ちないよう、そっと拾い上げる。

ここにいる限り、頭を下げずに、どうやって生きていけというのだ。

父・志賀武左衛門《しがぶざえもん》はもともと、福知山《ふくちやま》藩主稲葉紀通《いなばのりみち》に仕える武士だった、らしい。

らしい、というのは、父が藩士であった頃を武平は知らないからだ。武平が生まれる前年の慶安《けいあん》元年に、稲葉紀通は幕府から謀反《むほん》を疑われて自決、その後、稲葉家は断絶して、父は浪々の身となった。

もともと父は、稲葉の家中にある頃から、刀の拵《こしら》えを調える仕事に関わっていたという。浪人して後は、その伝手《つて》を頼って、塗師の仕事を始めた。ただ、その収入だけでは妻と子三人での暮らしには十分でないため、村の庄屋の納屋に居候させてもらい、庄屋の家の雑用も手伝うような形で暮らしていた。

庄屋の家には、武平とさして歳の違わない男子があった。章太郎《しょうたろう》というその一人息子は、当然のように武平をこき使った。

近隣の子どもたちと武者ごっこをするときには、章太郎が大将、他の子どもたちが家来、武平はと言えば決まって、章太郎の馬だった。どういうわけか、子どもの頃から白髪の目立った武平に、章太郎は「白毛《しろげ》ならぬ、白髪の馬じゃ、引けい」とおどけた口上をしながら、またがった。

川で蟹や魚を捕るときには、ずっと籠を抱えてお伴として付き従い、獲物の番をした。

それはもう当たり前になっていて、武平は特に嫌だともなんとも思わなかったのだが、たまさか、父がその様子を見かけたりすると、「武士の子にあるまじき」と家でひどく折檻《せっかん》されるのが、たまらなかった。今思うと、父のやりきれぬ気持ちも理解できぬことはないのだが、「武士の面目を失うのは、わしだけで十分だ」と幾度も息子に平手打ちする胸の内は、その頃の武平には分からなかった。

できるだけ、百姓の子と遊ぶな。使われるくらいなら、一人でいよ――父はそう繰り返したが、武平は嫌だった。馬でもお伴でも番犬でもいい、いっしょに遊びたい。武平はただひたすらそう思っていた。

武平が章太郎の言うことを聞くのには、もう一つ理由《わけ》があった。

章太郎の父は書物が好きで、京や大坂から、書物を抱えた商人がちょくちょく回ってきていた。そうした書物の中には、説経や浄瑠璃などの本も混じっていて、武平はそれを読ませてもらうのがとても好きだった。章太郎の機嫌さえ良ければ、庄屋の家の明るい小座敷で、そうしたものを心ゆくまで読むことができた。

庄屋の家は、常に人気《ひとけ》が多くて賑やかだ。その気配を感じながら、判官義経《ほうがんよしつね》だの、しんとく丸だのの物語を読むのは、武平には至福の時だった。

本を読ませてもらう代わりに、章太郎の部屋の掃除や片付け、どうかすると水くみでも薪割りでも、言われるまま何でも手伝って、日の暮れる頃、家へ――というか、納屋へ戻る。

「母上。今戻りました」

暗い納屋から、返事が戻ってくることは、まずない。

気鬱《きうつ》の病とでも言うのか、武平の母は、特に体のどこが悪いというわけでもないのに、寝たり起きたりで、滅多に外へ出るということがなかった。昔はそうではなかったらしいのだが、武平が物心ついた頃には、始終ぼんやりと、この世ならぬ世に向けて弛《たゆ》げな目見《まみえ》を漂わせているような人だったから、庄屋のところの女子《おなご》衆たちの情けとお節介がなかったら、父と武平の暮らしはもっと惨《みじ》めなものになっていただろう。

一度だけ、そんな母が笑顔を見せてくれたことがある。

章太郎に読ませてもらった本の中でも、特に武平のお気に入りが、『醒睡笑《せいすいしょう》』という本だった。安楽庵策伝《あんらくあんさくでん》という、浄土宗のお坊さんが書いたものだというが、あまり抹香臭くなく、短くてちょっと笑えるような話ばかり、載っている。

武平はこれを繰り返し繰り返し、そらんじてしまうほど読んでいて、どうかすると時々、でたらめな唄にして、独言《ひとりごと》に唄っていることがあった。

「童《わらんべ》は風の子、なにゆえか。フウフウ、夫婦にできるゆえ」

寒さに身を縮めながらそうぶつぶつ、呟きながら戸を開けると、母が珍しく、武平と目を合わせて、小さく、ウフフと笑った。

たった、一度。母の笑い声を聞いたのは、そのたった一度きりだ。

その後も、武平は何度かこの唄を唄ってみたが、あれっきり、母の笑い声を聞くことはできなかった。

――あのまま、あそこで暮らしていたら、どうなっていたんだろう。

ある冬の晩、父が仕事から帰ってこなかった。

そんなことは一度もない人だったから、翌朝、村のみなが出て探してくれたのだが、まず見つかったのは、父がその晩借りて帰ったという提灯《ちょうちん》だった。提灯が落ちていたのは川の土手で、足を滑らせた跡があった。

果たして、父の体は、村はずれの川下で、杭《くい》にひっかかって浮いていた。聞いたところでは、父にしては珍しく、振る舞い酒をしたたか飲んでの帰りだったらしい。

「かわいそうやね。あの子やっと十二歳やて」

「そやなぁ、あの気鬱のお母はん抱えてでは、気の毒やわ」

「あの子一人やったら、かえって身軽でどうにかなるのになぁ」

弔いに来てくれた人々の、そんなひそひそ話が聞こえていたのかどうか――それは、今となっては分からない。

初七日を終えた翌朝、母は、納屋の梁《はり》にぶら下がっていた。疲れて泥のように眠り込んでいた武平は、お天道さまが差し込んでくるまで、そのことに気づかなかった。

――ああ嫌や。思い出すのんも嫌や。絶対嫌や。

自分の喉《のど》から出た叫び声も、ぶらさがった母の体の感触も、その後の、何もかも。

庄屋の世話で、京の塗師の親方のところに見習い奉公に出て、そろそろ二十年。

「童は風の子、なにゆえか。フウフウ、夫婦にできるゆえ」

口にすると余計、静かになった。

4　据え膳

「武平。これ、おまえ自分で持って行き」

「はい」

武平は親方の指図を嬉しく聞いた。仕上がったばかりの刀の鞘《さや》はなめらかで、穏やかな光を放っていた。武平がこの頃塗ったものの中では、かなり出来の良い方である。

注文は、二条堀川《にじょうほりかわ》の武家屋敷からだった。

主《あるじ》の方は、態度がいちいち仰々しく癇《かん》に障《さわ》って、どうにも武平は気に入らなかったのだが、新婚らしいそこの奥方が、たいそう美しい上に、応対が丁寧で優しげなので、そこへ行く用事ができるといくらか楽しみでもある。

「もし、お頼もうします。ご注文の、お腰のものの拵えをお持ちいたしました」

しばらく待っていると、するすると衣擦れの音をさせて、奥方が出てきた。

――お、いきなり、奥さま直々のお迎えか。

いつもの、耳の遠い爺《じじい》の中間《ちゅうげん》が出てくるとばかり思っていた武平は、どぎまぎして、言葉が出なくなってしまった。

「あ、あの、あの……」

「あら、ま、塗りのお職人さん。武平さんでしたわね。これは良い所へ。さ、どうぞどうぞ」

――え……?

武平のような職人は、庭へ回って縁で応対するのが常道だ。戸惑っていると、奥方がもう一度、座敷へ上がるよう促した。

おっかなびっくり、導かれるままに小座敷へ通ると、徳利と盃の載った盆が出ている。

「せっかくおいでいただいたのに、あいにく主人は留守にしておりまして。……お詫びに一献、いかがでしょう」

奥方の表情が、明らかにいつもと違う。

「実はお恥ずかしい話ですけれど、私ちょうど、いささか羽を伸ばしておりましたの。主人、なかなかやかましいものですから。武家の女が行儀が悪いと思われるでしょうけれど、見逃してくださいな」

「あ、いえ、そんな」

――あの侍、奥さまにもうるさいんやな。

刀の由緒来歴をごちゃごちゃ、自分を見下すように述べ立ててきた侍の様子を思い出す。

「一人でいただくのは、つまりませんもの。どうぞ、さ、ご一献」

――奥さま、こんなところにほくろのあるお方やったかな。

横座りになった奥方の、右目の下のほくろが妙に艶《つや》っぽく揺れて、心の臓の音がばくばく、武平の頭で鳴り響いた。

注がれるままに盃を空ける。盃洗《はいせん》でそっと飲み口を拭《ぬぐ》う奥方の、濡れた白い指が、まるで輝くようだ。いつもの倍の早さで、酔いが回る。

「まあ、よく召し上がってくださって。嬉しいわ……。ね、今私、盃、本当は洗いませんでしたのよ、紅がついたままでしょう、ご承知でいらした？」

手元の盃に、うっすら、紅が付いている。武平は手が震え、酒をこぼしてしまった。

「あらあら。いかがなさいました」

滴《したた》り落ちた酒を奥方が手巾で拭《ふ》いた。ふわっと甘い香りがした。紺地の着物の裾《すそ》が少しはだけて、白い長襦袢《ながじゅばん》の下の、さらに白いふくらはぎがちらりと見える。

――これは、夢や。きっと夢や。わし、夢見てるんや。

奥方は、つっと立ち上がって襖《ふすま》を開けると、「あちらへ」とでも促すような流し目をくれてきた。向こうに、延べた夜具と枕が見える。

——ぜったい、夢や、夢。その気になったらあかん。

「あの、わし、これで失礼を」

「まあ、そんなつれないこと。女に恥をかかせるのですか」

奥方が袖で口元を覆い、小首を傾げながら悲しげに目を伏せた。武平は、昔本で読んだ楊貴妃《ようきひ》みたいだと思った。

——まさか。うそや。こんなきれいな人が、わしを?!

奥方が武平に近づき、濡れた指先で首筋をすっと撫でた。女の甘い呼気が鼻に入って、背中から総身に、ぞくっと震えが伝わっていく。

「あかん」

手妻にかけられたように、武平は夢中で夜具に倒れこんだ。

——夢なら、夢でいい。

覚めるな。

「奥さま」

「いやですわ。小絵と呼んでくださいな」

蕩《とろ》りとした声が毛穴という毛穴から入り込んで、武平を体の内から溶かしていった。

……小絵と呼んで。

長屋の夜具とは比べものにならぬ、ぬくぬくと滑らかな肌触りの中、うんと手足が伸びて、武平の目は覚めた。

「小絵……さま？」

目に飛び込んできたのは、一面の赤い色だった。

小絵が目を見開いたまま横たわっている。白い襦袢が真っ赤に染まっていた。

「奥さま。うわっっ！」

──死んでる？

「そ、そ、そんな、あ、あほな」

一点を見つめて動かぬ、恨めしげな目に射竦《いすく》められて、武平は身動きがとれなかった。

何とか立ち上がろうとするが、腰が抜けてしまったのか、手が空を泳ぐばかりで、どうにもならない。

ようやく、這《は》うようにして襖から出て、武平はもう一度、己の目を疑った。

──爺さんまで？

中間がうつぶせに倒れている。こちらは、背中から袈裟懸《けさが》けに斬られていた。

とっさにそれしか思いつかないでいると、廊下に足音がする。

「小絵。今帰ったぞ。なぜ誰も迎えに出ぬ」

足音はどんどん近づいてくる。

「おおい。権助《ごんすけ》……権助！」

どかどかと踏み込んできた侍は、座敷の前まで来ると顔をこわばらせて中間に駆け寄り、その口元に手をやって、既に呼吸のないのを確かめると、あたりをきっと見回した。

大音声《だいおんじょう》を上げながら、武平の方へ近づいてくる。

「どういうことだこれは。そなた、塗りの職人だな。そなたの仕業か！　小絵」

目を血走らせた侍が襖の奥に踏み込んでうおっというような声を上げたのと、武平が転がるように走り出たのが、同時だった。

すぐ背後で、侍が咆哮《ほうこう》とともに刀を抜く音がした。

「待て！　そなた、妻を手込めにしたうえ、殺したな！　成敗してくれる！」

——あかん、斬られる。

「待たぬか！　妻の敵《かたき》め！」

言い訳は立つまい。捕まれば即、侍に叩き斬られてしまうだろう。武平は屋敷を飛び出すと、ひたすら、京の路地を縫って走り続けた。

どうにか侍の目を逃れ、遠回り遠回りして自分の長屋に戻った武平だったが、すぐに、ここで落ち着いているわけにはいかないことに気づいた。

侍は、自分の身元を知っているのだ。親方のところに手が回れば、すぐさま捕まってしまう。

奥方に誘われて同衾《どうきん》しようとしていたのは事実だ。もちろん奥方も中間も、殺した覚えなど絶対にないが、あの二人の亡骸《なきがら》の様子を見て、いったい誰が武平の言い分を信じてくれるだろう。

――ちゃんとええことした覚えさえ、ないのになぁ。

ぐずぐずしてはいられない。武平はとりあえずごく限られた荷物だけをまとめながら、乏しい知恵を懸命に絞った。

震える手で風呂敷に包もうとした荷物の中に、ぼろぼろになった『醒睡笑』があった。

――そうだ。章ちゃんとこへ行こう。

ずいぶん武平をこき使った章太郎だが、それでも、武平が村から奉公に出るとき、この『醒睡笑』を餞別《せんべつ》にと言って、渡してくれた。今では村の庄屋をつとめている。章太郎ならば、武平に人殺しなどできるはずのないことを、きっと信じてくれるに違いない。

戸ががたりと鳴り、武平は思わず体がぞっと震えた。

路地を荷車が通る音と分かって、ほっと息を吐いたが、こうしている間にも、いつ小絵の夫がここへ追ってくるか分からない。そう思うと体は再び震えだし、涙と鼻水が顔を濡らした。

――情けない。

お松が言っていたという「ざるから米がぼろぼろ」という文句を思い出した。

「お米を大事にせんと、必ず、罰があたるよ」と言っていたのは、母だったか、それとも、庄屋の女子衆の誰かだったたか。

ともかく、今頼れるのは章太郎だけだ。武平は振り分けにした荷物を肩に、大急ぎで長屋を出た。

二　日本橋

1　里心

「喜六《きろく》。今日はもう仕舞っていいぞ。ご苦労さん」

「はい」

喜六、すなわち武平は、兄弟子たちが帰った後、仕事場を掃除していた。兄弟子といっても自分より若い者の方が多いくらいだが、口入れ屋の紹介でどうにか潜り込めたこの神田塗師町《かんだぬしちょう》の仕事場では、武平は一番の新参者である。

「お休み」

親方がかけてくれた言葉に「お休みやす」と返答しかけて、口がもぐもぐとしてしまう。

江戸の職人衆と話すのは、どうも苦手だ。

単に荒っぽいとか早口とかいうのではない。それなら上方にいたときでも、出の土地によっては、いつでも喧嘩腰にしゃべっているとしか思えない兄弟子などもいた。

――間が合わん、とでも言うしかないな。

言いたいことは一応通じるし、向こうの言うことも分かる。その点では、江戸までの道中での方が、言葉で困ることは多かったくらいだが、今の仕事場では、京にいた時以上に、武平は黙り込みがちである。

兄弟子たちの方もなんだか遠巻きにこちらの様子を見ているふうで、仕事の後、飯や酒に誘ってくれる者もない。歳も上でしかも京から来たというので、身構えられているのかもしれない。もちろん、せっかく少し「芸」になりかかっていた役者の声色《こわいろ》も露の五郎兵衛の真似も、披露するきっかけなどどこにもなかった。

間が合わぬと言えば、先日見た芝居もそうだった。

逃げてくる道中、江戸にも芝居小屋があるとは聞いていたが、来た当初は、人の大勢出入りするところは怖いという気持ちが強かったし、懐《ふところ》にもゆとりがなかったから、すぐに行こうとは思わなかった。とはいえ、もともとが好きな道、少しずつ気も財布も緩《ゆる》んでくると、せめて芝居でも見ている間は、敵に追われている己の身の上を忘れていられるのではあるまいかと思われて、ある時思い切って出かけてみたのだが、どうにも、思い描いていたのとは違った。

――なんちゅうか。色気が足らん、言うんかなぁ。

堺町《さかいちょう》に葺屋町《ふきやちょう》、小屋のあるあたりは、見世物もあったり食べ物の店も多く並んでいたり、確かに賑《にぎ》やかで、人の多さでは京、大坂にも負けぬだろう。

しかし、京、大坂には、もっと多くの色と香があった。

そぞろ歩く女子衆《おなごし》が帯を流行《はやり》の吉弥《きちや》結びにして裾模様とともに競う色、辻ごとに立ちはためく役者衆の名や狂言外題《げだい》の幟《のぼり》の色、上等の白粉《おしろい》や髪油から立ち上るえも言われぬ香……そんなものがいっしょになってふわっと街を包む風情といったものが、江戸の芝居町にはどうにも物足りない。建物も人も、まだ互いにしっとり馴染《なじ》んでいないとでも言うのだろうか。

くわえて、一番人気だという市川團十郎《いちかわだんじゅうろう》の芝居そのものも、藤十郎贔屓《びいき》の武平の好みとは、残念ながら違っていた。

――なんや、金平《きんぴら》さんを人がどたどたやってるだけみたいやないか。

坂田公時《さかたのきんとき》の子ども、金平を主役とする金平浄瑠璃《じょうるり》は勇ましい活劇で、武平にも馴染みがあった。伊藤出羽掾《いとうでわのじょう》や井上播磨掾《いのうえはりまのじょう》なんかの語りで何度か聞いて、人形の動きもよく覚えている。ただ、それを、役者が演じる芝居で今わざわざ見たいかといえば、違うとしか言いようがない。

色事にどきどきしたり、ふっと笑えたり、思わず涙を誘われたり。そんな艶のあった藤十郎の芝居が懐かしい。

――京へ、帰りたいなぁ。

やたらとそう思ってしまうのは、おそらくもう二度と、それが許されないからなのだろう。

――いっそのこと、あのまま、一座に入れてもろたら良かったな。

章太郎が都合してくれた手形のおかげで、東海道をどうにか東へ、逃げ出すことができた武平だったが、途中、大井川で困ったことが起きた。

川止めが続いて宿代がかさみ、路銀が心許《こころもと》なくなったのだ。

思案にくれていた武平に、思わぬ助け船が来た。旅芸人の一座である。

人形芝居や、扇や皿を回したり投げたりする放下《ほうか》の曲芸、刀を使った曲独楽《きょくごま》などをするその一座には、十歳前後の子どもが三人ほどいた。宿で子どもたちと仲良くなった武平は、聞き覚えていた五郎兵衛の辻咄《つじばなし》を彼らに語って聞かせ、「咄のおいちゃん」と呼ばれるようになった。

「喜六はん。どうでっか。子どもらにしてくれはる咄、わしらの芸の間つなぎに、ちょっとやってもらうわけには、いきまへんか」

同じ上方者という親近感もあったのだろう。続く川止めにうんざりする客に、いくらか変わった趣向を見せて少しでも稼ごうと、一座の頭《かしら》が武平を誘ってくれたのだ。

「いや、でも、わし、素人やし……」

「エエですがな。こういう言い方は失礼ですけど、何も大いにウケてくれとは言いしまへん。ちょっと間、つないでくれはったら、エエんです。こう言うたらなんでっけど、懐具合、厳しいんですやろ？　手伝ってくれはったら、いくらかは、お渡しできますよってに」

そう言われて、放下の芸人と独楽の芸人とが交代する間なんかに、少し時間をもらって、辻咄を幾つかやった。

はじめは顔が真っ赤になってやたらと息が上がるばかりで、自分でも何を言ったのか分からないほどだったが、二度三度やるうちに、いくらか度胸《どきょう》がついた。

武平をちらっと見て「なんだ、しゃべるだけなのか」とはじめから興味を持たぬ客も多々あったが、「何を言っているんだ？」と耳を留めてくれる客があると、そこそこ笑いが起きて、投げ銭がまあまあ入ったりした。

ようやく川が渡れる段になると、頭はかなりまとまった額の金を武平にくれた。

「こんなにもろうては。申し訳ない」

「エエですって。旅は道連れ、言いますやろ。子どもらの子守り賃も込みですがな。なんなら、このまま座へ入ってもろても、エエんやけど。どうです？」

面白そうだ。心は動いた。

しかし、もし――と思うと、その誘いは断るしかなかった。

――迷惑、かけたら気の毒や。


「武平おまえ、ほんまに殺《や》ってないんやな」

金回りの良い者は歳の取り方も違うのか、章太郎は到底武平より年長とは見えぬほど若々しく、しかし堂々と、ごく様子の良い旦那になっていた。色白でふっくらとした頬《ほお》に愛嬌があって、髪は黒々と、羽織をふわりと着た姿は、船場《せんば》あたりの若旦那にもひけを取らぬほどだ。子福者《こぶくしゃ》という言葉があるが、既に五人の子持ちという章太郎には、向き合った人に有無を言わさぬような、仕合わせな貫禄が漂っていた。

「章ちゃん。信じてくれ。わし絶対何にもしてない。奥方さまの誘いにうかうか乗ってしもうたまでは認めるけど、殺すやなんて、とんでもない。刀の鞘《さや》はなんぼ塗っても、本身の扱いなんぞ、知るかいな。京中の神さん仏さんに誓うてもええ」

「そりゃあまた、えろう大勢さんに誓うたこっちゃ。……ま、おまえにそんなたいそうなこと、でけんとは、わしも思うてるけども」

章太郎は庄屋として辺り一帯を差配する傍ら、京と大坂とを行き来する人々に様々な便宜を図って、多くの商売人と結びついているらしく、頼ってきた武平をまず匿《かくま》うと、それとなく小絵の家の様子を探ってくれた。

章太郎が調べてくれたところによれば、小絵は姫路藩で代々京詰めの、さる下士の家付き娘で、婿を迎えたばかりだったらしい。

武平は「小絵と密通しているのを中間《ちゅうげん》に見つかって殺した」上に、「一緒に逃げようと金を持ち出した小絵まで殺して、金を奪って一人で逃げた」とされており、小絵の新婚の夫・竜吉には、姫路藩から正式に仇討ちの免状が与えられたという。

「竜吉というお人は、播磨の郷士の出、いうことや。そこの家の兄さんと二人、田舎剣術道場の腕自慢やと。どうも兄さんが助太刀に付いて、二人でおまえの行方をどこまでも追って討ち取る気ィや、いうことになってるみたいやで」

理由分からんな、と言って、章太郎は深々とため息を吐いた。

武平の方は、あの時、追いかけてきた竜吉の、仁王よりも恐ろしい形相《ぎょうそう》や、死んだ小絵の血塗《ちまみ》れのむごい姿が思い出され、体がぶるぶると震えた。

「相手がそういうお武家はんではな。言い訳する前に、ばっさり斬られてしまうやろし……」

章太郎は長いこと腕を組み、思案していた。武平はまるでお裁きに合っている心持ちがした。

「武平。わしが手形と路銀、都合してやるよって、おまえ、お江戸へ逃げェ」

――お江戸？

「京や大坂ほどではないみたいやけど、さすがに公方さんのお膝元や、あちこちから、いろんな人が大勢集まって、町がどんどん大きうなってるいうし。そんなとこやったら、見慣れん者がおっても、あんまり人の目に立たんのやないか。目立たんように、見つからんように、こそっとお江戸で暮らせ。お武家さんが大勢いはるから、塗りの仕事もきっとある。どないか、なるやろ」

章太郎の言うことは、確かに理にかなっている。しかし――。

「わしも乗りかかった舟や。手形は、あちこちどがちゃがして、なんとか拵えたる。そやからおまえは、死ぬ気で逃げェ。便りなんぞ、間違ってもよこすなよ。とにかく、逃げェ。ええな」

「章ちゃん。すんまへん、すんまへん……」

泣ける。ぼろぼろ、泣ける。

「情けないなぁ。鼻水拭《ふ》かんかい。おまえとはよう遊んだからな。白髪の馬の、永代乗り賃や」

こうして、武平は「庄屋の家の元使用人の喜六」として江戸へ来た。

――これから、どないなるんやろ。

一人の長屋で、薄暗い天井板を眺める。雨染みの模様が、章太郎に見えたり、お松に見えたり、京の親方に見えたりする。

それがふっと小絵に変わったところで、武平の体はがたがたと震えた。

寝返りを打ち、口の中で「たらふくつるてん、たらふくつるてん」と呟いて、恨めしげな小絵の顔の代わりに、五郎兵衛のにまっとした顔を懸命に思い浮かべようとしてみる。

幾度も寝返りを繰り返しながら、もう幾夜目だか数えようもない、寝付かれぬ夜が過ぎていった。

2　吉原

——お江戸の廓《くるわ》は、確か、吉原いうんやったなぁ。

もともとは日本橋《にほんばし》から遠くないところにあったらしいが、二十年ほど前、火事を機に、北の方の浅草《あさくさ》というあたりに移ったと聞く。

もともとさほど女遊びが好きというわけではない。

京にいた頃など、職人仲間と島原《しまばら》へ行ったことはあるが、座敷遊びの受け答えも下手なうえに、このさえない風貌だから、およそ女郎にもてたことなどない。

——今やったら、もうちょっと……。咄の一つでもやってみれば。

でも、江戸の女郎は気ィ強いて聞くしなぁ。

名物は意地と張り、と聞いたことがある。なんだかおっかないようだ。

——それでも、行ってみたいな。

仕事場と長屋とは目と鼻の先、そこをただ行き来するだけの毎日。同じ長屋の住人たちとは言葉は交わすものの、武平と同じような独り者の職人が多くて、今のところ、あまり親しくなれずにいる。何くれと気にかけてくれるのは、端っこに住んでいる糊《のり》屋の婆さんくらいだ。

さっきから、すきま風がまるで空から切り込んでくるような音を立てている。戸も壁も、どことといって目立つ穴があるようには見えないのに、やはりしょせんは、裏長屋の造りだ。

神無月もそろそろ仕舞い、江戸も京も、冬が寒いのは同じらしい。

——そういえば、ここんとこ、女子らしい女子と、ほとんど口きいたことないな……。

親方のお内儀さん、大家のお内儀さん、豆腐屋のお内儀さん、糊屋の婆さん……おばはんと婆さんばっかりや、あ、豆腐屋には娘がおるけど、あの子は愛想ないなぁと指を折って、武平は苦笑いした。

江戸はどうも、男ばかり妙に多い気がする。まあ自分が、物寂しいせいかもしれないが。

――ええこと、まで、できんでもエエから。

せめて、若い、優しい女子はんと。触《さわ》れなくてもいい、せめて近くに座って、話がしたい。

武平はこの頃、しきりにそう思うようになっていた。かといって、足を踏み入れたことのない江戸の廓に、一人で行く勇気はもちろんない。

――今度、兄さんらが何か相談してはったら。

塗師は、仕事中は静かだ。しゃべってうっかり唾でも飛ばしたりしたら、取り返しのつかぬことになる。

その日の塗りの工程を終えて、道具の片付けに入る頃、兄弟子たちはようやく口を開き、おもむろに飲む相談やら、女郎買いの相談やら、始めたりする。

「今度、わしも連れて行ってくれ、言うてみようかなぁ」

独言《ひとりごと》は存外大きな声になり、風切り音がふっと途切れた。

機会は、遠からずやってきた。霜月《しもつき》の半ばのことだった。

「よう。どうだ、久しぶりに、北国《ほっこく》へ」

「おう。いいな。ちょっと行くか」

〝北国〟が、吉原を指す言葉だというのは、武平も知っていた。

「あ、あの、兄さんたち。わしも一緒に、連れて行ってもらえんやろか」

行くつもりの者たちが一斉におや、という顔をした。

「へえ、喜六、おまえさん行くかい？　珍しいな」

「おう。いいよいいよ。ああいうところは、大勢で行く方がいい。来い来い」

「俺たちの行くのはまあだいたい切見世《きりみせ》なんだが……どうだ、せっかく喜六が初めて行くなら、ちょいと奮発して、梅茶《うめちゃ》でも」

「そいつぁ素敵に奮発だが、懐は大丈夫か？」

「なぁに、心配するな……」

兄弟子たちがわいわいと相談し始めるのを聞いて、武平はほっとした。「おまえなんぞ連れて行けるか」と言われやしないかと、内心びくびくしていたからだ。

道中、兄弟子たちが得意げに語り聞かせてくれたところによると、梅茶というのは、切見世の一つ上、遊女の格で言うと下から二番目ということらしい。その上を散茶《さんちゃ》と言い、散茶より下＝水で薄めた茶、つまり、「埋めた茶」という洒落で付いた名だと聞いて、武平はにやにやしてしまった。

――おもろいな。

そういうくだらない洒落は大好きだ。

そぞろ歩きの土手、見返り柳に大門、並び立つ茶屋、外八文字《そとはちもんじ》に歩く花魁《おいらん》……。

初めて入った吉原の景色は、ここ半年ほどすっかり忘れていた、ふわふわ、うきうきした心持ちを、ひさびさに武平に思い出させてくれた。

「……兄さん方、幇間《ほうかん》は、なぜ太鼓持ちと言うか、ご存じか？」

「おう、喜六が妙なこと言い出したぞ。おう、言ってみろ」

「太鼓だけでは面白う鳴りまへん。鉦《かね》持ち、すなわちお金持ちの旦那といつもいっしょです」

兄弟子たちが「ほう、うまいこと言うな」と感心してくれたのが、弾《はず》みになった。

「主人の留守に、若い下男から『今日こそは思い切って打ち明けます』、と言われたお内儀はん。『まあ何かしら、思い切ってお言い』。下男がもじもじしてなかなか申しませんので、お内儀は焦《じ》れまして、『さあ、お言いよ。お言いったら』。では、というので下男がそっとお内儀に耳打ちします」

武平はここでちょっと間を置いてみた。

「なんだ。そこでどう言って口説くんだ。年増のお内儀を口説くたぁ、その下男、隅に置けねぇな」

「さて、下男が申します。『あの、飯はもっと大盛りにしてください』」

笑い声がする。「なんだ艶っぽい話じゃねぇのかよ」と誰かが言ったようだ。「あら艶っぽい話、いいわね聞きたいわ」などと、女郎のひとりがお上手を言う。

「おい、喜六、それで終わりか？　もっとなんか言ってみろ」

聞いてもらえるのが嬉しい。これまで黙り込んでいた分、頭の中にたまっていた馬鹿な咄、阿呆な洒落が口からほとばしり出てくる。

「ほたら何かいな。お望みに合わせて、艶っぽい咄しまひょか。老僧が小坊主たちに問答をしかけます。『境内に大きな松があるな。あれは、男か女か？』。お公家さんの出の小坊主は『女です。月の障《さわ》りになりますから』。それを聞いた百姓の出の子『それはおかしい。木の股《また》から松茸が出てるやないか』……」

女郎たちが「きゃはは、松茸ですって」「それはずいぶんねぇー」などと嬌声を上げ、兄弟子たちがそれを見ながらにやついている。

お床入り前の宴席で、ついつい調子に乗って、覚えている限りの五郎兵衛の辻咄を披露すると、兄弟子たちは大喜びでどんどん酒を注いでくれた。

「喜六、京の出だとかで、黙っていつも乙に澄ましていやがると思ってたら、こんなヤツか」

「猫被《かぶ》っていやがったのか。これなら幇間《たいこ》呼ぶより面白いぞ」

――ああ、みな笑うてくれてはる。気持ちエエなぁ……。

こんなに人としゃべったのは、いったい何ヶ月ぶりだろう。

いつも背中にひたと付いて離れない、命をいつ取られるかという恐ろしさが、胸の内を流れる川の向こう岸にふっと退《ひ》いていく。

「兄さん！　さっき、梅茶は埋め茶や、言うてはりましたなぁ。じゃあ、散茶は、なんで散茶ですのん？」

「さあ、そいつぁ俺も知らねぇな」

「なんでです？　なんで？　なんで？」

「うるせぇなあ。もう酔ったのか。おい、誰かこいつなんとかしろ」

「兄……さん……」

「おいおい、できあがっちまったぞ。面白いヤツだけど、ちょいと面倒だ。寝かしちまえ」

酔ったのは、酒か、それとも。

目が覚めると、一人、広座敷で布団に寝かされていた。

兄弟子たちはおのおの、梅茶とよろしくやっているのだろう。

「やっと起きたな」

いきなり頭の上で聞き慣れぬしゃがれた声がした。

「わっ」

驚いて体を起こすと、緋縮緬《ひぢりめん》の羽織を着た男が一人、こちらを眺めていた。首には豆絞りの手ぬぐいを引っかけている。

「そう驚くな。別に取って食おうってんじゃねぇよ」

話しかけてきた相手が侍でないことが分かって、武平はふうと息を吐き出した。脇息《きょうそく》にもたれてしきりに自分の顎《あご》をさすっている様子は、廓の若衆《わけえし》などでもなさそうだ。

「散茶ってのはな。抹茶のことだ。抹茶は急須から振りださないでも飲めるだろ」

「はあ」

「今の吉原が出来たときに、江戸中の風呂屋にいた湯女《ゆな》が吉原に移されて、格子の次の格になった。そういう女たちにはもともと吉原の女っていう片意地がないから、客をむやみに振ったりしないってんで評判が良かった。振らずに飲めるから散茶だ。覚えときな」

「え？　ああ。はい……」

わざわざそんなことを自分に教えるために、この男はここにいたんだろうか？　武平は穴の空くほど、男の顔を見た。

「俺の顔になんかついてるか？　それより、さっきやってたのは、ありゃあなんだ？」

「さっき、やってたの、って言わはりますと」

「太鼓がどうしたとか、松茸が出てるとか、くっだらねぇことをぱあぱあ言ってやがったろ。あれは、おまえさんが拵えたのか」

よその座敷の様子を聞いていたのか。よほど酔狂な男だ。

「あ、いえ。あれは京で露の五郎兵衛はんいう方がやってはる辻咄いうのを、見よう見まねで」

男はふうんと言いながら首を傾けると、口の端を思い切り右に歪《ゆが》めてから、言った。

「他にも、あるのか」

「ええまあ。わしが『醒睡笑』いう本から、拵えたのもあります」

「やってみろ」

「え？　今でっか」

「ああ。早くやれ」

「はあ。えーと、えーと……。童は風の子、なにゆえか。フウフウ、夫婦にできるゆえ」

男はにやっと笑うと、また口の端を歪めた。

「おまえ、そういうので、稼ぐ気はないか。職人なんぞやめて、俺んとこへ来い」

「あんさんとこって……。だいたい、あんさん、どなたでっか」

「俺か。俺は、石川流宣《いしかわとものぶ》ってんだ。一応、今んところは絵師だが、絵師だけで終わる玉じゃあないから、まあ見てな。ともかく、俺んとこへ来い。悪いようにはしねえ。こう言っちゃあ何だが、おまえ、職人としての腕は大したことないだろ」

武平はむっとしたが、事実なのでぐうの音も出なかった。

「図星だな。良いから俺んところへ来い。そうそう、おまえ、名前、なんて呼ばれてたっけな」

「き、喜六でっけど」

「そうそう、その喜六だが」

そう言うと、男はぐっと声を落とし、顔を近づけてきた。

「本当の名じゃないだろ。そのへんの理由《わけ》アリも、込みで面倒見てやる。ここの勘定が済んだら、長谷川町《はせがわちょう》の絵師の古山《ふるやま》っていう家に、訪ねてこい。いいな」

男はそう言うと、すたすたと廊下を歩いて行ってしまった。

――なんや、あれ。

ずいぶん、人を食った物言いをする男だ。歳はたぶん、武平とおっつかっつだろう。

――まさか。

なぜ本当の名でない、理由アリと見抜いたのか。自分のことを何か知っているのか。

しかしそれにしては、おかしなものの言い様だ。

怪しみつつ見送っていると、入れ違いに兄弟子たちがどやどやとやってきた。顔を見れば、誰が上首尾で誰が振られたか、すぐ分かる。

「さ、行くぞ」

——そういうので、稼ぐ気はないか。

そんなこと、できるわけないやないか。

——長谷川町の絵師の古山。

「行かへん、行かへん」

「喜六、何をぶつぶつ言ってる。行くぞ」

「あ、すんまへん」

——行かへん、て。

3　長谷川町

「……『こりゃ珍念。そなた、香《こう》この茗荷《みょうが》、盗み食いしたであろう。これは物忘れをするというから、これから学問をしようという者が、あまり食べてはいかん』『和尚さま、ならばいっそう食べましょう』『なにゆえじゃ』『空腹を忘れとうございます』……」

武平の前には、石川流宣と古山師重《もろしげ》が座っている。師重は無邪気にあははと笑い声を上げているが、流宣の方は、腕組みをしてうーんと唸り、何か言いたげに口を歪めた。今日は緋縮緬の羽織は着ていないが、首の豆絞りは相変わらずだ。

――今度はなんや。もう、堪忍してくれ。

「人の台詞《せりふ》を言う時は、首の向きで示した方がいいな。和尚がしゃべるときは右、小坊主のときは左。台詞じゃない時は正面。それから、無理に子どもの声色でしゃべるな。ちょっと高い低いがあればじゅうぶんだ。あと、仕舞いの台詞は、もうちょっと間を空けてからゆっくり言え。そこが肝だ、って聞いている方に分からないとだめだ。よし、もう一回やれ」

――えらそうに。自分がやるわけやないのに。

武平は結局、長谷川町へ来てしまった。あれから、三日後のことだ。

本当の名ではないと見抜かれたことと、「そういうので、稼ぐ気はないか」と言われたことがずっと心にかかって、足を向けずにはいられなかったのだが、親方に「一日暇をください」と頼んだら、「一日と言わず、もう来なくて良い。おめぇ、良いヤツだけど、手先があんまり器用じゃねぇし、たぶん職人には向いてねぇ。悪いが、他の仕事を探しな」と言われてしまい、途方に暮れてしまった。

こうなったらどうでも流宣を探し当てなければと、町名を尋ね尋ね、長谷川町に来た。

古山という家がなかったり、流宣の名を言っても「知らない」と言われたりしたらどうしようかと不安だったが、幸い、古山という家はちゃんとあり、折良く流宣本人が来ていて、「おう、よく来たな。来ると思った」と言ってくれたから、なんだか涙が出るような気がした。

流宣と師重は二人とも絵師で、同じ師匠の門下にあるという。

「実は塗師をクビになった」と話したら、師重が気さくに「何ならうちへ来ていいよ」と言ってくれて、以来、師重の家の居候として暮らしている。

流宣の住まいは別のところらしいが、一日おきくらいにやってきては、武平に咄をさせる。はじめはただ聞くだけだったので、この人はよほど咄が気に入って、自分を身近に置こうとしてくれるのかと思ったのだが、どうやらそうではなかった。

「あ、今の台詞、もういっぺん言ってみな。どうも間が違うようだ。それに、手の動きをちゃんと付けた方がいい、顔ももっと作れ」

どうもこれは、咄の仕方を稽古させられているのだ、と気づいたのは、数日経ってからのことだった。

「いやいや、そこの声の出し方は、まずい。もうちょっと高い音でやってみな。そうだな、台詞のおしまいのところで首をふっと竦《すく》めてみろ」

――こんなことして、何する気や。

流宣の指摘は容赦なくて、ほとほとうんざりする。しかし、聞いている者を楽しませる工夫として、たいてい間違ってないらしいのは、聞いている師重の反応でよく分かる。

師重は至って人が好いので、武平はすっかり甘える気になっていた。金回りも良いのか、居候と言いながら、以前の暮らしを考えると、武平はずいぶん贅沢をさせてもらっている。下女にお鍋《なべ》という婆さんを雇い、食事は上げ膳据え膳、おかずの品数も多くて豪勢で、時に酒も出る。

居候を始めて数日はそれでも、いつ「出て行け」と言われやしないかとおびえ、出されるご馳走にも妙にびくびくしていたのだが、何日経っても、師重は武平を邪険にする様子はまったく見せず、それどころか、「平《へい》さんが来てから楽しいよ」と上機嫌を崩さない。

十日経ち二十日が過ぎる頃には、武平も「この人は根っから好い人なんだな」と思うようになり、遠慮なく旨い物のご相伴にあずかれるようになった。昨日などは豪勢な鯛の焼き物が一人に一尾出たので、これはさすがに何か祝い事でもあったのかと尋ねてみると「いいや。でも冬にはうまいだろう」とあっさり言われ、武平は呆れてしまった。

こうした食い道楽の甲斐性か、ほわんとふくよかな体軀《たいく》の師重が、弛《ゆる》み気味の顎をふるふると震わせて「平さん、今日も咄、面白かったな」と言ってくれると、流宣からずけずけと言われた不快さも、まあいいかとほぐれる気になる。

それより何より、流宣のかき混ぜ、だめだしのやかましさを割り引いても、塗りの仕事をしているよりは、毎日こうして咄をして暮らしている方が楽しい。追ってくる小絵の夫に見つかるのではないかという恐ろしさも、咄の稽古をしている間は忘れていられる。それは、思案の余地のないところだ。近頃では、自分一人で鏡をのぞいて、右を向いたり左を向いたり、剽軽な顔や仕草を作ったり、工夫していることもある。

「よし、鹿平《しかへい》。最初のお座敷、決めたぞ。これからは玄人《くろうと》の芸人の覚悟を持てよ」

偽と見抜かれた喜六を名乗るのはやめたが、さすがに、本名を明かす気にはなれず、本姓の「志賀」を「鹿」ともじることにした。

たぶん、これも本名でないことは、流宣の方ではお見通しなのだろう。とはいえ、子細《しさい》を詮索《せんさく》したりはしてこないのが、ありがたいような、恐ろしいような気もするが、今更、ここから離れるわけにもいかない。流宣は、態度が横柄《おうへい》で人を喰った物言いをするけれども、武平をだましているようには見えないので、とりあえず、鹿平として落ち着いておくことにしている。

「お座敷？」

「当たり前だ。何のために咄を稽古してきたと思ってる」

――どういうことだ？

いきなり玄人の芸人だの、お座敷だのと言われても、武平にはもう一つ、よく分からない。五郎兵衛は参詣人相手に辻でやっていたが、お座敷でとは。芸者や幇間の仲間になるってことだろうか。

翌日、流宣に連れて行かれたのは、長谷川町からはほど近い、村松町《むらまつちょう》の町家《まちや》だった。てっきり吉原へ行くものと思っていた武平は、なんだかがっかりしてしまった。

「おまえは、こっちで待ってろ。万事終わったら、おまえにも膳が出るから」

小座敷で控えているよう言われた武平は、少しだけ襖《ふすま》を開けて、隣の広座敷をのぞいてみた。男ばかり十人ほど、流宣も師重もいるが、この中では末席らしく、端っこだ。床の間の前に陣取っている五十歳くらいの男が正客《しょうきゃく》らしい。他の男たちからの挨拶《あいさつ》を受けてにこにこと笑っているが、骨張った体つきと鋭い目つきからは、ただ者でない様子が見て取れる。

――誰やろ？

そのままのぞいていると、中でも一番若そうな、棒のようなやせ型の男が座を仕切りだした。

「えー本日はお日柄も良く。皆さんのご機嫌も良く。我らが師匠、および我ら一門のますますの栄えを祈念いたしまして、まずはあたしめが一つ、露払いをば」

棒男はさっと器用に尻をはしょると、「三番叟《さんばそう》」の真似事みたいな舞を一差し披露した。

――うまいな。幇間か？

見ていると、この男は舞っただけでなく、他の者たちの間をくるくると動いて、酒を追加したり、懐紙を差し出したり、また、話相手の途切れた者がいるとすっと近づいていったり、うまく座の取り持ちをしている。

と、その男がまたよく通る声でしゃべりだした。

「本日は、師宣《もろのぶ》先生の『大和絵尽くし』の刷りが、こたびめでたく重なりましたお祝いでげす。ということで、流宣さんが特別に、珍しい芸を持つ人を同道してきてくれました」

――師宣先生って、菱川《ひしかわ》師宣？　あの絵師の？　あの有名な？

考えてみれば、流宣も師重も菱川派に連なる絵師なのだから、その師匠の師宣の宴席に呼ばれたのは何の不思議もないのだが、武平にはそう筋道だって考えるゆとりなどなかった。驚いている暇もなく、芝居がかった口上で「お江戸開府以来、初お披露《ひろ》目《め》の芸人。鹿平さんでげす。どうぞ」と声がかかり、襖がばっと引き開けられた。

おたおたしていると、向こうで流宣が「ちゃんと座れ」というような手つきをしていて、師重はもうふるふる笑っている。

とりあえず座り直し、「鹿平と申します」と床に手をついたが、もうそこで武平の頭の中はとっちらかっていた。

黙ったまま、幾つもの間が空いた。どないしよ、と思った時、席にいる数人がぐふふふ、とくぐもった笑い声を発した。

――なんや。わし、まだ何も言ってぇへんのに。何がおかしいんや。

ますます声が出ない。と、また別のところから「ぐふふふ」と聞こえてくる。

――と、とりあえず、挨拶や。

「ええ、ほ、ほんの、ばかばかしいお噂を、申し上げます……」

どうにか口上を言ったものの、次の言葉が出てこない。ええと、ええと、と口ごもっていると、今度はあははと誰かが笑う。

冷や汗がつーっと伝うのを背に感じた時、ようやく、流宣が懸命に手振りでこちらに何か伝えようとしているのが目に入った。流宣の手は、三味線を持つ形を表していた。

――そうや！　たらふくつるてんや。

一番の得意だ。まずはじめに、と言っていたのに。これを忘れてしまうとは。

ようやく口から声が出たが、客席で笑っているのは師重一人、他の客は不思議そうな顔をしている。「松茸」のくだりで棒男をはじめ幾人かがくすりと笑い、「フウフウ」で正客の師宣が口の両端をもちあげてにっこりとした。

「お、お後が、よろしいようで」

そう言って引っ込み、襖を閉める。向こう側がしいん、とした。

――あかん……。

恥かきにきたようなもんや。

そう思って手で顔を覆った時、向こう側からどっと笑う声が聞こえた。

「いや、こりゃ、はじめて伺いました。たいへんに珍なる、結構な芸でげすな」

笑い声の中に、一際通る、棒男の声だ。

「うむ。ばかばかしくて、楽しくて、不可思議で……、たいへんけっこう」

師宣らしき太い声が明瞭な調子でこう言うと、師重が何かもそもそとしゃべる声がした。それを聞いてから、さらに何人かがあっはっはと大声で笑ったのが聞こえた。

気づくと、汗で襟《えり》がぐっしょり濡れている。背中もひんやりしてきた。途中、額から首筋へ、無数に滴《したた》り落ちてきて参っていたのだが、咄の中の所作には、たくさん決まり事が出来てしまっているから、拭《ぬぐ》うこともままならず、流れるままにしていた。

「鹿平さん」

廊下側の襖を開けて、棒男が入ってきた。

「お疲れでげした。ぜひまた、お聞きしたいもんでげすな」

するするっと男が出て行った後には、燗《かん》のついた徳利と膳、盆に乗せた手ぬぐいが二本、置かれていた。手ぬぐいの一本は、濡らしてある。

——気の利く幇間だな。

武平は濡れ手ぬぐいを取ると、あちこち体を拭いた。ようやく人心地がつくと、置かれた膳に、菜のお浸しや飛竜頭《ひりょうず》の煮物、鰆《さわら》の焼き物など、旨そうな料理が並んでいるのが目に入った。

「ありがたい」

腹の虫が、思い出したようにぎゅうっと鳴る。

燗酒が喉をつつーっと通っていった。

4　幇間絵師

「平さん。朝湖《ちょうこ》が、おまえさんに会いたいってさ」

「朝湖？」

「うん。こないだ師匠の座敷で会っただろ?」

ひたすら文机《ふづくえ》に向かって筆を執っていた武平は、師重に呼ばれて手を止めた。師重の後ろから、頭一つ分出た顔に見覚えがある。

――こないだの幇間か。何の用だ。

この頭の中の忙しいときにと、武平はちょっといらいらした。

先日の「初座敷」の後も、流宣はちょくちょく、似たような仕事を取ってきた。客は、この界隈に大勢住む役者衆やら、お店の旦那衆やら、いずれも反応はまあまあ、ぼちぼちといったところだったのだが、流宣は武平に一つ、難題を出してきたのだ。

「おまえ、自分で咄を拵えろ。別に、元ネタは五郎兵衛や『醒睡笑』でもいいが、自分の考えで工夫して変えてみろ。思いついたら、いったん紙に書けよ。俺が見てやるから」

もうすぐ年の暮れだ。「大晦日までに、十、新しい咄ができなかったら、師重のところを出て行け」とも流宣は言った。出し抜けのこんな指図も、俺が見てやるという横柄な物言いもどちらも業腹《ごうはら》だったが、これまでのいきさつを考えれば、流宣の言うことに従うしかない。

――新しい、咄かぁ……。

そうそう簡単に浮かぶものではない。武平はこのところ毎日、うんうん唸《うな》る思いで、筆を持ち紙とにらめっこを続けている。昨日どうにか七つめができた。

野老芋《ところいも》で大黒さまを作る咄で、一読した流宣は「あんまりおもしろくねぇな、落ちが見え透いてる」と渋い顔だった。

しかし、武平が落ちの、「しなびた芋の大黒が水に浸けられて蘇《よみがえ》る」仕草を見せると、「なんだぁそりゃあ」と思わず笑い、「まあその仕草に免じてこれも入れてやらぁ」と言った。武平は、三番叟ふうに「ところ繁盛、繁盛」と唄いながら、両手を思い切り広げると、体をやじろべえのように左右に幾度も傾けて、大黒さまのにまっとした笑い顔を精一杯作ってみたのだ。

「なんかよく分からんが、笑えたからいいことにしてやる」というのが、流宣の言い分だった。

あと三つだ。流宣のことだから、十できなかったら、本当に武平を叩き出すに違いない。今更また置き所のない身になるのはたくさんだ。

「いやいや、平さん。こないだはどうも。多賀《たが》朝湖と申します。よろしくでげす」

師重の真似をしてなのだろう、いきなり「平さん」と軽く呼びかけてきた朝湖は、体と同じように細い眼をより細くして、にっと笑った。

「実は、こないだの平さんの様子をね、ちょいと絵に描かせてもらったんでね、お持ちしてみました。不慣れなところがかえって味で。面白うござんした。怒らないでおくんなさいよ」

――絵に？　こいつも絵師なのか。

差し出された巻紙には、落書きふうの軽い筆遣いながら、客を前に咄をする武平の姿があった。顔を歪め、大汗をかきながら、両手を広げている。鼻の穴が天井向いているあたり、武平の顔の特徴をよくとらえている。

「やあ、面白いね。朝湖、花鳥風月ばかりじゃなくて、こんなのも描けるんだ」

師重がのぞき込んできて、「これ、すぐに平さんて分かるね」と笑った。

――こんなん、誰にでも見られたら……。

まるで人相書きではないか。武平はいささか凝乎《ぎょっ》とした。新しい咄を拵えるのに夢中で、このところ棚上げになっていた恐ろしさが、ぬっと身に添ってくる。

「あ、あのわし、あんまり顔描かれるの、苦手やし。こんな不細工やし。恥ずかしいさかい、こ、これ、あんまり、人様には見せんようにしておくんなはれ。ありがたいんやけど」

「そうでげすか？　味があって良いお顔でげすよ。正直、こうして近くで改めて拝見すると、素のお顔にはむしろ剣呑《けんのん》な筋もござんすのが不思議でげすが。先日のお座敷では、何とも、お顔を見ただけでぐふふ、と笑いたくなるようなご風情でげした。ま、これはこれ、手すさびの一枚切りでげすから、どうぞ初座敷の記念にしてやっておくんなさい」

手すさびの一枚切りと聞いて、武平はようやくほっとした。

「そうそう、昨日ね、こんなばかなことがあったんでげすよ、平さんにもしかしたら、お役に立つかもと思って。師匠の家にいましたらね、小僧が血相変えて言うんでげすよ『精霊軒幽霊《しょうりょうけんゆうれい》さまがいらっしゃいました』って」

「なんでっか、それは」

「ね、おかしいでしょ。で師匠が『どんな人だ』って尋ねたら『白いお着物を召して、杖をついている、痩せたお坊さまです』って。師匠とあたしとでどんな人かと玄関まで行ったらね。誰だったと思います？　師重兄さん」

「ええ？　いやだなぁ。まさか本当に幽霊が出たんじゃないだろうね」

私は怪談は嫌いだよと、師重が心底苦手そうに言った。

「もちろん。兄さんも知っている人でげすよ。俳諧の先生、松葉軒立詠《しょうようけんりゅうえい》先生。でも確かに姿形《なり》は小僧の言った通りでしてね。間違ったのも無理はないって、師匠も大笑いで」

――あほらし……。けど、それ、おもろいな。ネタにしてみるか。

武平はその貧相な俳諧師の姿を勝手に想像して、にやりと笑った。

「ね、ね、重さん、どうかな。『ごめんください、精霊軒幽霊でございます～』って」

幽霊を演じる役者みたいに、手を前に二本、だらりと下げて腰から上を前後に振って台詞を言ってみると、師匠も朝湖も吹き出して大笑いした。

「なんだいそれ、平さん。妙な手つきだなぁ」

「何が可笑しいって聞かれたら返答に困るご様子でげす、でも笑えます……」

「そうだよ。だいたい、幽霊の手って普通左右そんなふうに揃えて前へ出したりしないだろ。平さんのは幽霊にしちゃあ陽気だなぁ。ぴょこぴょこ飛びそうだ」

「何なすっても愛嬌のおありなのが、よろしいんでげしょう。あはは、面白いものを見せていただきやした」

――愛嬌？　わしに、そんなもん、あるんやろか……。

ともかく、これで八つめができるかもしれない。

「あ、こいつぁ長話で、失礼いたしやした。あたしはこれで」

「あれ、もう行くのかい？　茶もまだなのに」

「いえ、お構いなく。これから深川まで行かないといけないんで」

「深川って、いうと、桃青《とうせい》先生のところかい？」

「ええ。引っ越しの時にお弟子さんが差し上げた芭蕉《ばしょう》が根付いて、姿がとっても良いから、一度描きにおいでって、お誘いいただいたんでげすよ。良い機会だからご機嫌伺って参りやす」

「そうかい。気をつけてな」

たったっと小気味の良い下駄の音をさせて去って行く朝湖の背中を見ながら、武平は耳に留まった人の名を尋ねた。

「桃青先生って、やっぱり俳諧の、あの桃青さんかい？」

「あれ平さん、桃青先生、知ってるんだ」

「知らいでかいな。わしこれでも俳諧、けっこう詳しいんやで。大坂で、西鶴はんの大矢数、見たこともある」

「へぇ。人は見かけによらないね」

師重はでもね、とため息を吐いた。

「桃青先生は、たぶん西鶴さんとは正反対じゃないかと思うよ」

「それは、何がです？」

「うーん、何って言われても、私は流宣と違って弁が立たないから、上手く言えないけども。……だいたい、桃青先生がこの日本橋の小田原町《おだわらちょう》から、深川なんぞへ越しちゃったのは、人の句に点を付けたり、興行の俳諧をやったりするのが、嫌になったからだそうなんだ」

――点も興行もしない？

「なんでも、『私は俳諧を人気や金銭の道具にしたくない』と言ってね。貧乏してもいい、多くの人に誉めてもらえなくてもいいから、自分が心から良いと思える俳諧だけを、したいんだって」

「へぇ」

「だからたぶん、まあ私は西鶴さんには会ってないから、こんなこと言うのはなんだけど、ずいぶん違うような、気がするな」

――そういうものか。

しかし、大勢の人が良いって思ったら良い句じゃないんだろうか。人に点を付けるのは、自分が良いと思う俳諧を知ってもらうのに、大切な機会なんじゃないんだろうか。

「分からん、なぁ」

武平が首を傾げると、師重も「まあ私も、よく分からないんだけどね」と言った。

文机の紙の端が、ひらひらと、風を受けていた。

5　追手

「兄上。ヤツは、武平めは、やはり、東へ向かったと考えるべきでしょうか」

「うむ。そうだな。総社《そうじゃ》さまでのご祈禱の後、神籤《みくじ》を引いたら恵方《えほう》は東とあった。東海道を下ることにしよう」

総社さまというのは、射楯《いたて》兵主《ひょうず》神社のことだ。清兵衛と竜吉の兄弟は、仇討ち免状を懐に、まずこの神社へ参り、武運長久、心願成就を祈った。

武平が京から逃げるとして、我らが故郷のある西へ向かうとは考えにくい。それに、今のご時世、やはり逃げ場所として目指すなら江戸であろう。

――しかし、あの庄屋、肝の据わった男であったな。

神社からまず向かったのは、武平の故郷だという村だった。そこで武平にはもう係累が全くないことを突き止めた兄弟は、幼なじみだという庄屋に詰め寄ったのだ。

「その方、何か知っておろう。天涯孤独の凶状持ちが頼るとすれば、生国の幼なじみ、しかも庄屋を務めるその方以外にないではないか。隠し立てすると、為にならんぞ」

こやつ、きっと武平に会った、そして助けたに違いない。清兵衛には、ある種の確信のようなものがあった。

「存じまへん」

しかし庄屋は、ゆったりと首を横に振った。

「わしも、この一帯を預かる者でおますからな。そんな面倒被《かぶ》るようなこと、してる暇ありまへん。だいたいもう武平とは、十何年も会うてまへんわ」

苛立った竜吉が刀を抜いて突きつけても、庄屋はまったく動じなかった。

「存じまへんて。その物騒な物、仕舞っとうおくれ。いくらお武家はんでも、やって良いことと悪いことがおますやろ。それに、何にも知らんわしをいくら脅してもすかしても、時間の無駄でっせ」

声の調子は明瞭で堂々と、掠《かす》れも震えもしていなかった。

いきなり刃《やいば》を突きつけられて、いささかの震えも見せない者は、侍でもそうそうあるものではない。穏やかな顔をしているが、容易に腹の底を割らぬ人物と見える。

庄屋から手がかりを得るのは無理と判断した清兵衛は、竜吉をなだめると、刀を収めさせた。

「庄屋殿。これは失礼をいたした。では、退散いたそう」

竜吉はしぶしぶ兄に従ってきた。

「兄上。なぜもっとあの庄屋を責めなかったのですか。きっと何か知っているだろうに」

「あの様子では責めても無駄だ。それよりは、ここから東へ向かう道すがら、武平らしき者が通らなかったか、尋ねて回る方が早かろう」

果たして、しばらく前、顔つきの割に白髪の多い、それらしき男が街道へ抜けていくのを見たという者がいた。

「よし、やはり東海道だ」

覚悟を決めて弟と歩きながら、清兵衛は少し違うことを考えていた。

竜吉と違い、清兵衛は武平と会ったことがない。だから、その人相風体については、竜吉が話すことを手がかりとするしかなかった。

——小絵殿はなぜ、密通などという真似をしたのであろう？

さように愚かな女だとは。

よほど、その武平という男が言葉巧みに言い寄ったのか、それとも……。

考えれば考えるほど、不愉快でならない。祝言のときに見た楚々《そそ》とした花嫁ぶりが、今となってはかえって腹立たしい。

こう言っては傲慢《ごうまん》だが、弟の養子の件はむしろ向こうの親族一党の方が熱心に望んだことだ。小絵の家は財政が逼迫《ひっぱく》している様子で、ありていに言えば、竜吉の剣術の腕以上に、父が提示した持参金の額が先方には魅力的だったらしい。さような縁組みで夫婦になっておきながら、出入りの職人風情と密通するとは、あまりにも不埒千万《ふらちせんばん》過ぎて、清兵衛は弟が不憫《ふびん》でならなかった。

——いずれにせよ、その武平とやら。必ず討ち取ってやる。

ともかく、少しでも歩を進めよう。清兵衛は腰にぐっと、力を入れた。

三　鹿野武左衛門

1　三味線お咲

——團十郎、ええなぁ。

武平は今出てきたばかりの市村座《いちむら》を、改めて振り返った。墨痕《ぼっこん》黒々と掲げられた看板の外題《げだい》「小栗忠孝車《おぐりちゅうこうぐるま》」が、威風堂々こちらを見下ろしている。

「えいさらえい、一引き引いたは千僧供養、二引き引いたは万僧供養……」

芝居の余韻を抱えた客たちが、台詞の一節を口ずさんで歩いて行く。

憐れな餓鬼から、水際だった御曹司の姿へ。びしりと決まった見得《みえ》には、力強さだけでなく、美しさもあり、以前に見たのとは、ずいぶん違って見えた。

——この頃の市村座はええなぁ。

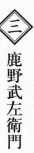

五月に見た曽我物の「鎌倉五人女」も良かった。仇討ちの曽我兄弟のうち、兄の十郎を、これまでとは違う優男《やさおとこ》にして、中村七三郎《しちさぶろう》という役者が演じていた。五郎と十郎、いずれもが荒武者であるより、どちらかが優男である方が確かにそれぞれが引き立つし、彩《いろど》りも出る。

――さっきの真似、出来るやろか。どんな咄、拵えたらええかなぁ。

流宣から最初に、五郎兵衛の真似でない、新しい咄をまず十、拵えろと言われた時に、最後の一つ、苦肉の策で、芝居の一部分を借りた少し長い咄を書いてみた。一読した流宣は、「咄の出来は悪くないが、役者の真似をするなら、江戸の芝居に出たことのある役者の誰かにしろ」と言った。

「自分の知らないヤツの真似されたって、面白くもなんともないだろ」

確かにそのとおりだ。もっともである。

役者の真似を入れた咄は、けっこう客の反応が良い。不細工な自分が美しい役者の真似をするのは、どんなもんだろうと思ったのだが、どうもかえってそれが面白いらしい。

「それもある意味、落ちってもんさ」

近頃の流宣の口癖だった。首から下がっている豆絞りをくるくる、指でもてあそびながら、もったいぶってしわがれ声で言う。

「月とすっぽん、提灯に釣り鐘。似て非なるもの、一見縁遠いものが結びついて何かが決着すると、人は面白いとか納得した、とか思うんだ。それが落ちだ。咄には、落ちが一番肝要だ」

流宣のごちゃごちゃ言ういろんな理屈は、武平には半分くらいしか「腑に落ち」ないけれども、これについては、まあなんとなく分かる気はする。もし仮に武平が、役者にしたいような、というか、なりたいような良い男だったら、役者の真似をしても、きっと客は面白くないのだろう。

「平さん。明日は、石橋生庵《いしばしせいあん》先生のお屋敷。明後日は吉原の茶屋、その次は……」

家へ帰ると、師重がいつものように帳面に向かいながら、かかっている座敷の予定を武平に伝えた。引き受けてくるのはたいてい流宣か朝湖だ。

――明後日の次。

葉月二十四日。小絵の三回忌である。

「重はん。すまんけど、二十四日はどうしても体が空かんて、言うてや。頼む」

「ん？　何か、用事かい？」

「いや、ちょっと」

師重はふうん、分かったとだけ言った。それ以上は聞かれないのが、ありがたい。ありがたいことに今、手元に少しは金がある。流宣が渡してくれる金の額は、月ごとで比べれば塗師の手間賃と大して変わらぬほどだが、寝床に食い扶持、着る物の面倒まで、師重が嫌味の一つもなく引き受けてくれるおかげで、自由になる金は以前よりずっと多い。武平はどこかの寺で、こっそり小絵の供養をしたいと考えていた。

——なあ奥方さま。

絶対、わしは奥方さまを殺したり、してまへん。なぁ。

お経さん仰山《ぎょうさん》上げるよって、どうぞ、わしのこと敵と思いこんではるご亭主に、「違う」と、夢枕にでも立って、言うてくださいな。

拝みます、この通り——。

長月になった。最初の座敷は、人形や玩具などを扱う問屋商人の寄り合いの宴席だという。

——あれをまた、やってみよか。

去年拵えた、役者でなく、人形の真似を入れた咄である。何度かやっているが、もう一つ、まだしっくりきていない。流宣に言わせると「悪くないが、なんか足りん」のだそうだが、その足りないのが何なのかは、流宣にもはっきりしないらしい。

筋は、人形芝居の和泉太夫《いずみたゆう》の家で巻き起こる怪異譚《たん》で、実際に、堺町で起きた小火《ぼや》をめぐる噂をネタに、膨らませたものだ。

まず、火事で、長持《ながもち》が一棹《さお》焼けてしまう。その中には、金平《きんぴら》浄瑠璃でおなじみの、一体の金平人形が入っていた。坂田公時の息子の金平である。

その火事以来、その人形芝居の小屋の楽屋でよなよな「和泉太夫」と、浄瑠璃さながらの武張った大声で呼ぶ声がして物が壊される。和泉太夫。その噂がまたたく間に世に広まってしまい、興行できなくなって困っていた太夫の夢枕に、朱に染まった顔の金平人形が立ち、さらに恨み言を言う。

武平はこの恨み言を言う段になって、金平人形の真似をする。台詞は浄瑠璃ふう、身振り手振りはぎくりばったり人形ふう、という工夫である。

「……さてさて、そなたは我をないがしろにして、明けても暮れても長持の隅に寝させておきたるに、焼き討ちに遭うた……」

ちゃりん。

人形の形になって第一声を上げた時、まるで合いの手を入れるような三味線の音がしたので、武平はおっと思った。

——隣の座敷に浄瑠璃の芸人さんでも遊んではるんやろか。

それにしてもうまく嵌《は》まったな。

「もっと早くに来て、そなたの首、ねじ切ろうと思うところへ……」

てんてん、つんつん、てんてん、つんつん……

やはり三味線の音だ。どうも良すぎる間で、偶然にしては、出来すぎである。

「竹綱《たけつな》しきりと諌《いさ》めしゆえ、今まで日延べにしておいた……」

ててん、つつつん、ててん、つつつん……

こうなると、こちらの咄に合わせてくれているとしか思えない。武平は人形のふりを続けながら、音のする方を盗み見た。どうやら、武平の控え座敷あたりだ。

流宣の仕込みだろうかと思って、客の後ろにじっと立っている緋縮緬の羽織を見たが、きょろきょろしているところを見ると、どうやら心当たりはないらしい。

――いたずらか？　それにしても酔狂な。誰やろ。

「もはや竹綱が言葉も聞かぬぞ」

ちちちん……どつつん……

三味線の音に思わず体が乗る。武平の演ずる人形は、三味線の刻みに乗せて、金棒を振り回す早さを、どんどんと上げていった。

てんてんつんつん、てんつんてんつん、てんつんてんつん……

この後は、怒り狂う金平の怨霊をどうにか鎮《しず》めようと、太夫が僧侶に祈禱を頼む。すると僧侶が「祈禱などより、ずっと霊験あらたかなものがございます」と言ってお札《ふだ》をくれる、という展開になる。

三味線は引き続き咄の流れにうまく入ってきていて、客はどうやらこれも仕込みのうち、とすっかり思い込んでいる様子である。

流宣がそっと座敷を出て行くのが見えた。三味線の音の出所を確かめに行く気だろう。

武平はともかくも最後まで演じようと、扇子と手ぬぐいを使って、金平人形の暴れる楽屋にお札をぺたぺた、貼る仕草をした。

咄の中に出てくるいろんな物を、扇子と手ぬぐいとを使って表すこの工夫は、朝湖が考えてくれたものだ。おかげで、仕草の流れの中で何気なく、吹き出す汗を拭《ふ》いたりもできる。

「……さて、その晩より、ごとりともせず。一日経ち二日経ち、三日経っても何事もありませんので、さてさてこれはありがたい。いったいこのお札にはいかなる秘術があるのやろうかと、一枚はがしてみましたところ、お札には『源頼義公《みなもとのよりよし》』、すなわち、金平さんのご主君の名が書いてあるだけでございます。さすがの怨霊もお主《しゅう》のお名前には勝てまへん、というのは、人も人形も同じでございますという、ばかばかしいお噂でございました」

頭を下げてひっこんでくると、流宣の前に、地味な濃鼠《こいねず》の着物を着た女が一人、三味線を抱えて座っている。帯も地味な暗い朱の細帯だが、吉弥《きちや》結びに流しているのが少しだけ今ふうだ。

「あ、鹿平さんが来た。ね、いいじゃありませんか。あたしを、仲間に入れて下さいな」

こちらを向いた顔は、存外若そうだ。自分よりいくらか年下、三十凸凹《でこぼこ》くらいだろうか。流宣が口の端を歪《ゆが》めて顎をしきりと撫でている。

「まあ、今日の咄がおまえさんの三味線のおかげで面白くなったのは確かだ。で、おまえさん、何者なんだ？」

「あたし、お咲《さき》って言います。堺町《さかいちょう》の人形芝居の小屋で育ったんですよ。だから三味線が弾けるんです。ね、いいじゃありませんか。おあしたくさん下さいなんて、言いませんから」

にこにこ、しかし、ずけずけ、なかなか押しの強い女だ。

別れた女房のお松も気が強く、自分の言い分をしっかり相手にねじ込む女だったが、このお咲という女は笑顔のままがっつりねじ込んでくるところが、お松よりさらに上手《うわて》そうである。

「鹿平さんの咄、好きなんですよ。ああこれだったらあたし、三味線付けてみたいなって。ね、いいでしょ」

「分かった。まあ、試してやろう……じゃあ鹿平」

流宣は武平に耳打ちした。

「ついては、抱え代はおまえが払えよ」

「え?」

「当たり前だろ。おまえの方が鼻代の取り分は俺より多いんだ。じゃ、今日はこれでな」

――演じてるのはわしなんやから、わしの取り分が多いのは、当たり前やないか。

座敷の客が武平に払う金を、流宣は「鼻代」と呼んでいる。

「女郎なら花代だが、おまえは鹿だから、まあ鼻代だ」と訳の分からない名付けはともかく、その鼻代のうち、武平がもらえるのはだいたい四割だ。あとは流宣が三割、師重が二割、朝湖が一割、師重は衣食住で武平を丸抱えにしてくれているから、たぶん足が出ているだろうに、何の不満も言わないので、申し訳ないようでもある。

まあ総体、納得がいくような、いかぬような取り決めなのだが、流宣はことあるごとに「鹿平にとっちゃ、ずいぶん良い決め式なんだぞ。ありがたいと思え」と恩に着せてくる。重ねて「俺たちがいなきゃ、おまえは芸人になれちゃいないんだからな」とまで言われると、さすがの武平もむかっ腹が立ってきて、何か言い返してやりたくなる。

しかし、言い返そうと言葉を探すうちに、何の伝手もない自分に、途切れることなく次々と座敷がかかるのは、確かに流宣や朝湖たち――浮世絵師なんだか幇間なんだかよく分からないが——の顔の広さのおかげと思い至って、まあそんなもんかいな、とでも思うしかなくなってしまうのが、常だった。

——三味線女、どれくらい、払うたらええかな。

武平の心中を知ってか知らずか、お咲が横で「よろしく」とにっこりした。

いわゆる美人ではないが、目元口元がきりっとした、悪くない女だ。

「あ、あ、どうも、よろしく」

——感じは、悪うないな。咄、好きや、言うてくれるし。

ふっと浮ついた気持ちが湧きかけるのを、武平は慌てて戒めた。

——あかんあかん。

素人の女はもう、わしには縁がない。女郎買いだけにしとこう。

2　嘘から出たまこと

「そう言やあ、今森田《もりた》座に出てる藤川武左衛門《ふじかわぶざえもん》て、平さんと声が似ていませんでげすかねえ」

「え？　武左衛門って、あの亀井六郎《かめいろくろう》役の？　義経《よしつね》さんの家来で、すごいごつい、強くて武張ったお武家さんやってる人でしょ。迫力あるよ。……平さんとは全然違うじゃない」

「そうでげすかぁ？　あたしは声だけだったら似てると思ったんでげすが」

朝湖がやってきて、師重と話している。

「ね、平さん。ご自分じゃあ、いかがでげす？　森田座、平さんも見に行ったでげしょ」

武平は返答が出来ずにいた。分からないからではない。

朝湖の言うとおりだ。自分でもとっくに気づいていた。

あちらは目鼻だちのはっきりした美丈夫《びじょうふ》、こちらは鼻が天井向く小男、姿形はまるっきり違うのだが、どういうわけか、声だけが妙に似ている。というか、ほぼそっくりの声色《こわいろ》が使える自信がある。武張ったいかつい感じをさらに大げさに誇張して演じたら、たぶんかなり、面白くなるだろう。

――けどな。名前が、な。

武左衛門――父と同じ名だ。

同じ名の人間など、いくらもいる。気にすることはない。

そう思っても、やはり、思い出したくない。心の底に沈めたはずの来し方が、名前の響きにくっついて、浮き上がってきそうだ。

「ごめんなさいよ」

「あ、お咲さんだ。開いてるよ」

三味線を抱えたお咲は、上がり込むなり、言った。

「ねえ、この二月に森田座に出てる藤川武左衛門て……」

「やっぱりお咲さんも。平さんの声に似てるでげしょ。ほら二対一だ」

師重がふうん、そうかなぁと頬を膨らませた。

——気にせんと、ネタにするか。でもなぁ。名前がなあ。

黙って斜め上の方を眺めていると、お咲がにっこりとこちらを見た。やらないなんて言わせないとでも言いたげな口元だ。逆らえそうにない。

「じゃあ、やってみる……かなぁ」

「よし。早速稽古しましょ」


咄を、おあしをいただく芸としてやるようになって二年が過ぎていた。

相変わらず、小絵の夫が自分を殺しにやってくるのでは、という恐ろしさは身にひたひたとついて回っていたが、それでも、客を前に咄をやっている間、流宣やお咲と咄の稽古をしている間は、その恐ろしさを忘れていられた。

愚かしい筋、ばかばかしい仕草、大げさな物真似、くだらない駄洒落。そんなものに頭も体も何もかもぶちこんで、座ったままでしゃべって動いて、大汗をかく。

人々が笑ってくれる。咄をやっている間だけは、誰にも邪魔されずに生きていられる。自分を敵と狙っている人がいることも、辛いことの多かった子どもの頃のことも、思うようにならなかった京での暮らしも、忘れていられる。

座ったまま、ぱあぱあしゃべるだけ。傍から見れば、さぞ気楽でふざけた生業に見えているだろう。しかし、これはこれで、咄を拵え覚え、声と調子を調え刻み、顔と仕草を作り工夫し……客にはきっと思いも付かぬほど、手間もひまも、相当かかっている。ほんの半時の座敷をうまくつとめるのに、実はその何十倍もの時を費やしてきているし、ほんの一つの落ちの仕草や顔は、何通りも、流宣や師匠の前で、あるいは自分一人で鏡に向かって、試したうちから選りに選ってできたものだ。

とはいえ、自分のこれを「芸」と言えるのかどうか、武平は未だによく分からない。浄瑠璃の大夫や、芝居の役者はもちろん、放下や手妻といった芸人たちの列に、堂々と並んで良いのかどうか、正直、分からなくなることもある。

それでも、咄をやって少しでもおあしがいただける間は、きっと生きていける。そんな気がしていた。

近頃では、贔屓《ひいき》と呼べる客も幾人かできた。中には石橋生庵のような、紀州藩のご家老に仕える儒医《じゅい》などという立場の人もある。武平は、客の様子を観察するのも、好きだった。

人というものは不思議なもので、いろんな意味で自分に近い人が、咄の中で笑いものになるのを、存外喜ぶところがあると、この頃武平は気づくようになった。

医者がいる席で藪《やぶ》医者の出てくる咄をしたり、大店《おおだな》の商人《あきんど》ばかりの席で商人のケチぶりを笑う咄をしたり、役者衆の宴席であえて大胆に役者の誰かの真似をしたり。そういうのが存外に反応が良いのだ。もちろん、言葉の選び方には気をつけ、その座にいる特定の誰かの気に障りそうなことは言わないようにするけれども。

武平は、藤川武左衛門の真似を入れた咄を、まずはじめに生庵の屋敷でやってみることにした。生庵のところでは、客はたいてい侍ばかりで、けっこう武張った人も多い。

――まずは「奴《やっこ》の喧嘩」、次は「難儀の店借《たなが》り」か「巻き舌」か。最後に「判官《ほうがん》の使者」でどうだろう。

武平は、武左衛門の真似の入った咄をやるのを前提に、その日の演目を考えた。

「難儀の店借り」と「巻き舌」は、それぞれ「まら」と「へのこ」、すなわち男根を表す隠語で落ちがつく、つまり――いずれも助平咄である。

お咲の三味線が入り始めたばかりの頃、武平はこうした咄がやりづらかった。咄の座敷客はたいてい男で、女がいたとしても、女郎など廓《くるわ》に縁のある者がほとんどだ。

なので、素人女のお咲が、こんな助平咄をいったいどう思って聞いているだろうと思うと妙に気になって、これまでのようにはやれず、どうにも歯切れが悪くなってしまったのだ。

「平さん。助平咄の時、あたしに遠慮してるでしょ」

ある時、お咲が目元をきっとさせて武平に詰め寄った。

「そういう野暮天《やぼてん》の平さんは、きらい。あたしの前で、ちゃんとそういう咄でウケて。いい？」

お咲はそう言うと、武平の背中をばん、と思い切りどやしつけた。

――あの時の背中のひりひり、気持ち良かったなぁ。またどやされたいわぁ……。

以来、武平はお咲がいても、出来るだけ平然と、こういう咄をやるようにしている。

新作の「判官の使者」では、義経から、兄頼朝あての書状を預かり、持参する使者として選ばれた亀井六郎を主人公にした。もちろん、藤川武左衛門の声色で、大仰な上にも大仰な武士の口上を述べるところが、一番の肝である。

「いやいや、いやしくも九郎判官さまよりの書状、この所では開けられぬ、もそっと前へ……」

大太刀《おおだち》の代わりに扇子を、書状の代わりに手ぬぐいを、どちらも恭《うやうや》しく慇懃《いんぎん》に扱って動き、武左衛門の声色を使う。

頼朝に直接書状を届けるまでの大騒動をひとしきり演じて仕舞いの挨拶をすると、客の一人が盃を持ってきた。こういう時は、控えの間に下がらず、そのまま頂戴するのがお約束である。

「いや、拙者、こたび生庵殿にお招きいただいての。そなたの芸、はじめて見たが、たいそう面白いな。次から次、まあよくもぱあぱあと、馬鹿みたいに口が動くものだ。そなたのような芸人は、何と言うのだ」

「は？」

「ほれ、芝居や浄瑠璃なら、役者とか太夫とか申すのであろう。あるいは、手妻師とか放下僧とか。で、そなたはなんだ」

そんなこと、考えたこともなかった。ただ、咄をやってきただけだ。

「えー、まあ、ほうでんなぁ。何か、言われますと……咄家、でしょうか」

「ほう、咄家か、なるほど。咄家の、鹿平の、武左衛門だな。よく覚えておこう。うむ。では武左衛門、一献じゃ」

――あ、いや、わしは武左衛門やないんやけど。

「おお、咄家の武左衛門、こちらでも一献やれ」

あちらからもこちらからも盃が出る。脇で、流宣がにやりと口の端を歪めた。

師重のところに戻ると、流宣が硯箱《すずりばこ》を出して、なにやら描き始めた。

「ああ、これ、今日の平さんの座敷だね」

絵師二人があれこれと話しながら、絵が出来上がっていく。

最後に、客の前で咄をやっている武平の姿の横に、文字が入れられた。

〝咄家　鹿野武左衛門〟

「なんだいこれ？　はなしか　しかのぶざえもん？　ああそうか、平さんの新しい名乗りか。そりゃあいい。『名は体を全然表さない』のが、かえっていいんじゃない」

「だろう？　この不細工な小男が武左衛門、ってのが、もう咄の落ちみたいなもんだ」

――なんやそれ。さっぱりわややわ。

「流宣はん。わしそんな名、嫌やで」

「何言ってる。せっかくお客さまが『覚えておこう』と仰《おつしや》ったんだ。今後はこうする。いいな」

「嫌やて。わやでんがな」

「何がわやだ。芸人の名なんて、わやくらいが、ちょうどいい。よし、決まりだ」

――なんでや。

もし、父が生きていて、あのまま一緒に暮らしていたら。そうしたらいずれ、父が隠居して、成人した武平が「武左衛門」と名乗る、なんてことも、あったかもしれない。

志賀武左衛門——。しがない、武士ならぬ、塗師《ぬし》の、しかも、いつまでもちっとも腕の上がらぬ、うだつの上がらぬ、甲斐性なしの自分。考えるのも嫌だ。

では、咄家の、鹿野武左衛門はどうだろう。少しはなんとかなるだろうか——。

「これが本当の、嘘からでたまこと、いや違う、口から出任せ、の方かいな……」

「何か言ったか」

「あ、いや、何も」

——いずれにしても、さっぱりわやや。

「それからな。近々、おまえの、咄の本を開板するぞ。そのつもりでいろよ」

——え？

聞き直そうとしたときには既に、流宣は戸口を出て行ってしまっていた。

3　八百屋お七

武平が武左衛門を名乗らされるようになった頃、江戸でしきりと人々の口の端に上る女の名があった。お七《しち》である。

天和三年（一六八三）三月二日の夜、お七は、本郷追分《ほんごうおいわけ》の自分の住まいに火を付けた。父・市左衛門《いちざえもん》が八百屋を営む家である。

火はまもなく消し止められ、お七はとらえられた。なぜ自分や家族の住む家に火を付けたのかと問われたお七は、「家が焼ければ、また庄之介《しょうのすけ》さんに会えると思って」と答えたという。調べてみると、庄之介というのは正仙院《しょうせん》という寺の小姓で、お七とは前年の暮れに大火があって以来の、人目を忍ぶ仲であったらしい。

「あの火事は大変だったからねぇ」

のんびりした師重の口から出るとあまり大変だったようには聞こえないが、実際、暮れの十二月二十八日に起きた大火では、東は下谷《したや》、浅草《あさくさ》、本所《ほんじょ》、南は本郷、神田、日本橋に至る広い範囲が焼けた。大名や旗本屋敷が二百以上、寺社も百近く被害に遭っており、もちろん、町家の死傷者は数知れぬ。武平も師重も逃げ出す支度をしていたし、逃げ惑う人々を目の当たりにもした。

暮れのこの大火でお七は焼け出され、一時身を寄せた正仙院で、庄之介と出会った。家が建て直されて後、会うことが難しくなって、「また火事になれば」と思い詰めたとのことだ。

「おい。いるかい」

流宣のしわがれ声だ。また稽古だと思うと、武平はちょっとだけ面倒になった。

咄の稽古は好きだが、流宣がいる時の稽古は、思わずこちらがむっとさせられることも多いので、それなりに気構えがいる。

「今日はちょいと、遠出するぞ。支度しろ」

「遠出？　それはいいけど、どこへ」

「鈴ヶ森《すずがもり》だ。お七を見に行くんだ。早くしねえと間に合わねえぞ」

「え、わざわざ火刑を見に行くのかい？　それは嫌だなあ。ねえ平さん」

師重が顔をしかめて武平に同意を求めてきた。武平もあまり行きたくはない。

「何言ってる。絵師のくせに、こんな良い画材、見逃すのか」

「私は遠慮する。宣さんと違って、私は生涯、そんなおどろおどろしい画を書く気はないから」

「つまらねぇやつだ。武左衛門はどうする」

師重やお咲は今でも武平のことを平さんと呼ぶが、流宣だけはきっちり武左衛門と呼ぶ。

行きたくないと答えようとしているところへ、お咲が入ってきた。

「みんな早いね、もう稽古始めてるの？　あれ、流宣さん、出支度なんてして、どうしたの？」

「お七の火刑を見に行こうって言ってるんだが、こいつら意気地なしは、嫌だとさ」

それを聞いたお咲の目がぎらっと光ったように見えて、武平は凝乎《ぎょっ》とした。

「あたし行くわ。ぜひ見たい。流宣さん、連れてってよ」

――お咲さん。

「お咲さんやめときなよ。ここから品川じゃ、一時《いっとき》半はかかる。くたびれるよ」

師重があくび混じりに言うのを、流宣が「よし、お咲、そう来なくっちゃ」と制した。

「なんなら帰りは駕籠を頼んでも良い。とはいえ、鈴ヶ森で駕籠に乗るなんざ、ぞっとしないが……まあいいさ。で、武左衛門はどうする」

「じゃあ、わしも行きます」

流宣とお咲を二人で行かせるのが嫌で、ついそう言ってしまった武平だったが、刑場に近づくとたいそう後悔した。

――若い女子はんが火あぶりになるの、みんなそう見たいんかいなぁ。

どこから湧いて出たかというほどの人波が、揃いも揃って伸び上がり、三尺高い磔柱《はりつけばしら》の方を注視している。

竹垣の向こう、磔柱は六本あり、四本には火事場泥棒だという浪人者、一本にはその泥棒たちの手先であったという十二、三歳の丁稚《でっち》、そしてもう一本がお七である。浪人たちはともかく、丁稚とお七は気の毒な気がしたが、火付けは重罪だからどうしようもないのだろう。

家族らとの最期の別れといった愁嘆場があるのかと思えば、さにあらず、役人たちは淡々と、火を付ける支度を始めている。

——泣き別れは、引き出される前にきっと済んでるのやろなぁ。

お七には、父母もいるし、火付けの因果を作った恋仲の男もいるはずだ。

せめて、いっしょに泣き、来世の契りも交わした後の処刑だと思わねば、武平は到底やりきれなかった。

傍らの流宣は、押し黙って口を歪め目を見開いて、時折その目尻を首から提げた豆絞りの端で拭いている。一方のお咲は、目をつり上げ、唇を微《かす》かに震わせている。よく見ると、震えているのは唇ばかりでなく、両の手が拳《こぶし》に握られ、襟の合わせ目のあたりで、ぴりぴりと微かな衣擦れの音をさせていた。

お天道さまが高くなる。

容赦ない、白日《はくじつ》の光だ。

役人たちが順番に火を付けていく。

一番年嵩《としかさ》らしい、雷電七郎右衛門《らいでんしちろうえもん》という浪人がぎゃぁっと悲鳴を上げ、それを聞いた他の浪人たちの顔が恐怖で引きつる中、お七は静かに目を閉じた。

——うわぁ、やめてくれ。

見物人たちはどよめいたが、武平はとても見ていられない。

閉じた目の中で、母の体が薄暗い納屋の梁《はり》からぶら下がる。

血塗《ちまみ》れの小絵が虚《うつ》ろな目をこちらに向ける。女の昏《くら》い目が迫る。

「堪忍してや。堪忍。堪忍して」


目を開けると、見慣れない天井の羽目板模様が見えた。

「平さん。気がついた？」

少し離れた窓のところで、お咲が横座りになってこちらを見ている。

「わし……」

「だらしないねぇ平さん。火が付く前に目回しちまうなんて。……ま、それが真っ当な人の気持ちってもんかも知れないけど」

どうやら、街道沿いの茶店の座敷らしい。表で「だんごおくれ」などという声がしている。

「流宣はんは？」

「帰った。平さんをここへ担ぎ込んで、じゃあ後は頼む、って。こいつが大男だったら放っぽっとくところだなんて、怒ってたけど。でも、駕籠代にしろって銭置いてってくれたよ。あの吝嗇《しわ》い流宣さんにしては、珍しく優しいね」

――そうか。

「今、何時くらいやろか」

「そうね、そろそろ、八つ半かな。どうする？　駕籠つかまえる？　それとも、歩いて帰る？」

「あ、あ、歩いて、帰ろう。お咲さんは、それでもええかな？」

「うん、いいよ。あ、なら、駕籠代、あたしがもらっちゃってもいい？」

「い、いいよ」

お咲は茶店の婆さんに声をかけて幾らか渡すと、武平と並んで歩き出した。

二人でこんなに長い道のりを並んで歩くなんぞ、思ってみたこともない機会だ。武平は何を話していいやら分からず、黙りこくってしまった。

「平さんて、咄の時以外は無口よね。何考えてんの、いつも。咄のことばっかり？」

「え、ええと。そう、そうでんなあ」

会話が続かない。またしばらく黙って歩いていると、お咲が出し抜けに言った。

「平さんさぁ。ほんとは、武左衛門て名、ちょっと嫌なんじゃないの」

「え、なんで分かったん？」

「ああやっぱり。だって、いつも自分からはなかなか名乗らないんだもの」

勘の良い女だ。武平はふっと、気持ちの箍《たが》が少しだけ、心地好く緩むのを感じた。

「実を言うと、わしの父親の名、武左衛門、言いましてん」

「え、そうなの？」

武平はぽつりぽつり、父と母のことを崩し語りに語った。

うんうん、そいで、と合いの手を入れながら聞いていたお咲は、仕舞いにふうっと深くため息を吐いて空を仰ぐと、そぉっかぁ、と呟いた。

お天道さまの光に橙《だいだい》が混じり、沈黙が長くなる。が、気まずくはない、ように思えた。

「あの、さ。それも、親孝行って思ったら、良いんじゃないかな」

「親孝行？」

「そ。両親《ふたおや》のこと、覚えてて背負ってるって、それだけでも親孝行なんじゃないかって」

——親孝行。

考えたこともなかった。既にこの世の人でない両親に、孝行などと。

「別にね、不仕合わせを自慢しようってんじゃないんだよ、だから、悪く思わないでね。……実を言うと、あたしは生みの親、知らないの、両親とも。だからね。たとい悲しい悲しい来し方でも、そうやってちゃんと両親のこと語れる平さんが、ちょっとだけ、うらやましいな」

お咲は早口でそう言うと、さらにいっそう早口でまくし立てた。

「お父っつぁんもおっ母さんも、どんな人だか知らない。どこで生まれたんだかも、全然分からない。だから、何にも、背負いようも語りようもないんだ」

――お咲さん。

川の水を吸ってぶくぶくになった父の姿、梁からぶら下がった母の姿がまぶたをよぎった。

一度だけ聞いた母の「ウフフ」という笑い声が、耳の底からこだまする。

「明暦《めいれき》の大火ってのかな、振り袖火事、とも言うみたいだけど。あたし、あの時に孤《み》児《なしご》になったらしいんだ。本人も覚えてないし、両親も分からないんだって。だからあたし、自分の本当の歳だって知らないんだ。今のおっ母さんは、育ての親さ。おっ母さんの方は、火事で娘を亡くしてさ。あたしをその代わりにって、引き取ってくれたんだ」

いつかみたいに、いや、それとは比べものにならないくらいに、背中をどやされている気がした。

いや、そうじゃない。頭にも背中にも、拳固《げんこ》が雨霰《あめあられ》となって降るようだ。

「だからね。お七って嫌だったの。甘やかされて、浅はかで。自分の色恋しか見えてない、バカな小娘でしょ。火なんか付けて、人が死んだらどうすんのよ。あたしやおっ母さんみたいに、子どもを亡くす親や、親にはぐれる孤児がいっぱい出たら、どうすんの、ほんと大嫌い。ああいうのを健気《けなげ》とか哀れとかいってもてはやす世間も大嫌い。……なのに今日、生身のお七さん見たら、悲しくて。……ああ、もう、ほんとに嫌い」

空を見上げたまま早口でまくしたてるお咲の肩を、思わず腕を伸ばして引き寄せそうになって、武平ははっとして、そおっと手を引っ込めた。

「正直言うと、平さんたちに近づいたのは、こういう人たちの近くで三味線弾いたら、人形芝居の小屋で使いっ走りしているより、もうちょっとおあしになるかもしれない、って思ったからなの。今のおっ母さんに、少しでも楽してもらいたくてね」

そうか。そういうことなら、正直に言ってくれれば良いものを。

「もう、ずいぶん前になるかな。太夫さんたちがね。贔屓のお客さんの座敷にお呼ばれしてたことがあって。そこへあたし、届け物を頼まれて行ったの。そしたら、ちょうど平さんがしゃべってた。『木の股から松茸が』って」

そんなことがあったのか。

「なんて助平で馬鹿なことをしゃべってるんだろうって。思わず、届け物しないで、そのままずっと立ち聞きしちゃった。そしたら人形の出てくる咄とかしてて。こんな芸人さんがいるんだ、こういうのだったら、自分も仲間に入れてもらえるかもって。

だって、人形芝居の小屋ではね。あたしとおっ母さん、三味線だって見よう見まねで弾けるけど、どんなに働いたってしょせん下働き、おあしなんて太夫さんたちのほんのおこぼれ、二人で食べていくのがやっとだもの。それなら、こんな訳の分からない芸人さんでも、いっしょにやる仲間になれたら、おあしも、違うかな、おっ母さんに新しい着物の一枚でも、買ってあげられるかなって」

そう言っているお咲の着物は、相変わらず濃鼠のままだ。

――自分の着物も買おうって思えるくらいに、してあげたいな。

そこまでお咲に払えるほど、武平が稼げているわけではなかった。

「訳の分からん芸人でっか。それでも、そんなふうに思ってもろうたんやったら、咄の甲斐性もあったいうことですかいな」

そう言うのが、精一杯だった。

「あ、でも、あたしが平さんの咄が好きなのは、嘘じゃないからね、悪く取らないでね」

「お上手言わんでええよ。お咲さんの三味線のおかげで、わしの咄の数、ずいぶん増えてるし」

それは本当だ。芝居の趣向をたくさん入れた咄では、お咲の三味線が入ると入らないとでは、武平の動きの見せ方がまったく変わる。

「ちん」のきっかけで大仰なお武家の台詞に入ったり、時には幽霊になって下の方からせり上がるふうを見せたり、「てんてんつんつん……」の刻みに乗せて、荒事の真似をしてみたり、もし三味線の音がなかったら、自分だけでこうした〝間〟を作っていくのはとても難しいだろう。

芝居の趣向の他にも、お咲の三味線は、川の流れや雨や雪の風情など、音で自在に咄の〝背景〟を足してくれて、その分、武平は客に余計な説明をする手間を省いて、すぐに咄の本筋へ入っていくことができる。

「平さんこそ、お上手言わんでええよ」

お咲は武平の口まねをして、ぶんぶんと首を振った。いつもより少し幼い仕草が、なんとも艶っぽくて、武平は自分の心の臓の音が聞こえるようだった。

「平さんの咄は、浄瑠璃や芝居みたいに湿っぽくないもん。色恋に狂ってバカになって辛気《しんき》くさくなる女、出てこないでしょ。そういうのが好き。……あたし、ずっと笑っていたいんだ」

お咲が母親と住む、堺町の木戸が近づいていた。

「ほな、また。これからも三味線頼むな」

そう言うのが、精一杯だった。

4　金の切れ目

天和二年（一六八二）長月。

清兵衛と竜吉は、沼津《ぬまづ》にいた。

何の手がかりも得られぬまま、東海道を尾張《おわり》国・鳴海《なるみ》宿まで来た二人は、竜吉の発案で絵師を頼み、武平の人相を絵に描いてもらった。油紙に包んで大切に懐に入れたそれを宿場ごとに開いては、いろんな人に見せて回ったが、「どこにでもいそうな男だ」と呟《つぶや》かれるばかりだった。

これといった成果の上がらぬまま沼津まで来たとき、「身延山《みのぶさん》の門前町に似たような男がいる」と言う者があり、二人は興津《おきつ》の宿まで戻って、東海道と甲州《こうしゅう》街道を結ぶ駿州《すんしゅう》往還《おうかん》に分け入った。

——徒労であったか……。

小絵の三回忌を過ぎても、結局それらしい男は見つからず、清兵衛は風邪をこじらせてしばらく寝込んだ。東海道とは異なり、急峻《きゅうしゅん》な地に守られる甲州で一人、探索を続けた竜吉は、道に迷って崖から落ちて傷を負い、あげく、大切な人相書きを紛失してしまった。

「まあ、またどこかで絵師に頼めば良い。あやつの顔をそなたが忘るることはあるまいし。……それに、元はといえば、油断して風邪など引いた某が悪いのだ」

男泣きに詫びる弟をなだめつつ、清兵衛はしかし、既に路銀が乏しくなっていることが気がかりだった。国元の父に手紙を書いて為替を頼むなら、やはり東海道の大きな宿場へ戻った方が良い。

そう判断して、兄弟は足を引きずりながら、再び沼津へやってきた。駿河湾《するがわん》を望む開けた浜の景色は、痛めつけられた兄弟の心と体をいくらか、癒やすように思われた。

――また始めたな。

木刀の素振りを終えた清兵衛の耳に、荒れ寺の本堂で、竜吉と住職が朗々と声を張り上げるのが聞こえてくる。

……それ『太平記』は、異国・本朝、往昔《そのかみ》の是非を顕《あらわ》して、後昆《こうこん》の誡《いまし》めとせり。上代は文《ぶん》を専《もっぱ》らとして道を行い、身を修めんと、人皆嗜《たしな》み故に、七歳より書を教えて……

沼津で国元に手紙を出すと、まもなく路銀は底をついた。待てど暮らせどなどと俗に言うが、待つための衣食にもすっかり事欠いて困りきっていた兄弟を助けてくれたのが、沼津の宿はずれにあるこの寺の住職だった。寺と言っても住職がたった一人で暮らす貧乏寺で、檀家もよほど少ないのか、兄弟が世話になり始めてから、弔いは一度あったきりだ。

——経を読むより、こちらの方がずっと上手いな。

読み上げられているのは、『太平記評判秘伝理尽鈔《ひでんりじんしょう》』という書物である。

兄弟で野宿をしていた時、一人の坊主が近くの大木の下にやってきて、声を張り上げて人を集め始めた。赤銅色《しゃくどう》の顔に骨張った体軀《たいく》、野武士のような風貌のその坊主を、辻説法でもやる気かと見ていると、始まったのは『太平記』の講釈で、武士道とは政道とは誠とはと、滔々《とうとう》延々、と述べ立てていく。

『太平記』は、武功の話を何より好む父の愛読書で、兄弟も深く親しんで育った。ただ、坊主が読み上げていくのは、清兵衛の覚えている文言とはかなり違うところがあったから、おやと思いつつもそのまま聞いていたのだが、竜吉の方は黙っていられなかったらしい。

「ご坊。ご説にいささか疑念がござる。お尋ねしてもよろしいか」

「なかなか。望むところじゃ」

「そもそも、後醍醐《ごだいご》天皇、建武《けんむ》ご新政の御代において……」

衆人環視の中、始まった議論は、やがて互いに昨今の武士の軟弱を嘆き、南北朝の頃、天皇親政を打ち立てた後醍醐天皇の忠臣であった楠木正成《くすのきまさしげ》の古《いにしえ》の事績を称揚して、大いに感涙を催すものとなった。

坊主と兄弟の周りには、次第に明らかに浪人と思しき者が多く集まり、みな首を大きく動かし、賛同の意を表しながら聞き入っている。一段講義が終わる頃には、坊主の胸に下がった木箱に、ばらばらばらばらっと多くの銭が投げ込まれた。

「お武家のご兄弟か。大層おやつれのご様子だが、何か子細あっての道中かな」

坊主に問われ、清兵衛と竜吉は、これまでの経緯を打ち明けた。

「ご兄弟。この太平の世に敵討ちとは、ご立派な心がけじゃ。なに、焦ることはない。ここでしばし心身ともにご養生なされ、再びの探索に備えられるがよろしかろう。ぜひ本懐を遂げなされ」

以来、二人はこの寺でやっかいになり、国元からの便りを待っている。

住職から見せてもらったところでは、『理尽鈔』というのは『太平記』の中身を吟味し、批判や論評を加えたり、裏話や秘話、異説なども紹介したりしている興味深い書物だ。住職はこの『理尽鈔』をあちこちで読み上げ、さらに集まった聴き手の求めに応じて解説を述べることで、いくばくかの報謝を得て暮らしを立てているらしい。

竜吉はすっかり住職に心酔していて、剣術の稽古の合間に、よくこうして一緒に読み上げている。はじめは聞くばかりだった清兵衛も、近頃ではこの朗々とした調子に魅了されつつあった。

――某もちょっと、やってみるか。

もとより、中身は昔から慣れ親しんだ『太平記』である。便りを待つばかりで、目指す敵の探索に出られぬ身には、胸に染みいるような内容だ。

……主上、これは天の朕《ちん》に告ぐるところの夢なりと思し召して、木に南と書きたるは、楠という字なり……

……伝に曰く楠木正成勇士の誉れあること、以前に上聞に達しぬ。なんぞ御夢ならんや。実は主上の御夢にあらず……


天和二年師走、一日。

カンカンカン、カンカンカン。

カンカンカン、カンカンカン。

いつものように『理尽鈔』を読み上げる三人の声の隙間に、来客を告げる板木《ばんぎ》の音が割り込んできた。

「どなたじゃな。開いておるゆえ、入られよ」

「こちらに、荒木清兵衛さんという方は……」

「某でござるが」

「ああ良かった。文を言付かっております……手前急ぎますもので、ここで失礼を」

立て文の封書を渡してくれたのは、江戸へ向かう商人らしい。

「おお、待ちかねたぞ」

──されど、なにゆえ飛脚も使わず。

父らしくないやり方に、清兵衛は胸騒ぎがした。封を切ると果たして、中は書状のみである。

……一筆啓上仕《つかまつ》り候。去る年、我が殿、公方さまのご沙汰により……

一読して、清兵衛は己の顔から血の気が引いていくのが分かった。

「兄上。いかがなさいました。某にもお見せ下され」

父の手紙は、藩主松平直矩《なおのり》公の受難を告げていた。

石高をこれまでの十五万石から、半分以下の七万石に減らされた上、姫路から豊後《ぶんご》日田《ひた》へ国替になったというのだ。越後《えちご》騒動の始末不手際の責という。

「越後騒動などと……あれは高田《たかだ》藩のお家騒動であろう。いくらご親戚筋とはいえ、我が殿まで処罰されるとは」

「騒動を収めようと奔走された我が殿を処分なさるとは、公方さまはいったい……」

五代将軍綱吉《つなよし》公のなされようは、兄弟にはまったく腑に落ちぬ処断であった。

さりとて、兄弟に重大なのは、こたびの殿のご受難に伴う、父の果断なる決断の方である。

「父上は、殿からこれまでに受けたご恩に少しでも報いるため、これまで藩に貸し付けたる金子のご返済、すべてご辞退申し上げると言上したそうだ」

「おお、さすが、そなたらの父上、義に厚いお方ですな」

傍で聞いていた住職が眼を細めた。

「よって我が家には一切のゆとりこれなくなり候。今後の金子援助は叶うまじく、覚悟の上……さりとて本懐を遂げぬうちは帰国いたすまじく、さようよくよく心得……」

金の援助はできなくなったが、敵討ちを果たすまでは帰ってくるなということか。

――大変なことになったぞ。

清兵衛は天を仰いだ。

5　本とホンマのこと

〝鹿野武左衛門口伝《くでん》はなし　天和三年九月中旬〟

板木《はんぎ》のもとになる原稿を、流宣が書いていく。

傍らで、本が出るとはどういうことなのか、武平はまだ実感できずにいた。

「おい。武左衛門。おまえ、そういえば出はどこだ」

——出、でっか。

流宣が序を書こうとしているようだ。

序なんて、妙に麗々しくてこそばったい。おまけに、いくつか入る挿し絵は、なんと流宣と師重の師匠、菱川師宣が描いてくれるという。

「難波、でんがな」

本当なら京と答えるべきなのだろうが、武平はなんとなし、本当のことを言いかねた。自分の名が入った本が出ることで、何か変わるのかそうでもないのか、まるで見当がつかない中で、自分が京の地と縁があることを言うのは、やはり怖い気がした。

——しかし、こうして文章にしてしまうと。

なんや、あほみたいで、つまらんなぁ。

せっかく本になるのにこう言ってはなんだが、咄はやっぱり、口から出る咄でしかない。

声も仕草も表せない紙切れの上では、正直、咄の面白みは何分の一かになってしまう気がしてならなかった。

——それでもこれで、わしも一国一城、いやまあ、八畳くらいの主には。

本の開板もあり、いくらか懐の温かくなってきたのを機に、武平はようやく、居候暮らしを仕舞い、近所に自分の部屋を借りる算段をしていた。師重の広い家とは違い、あくまで店借《たなが》りの長屋の一部屋、三十路半ばの男一人世帯だから、結局身の周りのことなど、師重のところのお鍋に引き続き世話になるだろうが、それでも居候でいるのとは、気の持ちようが違うだろう。もっと稼ごうという気にもなる。

……おまえさん。

ふと、お咲が自分に温かい白飯などよそってくれる図が頭に浮かんで、慌てて打ち消す。

あのときは、つい互いに身の上話をしたものの、以来、特に二人で話すこともなく、あくまで座敷で三味線を弾いてくれる、相変わらずただそれだけの仲だ。

――わしなんぞ、相手にされんわな。

お咲のことを憎からず思っている男は、きっと他にもいるに違いない。

それに自分はまだ、誰にも言えぬ秘密を抱えたままだ。もし小絵の亭主がどうしても自分を殺しにくるなら、そのときはお咲も、そして流宣も師重も朝湖も、巻き添えにはしたくない。

――どうしても殺されるんやったら、その前にちょっとでも、咄が残せたらええ。本になれば、たとえ自分が死んでも、作った咄は残る。

板木の原稿を見て、武平はそんな殊勝な気持ちになっていた。

四 三枚起請

1 一代男

……この沙汰も捨てがたく、庵《いおり》には葛西《かさい》の長八といへる小者《こもの》を不憫《ふびん》がり、香具《こうぐ》には池《いけ》の端《はた》の万吉《まんきち》、黒門の清蔵《せいぞう》、この三人に日夜乱れて、いつとなく散切《ざんぎ》りになでつけ、衣《ころも》は雑巾となり、台所には白雁《はくがん》の胴がら、河豚汁《ふぐじる》の跡、燃杭《もえぐい》に火とはこの人の昔に帰る……

「あっはっは」

思わず声を出して笑ってしまい、武平は「はぁ」と余った息を吐き出した。

――西鶴はん、さすがやな。艶話《つやばなし》の大矢数《おおやかず》みたいや。

色道楽が過ぎて、出家暮らしをさせられることになった世之介《よのすけ》。

しかし、反省のために始めたはずの暮らしが、かえってえげつない男色の道につながって、あっという間に元通り、再び好色の道にはまる。言葉の音の調子は整ってきれいなのに、内容はぐっと品下《しなくだ》るのもおかしい。

――これも、ある意味、落ちやなぁ。

武平は世之介の話の続きがどんどん読みたくて、丁をめくる手がもどかしいほどだった。

俳諧師の西鶴が、一昨年の天和二年（一六八二）十月に大坂で開板した、『好色一代男』という外題《げだい》のこの本は、想像を絶する色好みの男が繰り広げる艶話の連作である。

大坂で人気を集め刷りを重ね、評判となったこの本に、江戸でいち早く目を付けたのが、日本橋川瀬石町《かわせこくちょう》の本屋、川崎七郎兵衛《かわさきしちろべえ》だった。江戸での開板にあたって挿絵を菱川師宣に描かせ、今年の三月に売り出すと、評判はやはり上々で、一月も経たぬうちに早くも刷りを重ねているらしい。

武平は朝湖からその話を聞いていたから、一番最初の刷りをすぐに買った。全八冊、咄の合間に、何よりの楽しみである。

「おい、いるか……なんだ、またそれ読んでたのか。稽古始めるぞ」

流宣が呼びに来た。一人住まいを始めた武平だが、咄の稽古や段取りの打ち合わせは、相変わらず師重のところでやっている。

「流宣はんは、これ読んだ？　西鶴はん、さすがや」

武平が問いかけると、流宣は口を歪《ゆが》めて「おまえ、ね」と言い、本をついっと奪い取った。

「なぜそう志が低い！　さすがとか言って、仰ぎ見てばっかりいるんじゃねぇよ、まったく」

流宣はいつもの豆絞りを首から外すと、くるくると捩《ねじ》り、上がり口の柱に何度も叩きつけた。

「俳諧師と咄家、浮世草子と咄の本。やってることはちっとばかし違うが、人様に芸を披露しておあしをいただいているのは一緒だろ？　なぜ自分もこれくらい売れたい、もっと稼ぎたいって思わねぇかな。欲のねぇ芸人なんて、だめだ。もっとしゃきっとしろ」

――そんなぽんぽん言わんでも、ええがな。

武平の出した『鹿野武左衛門　口伝咄』は、上中下三冊、四十余ほどの咄を文章としてまとめたものだ。周囲での評判は決して悪くないが、残念ながら今のところ、刷りを重ねるほどには売れていない。

武平だって売れたい欲がないわけではない。

ただ、咄はやはり咄で、声の調子や間合い、仕草や顔など、文章にできぬ要素が多くて、本という形では伝わりにくいと改めて痛感している。それでも、「本を見て面白そうだったから」と言って新たにお座敷に呼んでくれるようになった客などもあるから、それなりには成果を上げていると思う、のだが。

とはいえ、流宣は常に「ああ言えばこう言う」奴だ。武平はなかなか、思うことが言えない。

「ああ、気分よくねぇ。俺はもう、今日は帰る。自分で稽古しとけよ。明日はまた生庵先生のお座敷だからな。こないだみたいに、肝心の落ちの前で、しゃべり損なったりするなよ」

捨て台詞で、流宣は出て行ってしまった。

——嫌なことを言う。

武平はちょっと前のしくじりを苦々しく思い出した。

狂歌や俳諧を取り入れるというのは、咄の拵え方としては、なかなか悪くない。やはり古からの知恵というものは確かで、五・七・五、あるいはさらに七・七の音は、言葉遊びに向いているのだろう。洒落も作りやすいし、景色もうまくはまる。

ところが、実際にこれを客の前でやる段になると、武平は冷や汗をかいてしまうことがある。

音が揃っているだけに、かえってうっかり別の言葉を言ってしまってつじつまが合わなくなったり、一句まるまる忘れて落ちが見えなくなったり、といった、その場で取り繕うことの難しい失態を招いてしまうことがあるのだ。そのときは、三首出てくる狂歌の下の句が入れ替わってしまい、咄の筋がごちゃごちゃになってしまった。

——笑わすんやなしに、笑われてしもうたもんな……。

客の失笑を買ったしどろもどろの光景が蘇ってきて、思わず舌打ちが出る。

遠ざかっていく足音を聞くともなしに聞いていると、しばらくして路地でぎゃんぎゃんと犬の鳴く声がした。流宣に蹴飛ばされでもしたのだろうか。そう言えば流宣は日頃から、ひどい犬嫌いである。

入れ違いに、師重が入ってきた。ふるふるとした顎《あご》の上に、珍しく苦笑いが浮かんでいる。

「平さん、喰らっちゃったね、どうも。宣さん、このところちょっと機嫌が悪いんだよ。宣さんの絵やいろんな思いつきを、師匠があんまり認めてくれなくてね。絶対俺の方が面白いものを作れる、作ってやるって、息巻いてるんだ。しかし、犬にまでヤツあたりしなくてもいいのにね」

——へぇ。

絵師としての流宣の自負というものを、そう言えば、武平はこれまであまり考えてみたことがなかった。

「私は宣さんと違って、はじめから自分にそう才があると思ってないし、まあ好きな画でこつこつ、ぼちぼちやれたらいいやくらいのつもりでいるから良いんだけど。宣さんは、才の溢《あふ》れる人だから、ついいろいろ言って。先だって、『そうもうけることばかり考えるな』ってきつく叱られちゃってね。師匠だって、宣さんの才はよく分かっていなさると思うし、だから厳しいことも仰ると思うんだけど、ねえ」

師重は太い首をゆっくりと動かしながら、「難しいもんだね」と呟《つぶや》くと、「まあ私も、なぜああ宣さんがあくせく稼ぎたがるのか、よく分からないんだけど。博打も女郎買いも、ほとんどしないみたいなんだけどね」と言った。

そう言えば、絵師としての自負に限らず、流宣がいったい何をしたいのか、どうしてここまで自分に関わってくれているのか、武平はこれまで深く考えたことがなかった。

――そう言えば、流宣はんのことって、分からんこと多いな。

家族のことも暮らしぶりも、実はほとんど聞いたことがない。

自分だって隠し事があるから、人のことをとやかく言えた義理ではないが、改めて考えると、不思議な気がしないでもない。

――まあ、しかし、男のつきあいってそんなもんやろな。

互いにあまり、弱みを知られたくも知りたくもないのが、男同士というものかもしれぬ。

「ほたら重さん、咄の稽古、つきおうてくれる？」

「ああ、いいよ」

こっちだって、ごちゃごちゃ言われるのはたくさんだ。

武平は先日言い損なった咄を稽古し始めた。


「毎度ばかばかしいお噂を……ええ、なんでも昨年の大地震で東照宮《とうしょうぐう》さまが壊れたそうで、日光《にっこう》街道沿いのあたりは、諸式《しょしき》万事高値《こうじき》で、お困りの方が大勢おいでやそうですな」

生庵の屋敷では、いつも通り十数名の武家らしい人々が座敷に座っていたが、武平が開口一番こう言うと、生庵はじめ聞いていた幾人かがにやっとした。ここは特に笑うところではないのに妙だな、と思ったが、気を取り直して先を続けた。

「そんな所を、二人の歌詠みが通りかかりまして。

『秋の田の刈るまで待たぬ我が命　賤《しず》が体は雨に濡れつつ』。

おお、ようできた、ではこんなのはどうや。

『田子の底うちのぞき見れば白搗《しろづ》きの　米の高値《たかね》に我《が》こそ折れける』。

おおようできた。

互いにこう自画自賛しておりますと、どこからか声がいたします。

『起きもせず寝もせで橋に明かしては　薦被《こもかぶ》りとて眺め暮らしつ』。

宿無しの坊主が、近くで寝ておったんですな……」

稽古の甲斐あってか、三首の狂歌は、こたび、ぴたりとはまった。

今日は、生庵のところに大坂から客があり、その人が三十一文字、和歌を嗜《たしな》むと聞いた武平は、「百人一首」や「伊勢物語」の歌を狂歌に仕立てた咄をまず披露し、他に、お咲の三味線の入る芝居仕立ての長い咄や、短い駄洒落落ちの咄などをしゃべった。

「武左衛門、いつもながら面白いな。せっかくなのでもう一話頼めぬか。某、あれをもう一度聞かせてほしいのだよ、ほらほら、先日、その方が言い損なった」

「『探《さが》し家《や》』でございますか」

物忘れの激しい人が、自分の訪ねる家の名を忘れ、人に問うて探し回るという咄だ。途中に出てくる店の名「まつばやありすけ」「かがみやはりまのかみ」などが、武平には言いづらくてよく詰まってしまい、せっかくとんとんと来た咄の運びが悪くなってしまう。

「承《うけたまわ》りました。では、付けたりにもう一話」

生庵は上客だ。こういう時はたいてい後でご祝儀を余分にくれる。

座敷の端で立っている流宣がじろりとこちらを見た。

――ちゃんと稽古してきたがな。もう。

言いづらい言葉を言えるようにするのに、ただ何度も同じ言葉を繰り返すだけの稽古では、逆効果になる場合もある、と近頃武平は気づいた。かえって間違い癖がついてしまうこともあるからだ。

武平がこの頃工夫しているのは、膝を手で叩きながら、調子に乗って言ってみること、たとえば、「まつばやありすけ」ならば「ま」と「あ」のところでぽん、ぽんと二つ、「かがみやはりまのかみ」ならば、「か」「は」「か」で三つ。

この稽古をする時は、ちゃんと言えたかどうかは余り気にせずに、前後を含めてとにかく調子を崩さないことを心がける。

もう一つは、音の出し方を工夫することだ。「ありすけ」の「すけ」のような音は、「す」の音をあまり強く出すと、そこで舌が引っかかりやすいし、「かがみ」の「が」は、口で音を出すと言うよりは、鼻へ抜いてしゃべった方が楽である。

こうしたことは、一つ一つ、やってみなくては分からない。いや、やってみたからこそ、分かる。

武平は座り直した。

「……『さてさて、先方のお名前が分かりませんでは困りましたな。何か手がかりは』

『確かやたらと刺すような』

『ああそれでしたらきっと、あちらに〝松葉屋蟻介〟という店が』

『いやいや、どうもちがいます、もっと痛そうな』

『ほう、さては〝鏡屋針磨守〟』」

——言えた。

「『いえいえ、もっとたくさん刺すような』

『ああ、分かりました。〝いが屋蜂兵衛〟では』

『ああ、それでございます』……どうも、お粗末でございました」

他愛もない咄だ。どういうものか生庵は近頃、こちらが工夫を凝《こ》らした咄よりも、こうした他愛もないのを喜ぶところがある。

しかし、他愛ない咄ほど、とんとんと調子に乗ってたたみかけるようにしゃべらないと全く面白くならないから、これはこれで油断がならない。

ほっと一息ついていると、客人だという大坂から来た客が、口を開いた。

「いや、面白うございました。上方にもよう似た芸人がおりましてなあ。懐かしう聞きました」

「あの、京の、北野の天神さんの、露の五郎兵衛はんですやろか」

「いやいや。大坂です。生玉はんのお社でな。確か彦八《ひこはち》、そうそう、米沢《よねざわ》彦八、言うてました。『軽口男《かるくちおとこ》』いう、咄の本も出してますわ」

――なんやて。

そうか。わしだけやないんや。

こう思い至るまでに、幾つもの間が必要だった。

考えれば当たり前だ。

自分がこうして、五郎兵衛の真似から始めて、ここまで来ているのだ。同じようなことをやる者が他にいてもおかしくない。まして、京に近い大坂ならば。

――しかも本まで出してるやなんて。

五郎兵衛のことを、勝手に自分だけの心の師匠のように思っていた武平は、その会ったこともない彦八という男が、妙に忌々《いまいま》しく思えた。

――くそ。負けへんで。

流宣が口を歪め、にやりとこちらを見た。

控え座敷で帰り支度を始めると、流宣が近づいてきた。

「今日はなかなか良い出来だったな」

――ふん。ほいで、なんや。

「ただな。ご政道に触れるようなことは、ちょっと気をつけた方が良い。ましてここは、紀州さまゆかりのお屋敷だし」

「ご政道？　わし、そんなこと言うとらんで」

「大地震で諸式高値ってやつさ。聞きようによっては、ご政道の批判に聞こえるからな」

——あれが？

「どうも馬殿《うまどの》はうるさ方だ。本の開板にも、いちいち細かくお触れが出てきて、中身にケチがついたり、刷りが止められたり板木が没収されたりする。咄も一応、気をつけた方が良い」

「馬殿？」

「右馬頭《うまのかみ》。公方さんのことさ」

将軍綱吉は、朝廷から最初にもらった位階官職というのが〝従四位下《じゅしいげ》右近衛権中《うこんえのごんのちゅう》将《じょう》兼右馬頭〟であったところから、〝馬殿〟の隠語で呼ぶ者もあるらしい。

生庵がにやっとしたのは、そういうことだったのだろうか。

——まさか。考えすぎやわ。面倒くさい。

公方さまなんて、遠い遠い雲の上の人だ。

そんなことより、彦八とやらの本を手に入れたい。

朝湖ならそういうことに詳しいだろう。早速聞いてみよう。

武平は生庵の屋敷を後にした。

2　中橋広小路

「ここで、咄を、でっか……」

川開きもそろそろという頃、武平は流宣と朝湖に連れられて中橋広小路《なかばしひろこうじ》へやってきた。橋と言っても片側はすっかり埋め立てられた火除地《ひよけち》である。すぐに立ち退ける簡単な掛け小屋でなら、飲み食いや売り買い、見世物も許されているとのことで、人の往来も多く賑《にぎ》やかだった。

流宣と朝湖は、どう伝手《つて》を辿《たど》ったものか、この広小路に小屋掛けをする手はずを整えていて、武平にここで咄をやれというのである。

「座敷だけじゃあ、どうしても決まった客ばかりになる。夕方、夕涼みにふらふら出てくるようなのを呼び込んで、芝居の小屋みたいに木戸銭《きどせん》を取るんだ」

「木戸銭、ってなんぼ？」

「まあ、六文だな」

町場の食べ物である。

「六文て、慳貪《けんどん》の蕎麦《そば》切りと同じでっか」

慳貪蕎麦は蒸した蕎麦切りで、ごくごく安直な、町場の食べ物である。

「蕎麦は小腹が膨れるが、咄じゃ腹は膨れねぇ。それでおあしをいただこうってんだから、そう高値はつけられねぇよ。ぶつぶつ言わずに、言うとおりにしろ」

「いいでげしょ、平さん。座敷でやる時みたいにたくさんじゃなくって、軽い、短い咄を二つ三つ。蕎麦切りみたいに、直《ちょく》でつるっと、のど越しすっきり、笑ってにっこり。よっ、えらい」

腕組みをした流宣が顎をこちらに向かって突き出した。朝湖は棒のように細い体を反らしたり屈《かが》めたりしながら、流宣の言葉にいちいち相づちを打っている。

――この二人、まるで旦那と幇間《たいこ》みたいや。

ほいでわしは……やっぱり芸人か。

二人の意図も分からなくはない。

お座敷に呼んでくれる客は途切れずに続いているが、どうしても同じ客を何度も相手にすることになる。そうなると、そうそう同じ咄ばかりするわけにいかないので、先日から、武平だけでなく、流宣、朝湖、師重、それにお咲も加わって、月に三度、新しい咄の案を持ち寄って拵《こしら》える会を始めた。

朝湖などは自分で考えるだけでなく、知り合いの大店《おおだな》の隠居たちに咄の案を拵えさせて書きとめ、ちゃっかり会への祝儀までもらって持ってくる。

それに目を付けた流宣は、会に「珊瑚之会《さんごのかい》」と名付けて、「旦那方には祝儀じゃなくて、点料《てんりょう》だと言って堂々ともらってこい。咄の名人鹿野武左衛門が、旦那方の咄に点を付けます、出来の良いものはお座敷で武左衛門がご披露しますってな」などと言い出す始末で、武平はどうにも冷や汗ものだ。

ちなみに「珊瑚之会」とは「三五の会」で、会を開くのを、月の内の五のつく日、五日、十五日、二十五日の三度と決めたかららしい。

まあ、それはそれで良いのだが、一方で、せっかく武平が覚えているこれまでの咄を使えないのではもったいない、というので考え出されたのがこの小屋掛けだった。

――どないしよ。

この企《くわだ》てが進むにつれ、武平は不安が募っていた。

木戸銭の多寡《たか》なんぞ、本当はどうでもいい。

座敷なら、客はたいてい流宣か朝湖の知り合いかその伝手だから、身元がだいたい分かる。しかし、小屋掛けとなれば、誰が客として入ってくるか分からない。

――もし、見つかったら……えらいことになる。

小絵の夫とその兄が、この江戸に来ていたら。自分を見つけたら。

「あの、あのな、あの、わしなぁ」

師重とお咲も加わり、わいわいとしゃべりながら小屋の形を整えているみなに向かい、武平は必死で声をかけた。

「大勢の知らん人の前で、顔出すの、嫌や」

「なんでげす？　平さん。芸人のくせに、困ったお人でげすなぁ。お座敷と大して変わりゃしませんよ。みんな瓜だか芋だかと思って、ちょいちょいっと転がして」

細長い腕を忙しく動かしながら、説得の言葉をずらずらと並べ立てる朝湖の脇で、流宣がじろりとこちらを見た。

「いや。朝湖、いい。ここは武左衛門の言い分を少しは聞いてやろう」

「ほたら……」

「小屋へ出るのは、七つ半からでいい。誰そ彼《かれ》は、ってぇぐらいだから、顔はそんなにはっきり見えねぇさ。それなら良いだろ。そのかわり、顔を作って笑わせるような咄は使えねぇから、そのつもりでいろよ」

「宣さん、それじゃあなんだかもったいなくないですかねぇ。それだと夕方のほんの半時くらいしかできやせんし、おまけに座敷のある日はまるっきり開けられないじゃげぇせんか」

朝湖が不満そうに口を尖らせたが、流宣はいや、それで良いと断言した。

「始終出ているより、その方が人の気を惹くかもしれん。それから、呼び込みは武左衛門本人には絶対やらせねぇように。芸人が自分で呼び込んでちゃ、値打ちが下がるからな」

武平は少しほっとした。そういうことなら、大丈夫かもしれない。

「宣さん。さっき〝誰そ彼は〟って言ったけど」

師重がのんびりとした声を出した。

「〝誰そ彼〟ってのと〝彼《か》は誰《たれ》〟ってのと、両方あるけど、あれはどう違うんだい?」

そう言えばそやなぁと思う間もなく、流宣が即答した。

「これは二つとも、平安の昔からある言葉だ。日が暮れると男が女の所に忍び込むだろ。ここで女が言うのが〝誰そ彼〟つまり、『誰なのあなたは?』だ。で、まあ良い男ねってんで答えも聞かずに乳繰《ちちく》り合って、そのまま男が帰ると〝彼は誰〟、『あれは誰だったのかしら?』だ。だから、たそかれは夕方、かはたれは明け方だ。覚えとけ」

脇でお咲がくっくっと笑っている。

——ほんまかいな。

3　幽霊の正体見たり……

「重はん。ちょっと、頼みがあるんやけど、聞いてもらえるやろか」

「どうしたの？　改まって。私にできることならいいよ。あれ、大丈夫かい？　顔色がずいぶん悪いじゃないか。さては平さん、昨夜、もてたな」

「とんでもない。そんなんやないですよ」

武平は昨夜、贔屓《ひいき》の客に連れられて吉原へ行った。

その客の威光で、確かに女郎に振られることなく一夜をうれしく過ごした――のだが。

「あのな。わしをしばらく、また前みたいにここへ置いてもらえんやろか」

「ええ？　まあちょっとの間ならいいけど。でもなんで？」

本当のことは言えない。武平は考えてきた作り話を懸命に披露した。

「昨夜の女郎な、八卦見《はっけみ》の才があって。わしにもうじきエエ運が向いてくる。ただその為には、今日からしばらく、少なくとも七日の間は、自分の家で寝ん方がええ、言うんや」

「なんだい。それ、女郎が七日間毎日来てくれって言ってるってことじゃないの。平さん、やっぱりもてたんじゃないか。やだねぇ」

「いやいや、違う違う。違うんや。ほんまに、八卦やねん」

武平の至って真面目な顔に、師重は「ふうん、なんだか妙だけど、まあいいや」と言った。

――ああ、咄と違うて、こういう嘘の作り話は難しいなあ。

もちろん、本当は、そんな悠長な話ではない。

武平は真実、途方に暮れていた。

――あれ、やっぱり幽霊、かなぁ。

女郎と一つ布団で過ごしての明け方、武平は用を足したくなって厠《かわや》へ行った。気の利く女郎なら、一緒に来てくれて、案内やら手水《ちょうず》の面倒やら見てくれるものだが、あいにく武平の敵娼《あいかた》はぐっすり眠っていたので、行き戻り、一人だった。

手探りするように階段を上がり、廊下を歩いていたその時だ。

上草履《うわぞうり》をぱさり、ぱさり言わせながら、けだるそうに歩いて行く女郎とすれ違った。かはたれの薄明かりに、後れ毛にふと手をやったその顔が見えて、武平は総身の毛という毛が逆立つのを感じた。

女郎はこちらを見ようともせず、ぱさりぱさりとそのまま行ってしまった。

——お、奥方さま……。

武平は慌てて部屋へ戻ると、布団に潜り込んだ。敵娼の女郎は相変わらず、ぐうすうぴいとよく寝ている。

布団に入っても、体の震えは止まるどころか、ますますひどくなるばかりだ。ぱさりぱさりの音が、耳について離れない。

——幽霊ってのは、足がないって聞いたけど。

足がなくても、足音はするのか。

そう言えば、音は聞こえたが、上草履を履いた足そのものは見えなかった。あの薄暗がりでは、どうにもよく分からない。

とはいえ、あの顔、すっきりした富士額、切れ長だがほどよく大きな目、高からず低からずの鼻、柔らかそうな頬におちょぼ口……いくらかやつれ、品下った感じにはなっていたが、あの顔は、どう見ても小絵だった。

——そういや、ほくろは……。

さすがにそこまではっきりは見えなかった。幽霊になっても、ほくろや痣《あざ》って、残るものなのか。だいたい幽霊って、その人のいつの時点の姿で出てくるものなのか。必死に顔なのか。それが、生きてる時みたいに動くのか。それとも……。

——訳わからん。さっぱりわややや。

それにしても、やっぱり、幽霊か。

そう思ったら、武平はどうしても、自分の家で、独り過ごすのが怖くてたまらなくなった。ともかく、せめて恐怖心が少しでも治まるまで、誰か一緒にいてほしい。それで、吉原を出てすぐ、師重のところへ転がり込んできたのだ。

「平さん。まあしばらくはここにいて構わないけど。ただ私、来年になったらね。うふふ……」

師重は顎をふるふるとさせて、少しもじもじした。頬が薄紅色である。

「どないしたん、重はん。ちゃんと言うてや。わしにも心づもりがあるさかい」

「うん。えへへ。どうしようかな。でも平さん、笑うだろう？」

「なんでっか、気色《きしょく》の悪い。笑わんから、早う言うて」

「本当に笑わないかい？」

「笑いまへんて。もうすぐ、何がありますのん？」

「うふふ。お内儀《かみ》さんをね、もらうんだ」

――お内儀さん？

武平はあっけにとられたあと、結局あははと思い切り笑ってしまい、師重に「ほうら、だから言ったのに」と嫌な顔をされた。自分を棚に上げてこう言うのもなんだが、自分同様、師重に女っ気があるなんて、想像もできない。

「すまんすまん、重はん。それはまことにおめでとうさん。で、その女子はんはどちらのお人」

笑いをようやく鎮めて問うと、師重は懐に手を入れてごそごそと何か書き付けを取り出した。

「今はね。吉原にいるんだ。でね。来年の三月になったらここへ来るから、夫婦で暮らす支度をしないといけないだろう」

出てきたのは、黒々と牛王宝印《ごおうほういん》の描かれた護符《ごふ》である。

――女郎の起請文《きしょうもん》か。へぇえ。

自分の言うことが誠心誠意、真実であると神仏に誓って書く証文で、裏に牛王宝印のある護符の紙を使う。太平の世になる前は、お武家同士の密約などにも使われたと言うが、武平などが知っている今時のものは、女郎がこれぞと思う男に、心中立《しんじゅうだ》てとして渡すものと相場は決まっている。

師重に、起請文を渡すような深い仲の女郎がいるとは。武平は師重のことをちょっと見直す気持ちになった。確かに人は良いし、金はあるし、改めて考えれば、年季の明けた女郎が世帯を持ちたがって不思議はない男と言えるかも知れない。男前でない分、かえって浮気の心配もない。

「ね、ね、これ、見てよ。これ」

一、起請之事也
私事来年三月　年季明け候《そうらえ》ば　貴方様と夫婦になる事実証《じっしょう》なり
新吉原江戸丁二丁目朝日楼《あさひろう》内　喜瀬川《きせがわ》こと本名みつ
長谷川町　古山師重様

名前のところには、赤黒い指の跡がある。血判なのだろう。へええ、とさらに感心していると「いるかい」と調子の良い声がして、棒のような姿が入ってきた。朝湖である。

「おや、もうお揃いでげすか。いや、実はね。今日、流宣さんは用があって来られないってぇ言ってよこしてきたんでげすが、あたしもちょいと野暮用が出来ちまいましてね……。あれ、なんですか、それ、起請文じゃありやせんか。おやおや、重さんか平さんか、どちらか知りませんが隅《すみ》に置けませんでげすね、どうも」

長い腕を伸ばして起請文を手に取った朝湖の顔が、みるみるうちに険しくなった。眉間に縦皺が寄って、いつも調子の良い朝湖には、まず滅多に見たことのないような顔つきである。

「重さん。これ、本当に朝日楼の喜瀬川からもらったんでげすか」

「そうだよ」

「そうでげすか。これはますます、困ったことになりやした。実はあたしの野暮用ってのは、まさにこの起請文のことなんでげすよ」

そう言うと、朝湖は懐から二枚、師重の持っているのと寸分違《たが》わぬ起請文を取り出した。違うのは最後に書かれた宛名だけで、一枚は「南大工町《みなみだいくちょう》　辰五郎《たつごろう》」、もう一枚は「馬喰町《ばくろちょう》　亥之助《いのすけ》」とある。

「こっちは、あたしが贔屓にしてもらってる大工の棟梁《とうりゅう》。こっちもやっぱりあたしの贔屓で、旅籠の若旦那。昨夜ひょんなことで二人とも同じ女から起請をもらってるって分かって一悶着《もんちゃく》起きやして。女に直談判して白黒付けようってことになったんでげすが、まあ当人たちが行くと何かと面倒だから、あたしが代わりに、ゆっくり昼《ひる》見世《みせ》に行ってちょっと話を聞いてみやしょう、ってぇ成り行きなんでげすが……まさかもう一枚、しかも、ここにあるとは」

今度は師重の顔が険しくなった。

武平は、そう言えば朝日楼っていう店の名、どこかで聞いたな、とぼんやり思っていた。

「朝さん。私と一緒に朝日楼へ行ってくれるかい？　この際、はっきりさせておかなくちゃ。そうだ、平さんもついてきておくれよ。立会人になっておくれ」

師重のこめかみに青筋が浮き出て、膝に置かれた拳《こぶし》ががたがたと震えている。確かにこのままでは済むまい。

「じゃあ、これから行きますかい。幸い、今日はもともとお咲さんは来られないって言っていたし。まあこれじゃあ、咄の工夫どころではないでげさぁね」

三人で連れ立って目指す吉原へ入り、ここが朝日楼だと聞かされて、武平は動転した。

――ここは。

つくづく、自分のうかつさを呪う。なぜもっと早く思い出さなかったか。

武平はおそるおそる、何度も辺りを見回しながら廊下を歩く。明け方に幽霊を見たのは確かにここだ。お天道さまの出ている時分なのがかろうじて救いである。

朝湖がもの慣れた調子で妓夫《ぎゆう》や遣り手《やりて》と交渉している。

時々、師匠が大きな声を出しそうになるのをなだめつつの押し問答の末、遣り手がとうとう「それは、廓《くるわ》の掟《おきて》に照らしましても、どうでもうちの喜瀬川に非がございます。今、連れてきて詫びをさせます」と手をついて謝った。聞くところでは、「来年三月に年季《ねん》が明ける」というのも嘘らしい。

やがて、三人が待つ座敷に、しっかり者の遣り手と困惑顔の妓夫に両方の腕をぎゅっと摑《つか》まれて、喜瀬川が引き出されてきた。

「ああ面倒くさいねぇ。起請の一つや二つや三つ。稼ごうと思うからこそ、一所懸命しこしこ書くんやないの。ごちゃごちゃ言うてはるのは、どこのお方」

開き直ったのだろうか、上方訛《なま》りで毒づきながら入ってきたその女郎の顔を見て、武平はぎゃあっと叫び声を上げた。

「お、奥方さま……」

「お、おまえさんは……」

女郎はそう言うが早いか、脱兎《だっと》の勢いとはこのことかというようなものすごい力で両脇の遣り手と妓夫をふりほどくと、廊下へばたばたばたたっと走り出た。

――逃してたまるかい！

武平は女郎の片袖に総身の力でしがみついた。ぴりぴり、ぶちぶちっと音がして袖がちぎれ、女郎は観念したようにぺたりと座り込んだ。

「説明せい。説明してくれ。これはどういうことや。おまえさん、あの時死んだんやないんか」

「痛っ……。話すよ、話すから……」

「おいおい平さん。落ち着けよ。殺しちまうよ」

気づけば武平は女の両肩を掴み、頭を何度も壁に打ち付けていた。

師重に羽交《はが》い締《じ》めにされてようやく女から離されると、朝湖が遣り手に「何してるんだ、早く水を持ってこい」と命じた。

「この女のせいで、わしは江戸まで逃げてこなあかんかったんや。今もずっと、ずっと怖い思いしよるんや。何もかも、この女の……」

「分かった。分かりましたから、平さん、まずおまえさんから、あたしたちにも分かるように、子細を打ち明けておくんなさいよ」

渡された湯飲みの水をぐっと喉へ流し込む。本当は女郎の顔にぶっかけてやりたかったが、なんとかそれは思いとどまった。

遣り手が扱《しご》きの帯で喜瀬川を後ろ手に縛った。武平はその顔を穴が空くほど、穴でも何でも空けてやりたい思いで見つめながら、これまでの経緯《いきさつ》を語った。

「そうか。それで平さん、小屋掛けのときにびくついてたんでげすね。おかしいと思いやしたよ。さ、じゃあ喜瀬川姐《ねえ》さん、なのか、小絵さんなのか知らないが、とにかく正直に、何もかも」

女は武平の視線を避けるように、斜め上を見ながらしゃべりだした。右目の下にほくろが見える。

「あれはね。あの奥方さんが悪いんですよ。言うときますけど、あたしは奥方さんじゃありません。たまたま島原にいた、瓜二つの女郎」

――え?

「奥方さんはね。他に好きな男がいはったの。でも家の都合で親族一党からあのご養子さんを押しつけられてね。あの婿さんのことはすごく嫌ってたみたい。それで、その惚れた男にね、『夫を殺して、自分と一緒に逃げてくれ』って言ったんだって。虫も殺さぬ風情のくせに、怖い女なんだから」

小絵としか思えぬ美しいおちょぼ口から、およそ似つかわしくない言葉が次々と吐き出されて、武平の頭は混乱した。この女は、本当に小絵ではないということか。

しかも、あのたおやかそうな小絵が、そんな悪女だったとは。

あちらもこちらも、武平はにわかには信じられなかった。

「そしたらね。男の方が言ったんですよ。『あの婿さん腕が立つから、殺すのは難しい。なんとかうまく追い出そう』って。『ついでに、おまえは死んだことにすれば自由になれる』って」

喜瀬川がしゃべるたび、目の下のほくろが少しずつ揺れ動く。

「『おまえにそっくりの女郎がいるから、そいつを身請けして、〝一つ金儲けの狂言に付き合え、奥方に成り代わって間男をしろ、うまくいったら、金もやるしそのまま自由の身にしてやる〟とでも言えば、女郎は喜んでやるに違いない。女郎が男としっぽりやってる最中にあの婿さんが帰ってきてその様子を見れば、きっと逆上してその場で女郎と男を殺すだろう』って。『そしたら、世間ではおまえが死んだことになる』ってね。奥方さんにそう持ちかけたんですよ」

――そんな。じゃあわし、殺されるところやったんか。

「でも残念ながら、その男はもっと悪《わる》でね。実は女郎、つまりあたしと示し合わせて、奥方さんの方を殺して、ついでに、ここにいるこの間抜けな間男さんにその罪を着せて、お屋敷にあったお金をそっくり持ち逃げしたってわけ。中間《ちゅうげん》の爺さんまで殺しちまったのは、ちょっとびっくりやったけど……まあそっくりの女が二人いるところを、見られてしもうたさかい、仕方ないわ」

女が江戸ふうの言葉と上方訛りがごちゃごちゃになった言葉で語り終えると、武平は何が何だか分からなくなっていた。

「うおぉぉぉぉぉぉぉっ！」

――くそ。くそ。なんでや、なんでや、なんで……。

獣のように吠える声が止まらない。

吠えながら、ぐいぐいと、女の首を力任せに締め付ける。

「平さん、やめなって。平さん」

「平さん。気持ちは分かるが、ここでおまえさんが人殺しになっては、元も子もない」

再び羽交い締めにされて、武平の声は嗄《か》れ、手はようやく、女の首から離れた。女は首を手で押さえながら、ぜいぜいと肩で息をしている。

武平の手は、いつまでも震え続けていた。

女の息が少し落ちついた頃、師重がゆっくりと尋ねた。

「で、なんで喜瀬川は吉原にいるの？」

そう問われて、女は崩れるように泣き出した。

「その男にだまされて売られたんですよぉ。江戸で世帯を持とうって約束でついてきたのに。あいつどこ行ったか分からないんだぁ」

——あかんわ。

すっかり上がった息の下、女の首を絞めた感触が、いつまでもじんわり、手に残った。

4　髪供養

結局、朝湖が朝日楼の主人と話を付け、起請文をもらった三人および武平に、それぞれ詫び料が出た。喜瀬川の年季がうんと伸びたことは、言うまでもない。

流宣の助言もあり、喜瀬川は仮に今後他からどんな身請けの話が来ても一切受けさせず、年季明けまで朝日楼に止め置くこと、年季が明けた後は師重のところに来ることが決められた。

「女房にでも下女にでも、師重の好きにして、側《そば》へ置いとけ。でないと、万一、武左衛門の敵とやらがやって来たとき、話が付けられないだろ」というのだった。

武平はと言えば、あれ以来、どうしても咄に身が入らない。

「身の証《あかし》は立ったんだから、いいじゃないか」という師重の言葉も、なかなか素直に聞き入れることはできなかった。

「平さん」

稽古を始めようとしない武平の横で、お咲がゆっくり、三味線を爪弾《つまび》いている。撥《ばち》で弾くのと違い、淡い、潤《うる》んだような音色である。胴を叩く音が入らないから、響きもわずかだ。

ことがことだけに、お咲にこたびの一部始終が伝わったのは、朝日楼の主人との話がすべて付いてからだった。

「一つ、答えておくれよ、平さん。ずっと京にいたのと、こうして今江戸にいるのと、どっちがいい？」

お咲の言いたいことは、よく分かる。武平も、頭では分かっているのだ。

来し方がどうあったにせよ、今こうして、咄で身が立っていることは、自分にとって仕合わせなことだ。今更、京に帰りたいとも思わない。

だから、すべてを水に流す、とは言わないまでも、ある程度、心の持ちようを片付けて、これまで通り、咄を続けて行くしかないと。

「時がかかるかねぇ。でも、咄、ちゃんとやらないと、おあし、入ってこないよ。困るでしょ」

むろん、それは、分かっている。分かっているけれど、なかなか気持ちには、落ちがつかなかった。自分でも何がどこに引っかかっているのか、よく分からない。

もう何年も、自分の命を狙い続けている人がいるだろうという恐ろしさ。

騙《だま》されて京を追われた悔しさ、江戸までの道中の苦労。

悪巧みに荷担したあげく、結局自分の方が騙されて死んでしまった小絵。

その小絵の、武平の知らない裏の顔。

喜瀬川の話では、あの時の色仕掛けは、やはり小絵ではなく喜瀬川の仕業で、自分の飲まされた酒には、眠り薬が入っていたという。

喜瀬川を売り飛ばして行き方知れずになっているというその男はもちろん、小絵も喜瀬川も恨めしいし、どこにいるか分からない小絵の夫とその兄を思えば、まだすべてが片付いたわけではない。それでも、今江戸でこうして暮らしていることは、たしかにお咲の言うとおり、武平にとって良い落ちには違いない。

――いろんな因果の果ての、咄家稼業ってぇことやな。

「平さん、いるかい」

ひょろっと、細長い姿が現れた。

「あら、朝湖さん。平さんいるわよ。まだ腐ってるけど」

「それなんだけどね。あたしに一つ、趣向があるんでげすよ。お咲さん、せっかく来てくれてるのに悪いんだけど、今日はあたしに、平さんを預けちゃくれませんかね」

いいよ、どこへでも行っといで、というお咲の言葉を背中に、武平は朝湖と連れ立って歩き始めた。

「いいですか？　あたしの言うとおりに。そうして、にこやかに、しててくださいよ」

着いたのは朝日楼、もういいよと嫌がる武平の袖を、朝湖の長い腕が引く。

「これで本当の手打ちです、あたしの顔も立てておくんなさいよ」と細い目で拝まれて、しぶしぶ登楼《とうろう》した。

「今日は、喜瀬川さんと平さんとの手打ちです。ほんの一献、ご酒宴だけ。だから、重さんはあえて、連れてきませんでした」

朝湖は座敷へ喜瀬川を呼ぶように妓夫に言うと、懐から小さな紙包みを出した。薬のようである。

運ばれてきた徳利のうちの一本にそれを入れてしきりに振り、武平に耳打ちした。

「いいですか平さん。この徳利の酒は絶対におまえさんが飲んじゃいけませんよ。いいですね」

――何をする気だ？

喜瀬川がぱさり、ぱさりと投げやりな足取りでやってきて、伏し目がちに、横座りになった。

「どうも、ようこそ、おいでくださいました。さ、どうぞ」

破れかぶれに挨拶しつつ、それでも一応、喜瀬川が女郎らしく殊勝な手つきで酌《しゃく》をしようとするのを、朝湖が「いやいや」と制した。

「まずは手打ちの酒ですから、お二人の分、あたしが注ぎます。でないと儀式にならない」

朝湖は平たい大きめの盃を持ってこさせると、さっきの徳利の酒を喜瀬川の盃に入れた。武平の方には、細工のない酒が入れられた。

「さ。いろいろござんしたが、今後はもう、来し方のことは互いに触れないと、ご両所とも、約束してくださいよ。いいでげすね。では、かしこみかしこみ、とうとうたらり、たらりたらり」

祝詞《のりと》だか三番叟《さんばそう》だかなんだかよく分からない朝湖の呪文に促されて、二人は酒を呷《あお》った。

——しかし、本当によく似ているなあ。

武平は改めてつくづくと喜瀬川の顔を見た。ただ、今思うと、小絵の目の下に、ほくろはなかった気がする。と言っても、確かかと言われれば、自信はないが。

「喜瀬川はん。あんた、先日の夜、廊下でわしとすれ違ったやろ。あのとき、本当にびっくりしたわ。てっきり奥方さまの幽霊やと思うて。厠へ行った後やったから良かったけど、行く前やったら、絶対ちびっとったわ。おまえさんの方はわしには気づかへんかったみたいやけど」

「それ、いつのことですか」

「こないだの、大騒動の前の晩」

「おかしいわ。その晩はあたし、風邪気味で。宵の客が帰った後、休みにしてもらったんですよ。葛根湯《かっこんとう》飲んでぐっすり寝て、起きたらもうすっかり明るくて。そんな明け方に起きて歩いてなんかいませんよ」

——え？

「まあまあ、良いじゃないですか。ともかく。どうでげす、喜瀬川さんも平さんも、もう一献」

「え、ええ」

しばらくして、喜瀬川が眼をしばしばとさせた。口が半開きになっている。

おや、と思っていると、ふわぁとゆっくり、その場に横になってしまった。軽く鼾《いびき》を掻《か》いている。

「朝はん、これ……」

「心配ご無用。あたしが宗倫《そうりん》の旦那からもらってきた、強ーい眠り薬でげすよ」

「宗倫の旦那って、あの薬種《やくしゅ》問屋のご隠居はん？」

宗倫は武平をしばしばお座敷に呼んでくれる旦那の一人で、「珊瑚之会」への熱心な参会者でもある。咄の案を作るのは上手いのだが、素材にご政道の風刺や皮肉が多く、武平が面白いと思っても、流宣がいつも渋い顔をするため、なかなか点を出してあげられないお人であった。

「さ、平さん。今からその、奥方さんの供養をしましょう」

朝湖の細い目がいっそう細く、にやりと弧を描いた。

「供養？」

「はい。これで、喜瀬川さんを坊主にするんでげすよ。大丈夫。楼主《ろうぬし》さんも承知の上でげす。まあ本人は目が覚めたらびっくりするでげしょうが、それくらいの成敗は覚悟してもらいましょう」

朝湖の手には、剃刀《かみそり》が握られていた。

「坊主？」

「昔から、罪を犯した人や、この世に悔いが残りそうな人は、死ぬ前に形だけでもご出家の姿になると良いって言うでげしょ」

それはそうだが、武平はもう一つ、朝湖の言わんとすることが摑《つか》めなかった。

「喜瀬川さんには、一度頭を剃《そ》ることで来し方の悪事を反省してもらう。それから、姿形がそっくりな喜瀬川さんが尼の形になれば、あの世で迷っているその奥方さん、小絵さんでしたか、その方にも少しは、ご供養になるでげしょう」

——そういうもんかいな。

なんや屁理屈みたいやけど、と思いつつも、武平は朝湖の手から剃刀を受け取った。

「それから喜瀬川さんの櫛《くし》と簪《かんざし》、これをお金に換えて、ささやかですが小絵さんの法事をしてあげましょう。髪は女の命とやら。喜瀬川さんの髪で、小絵さんを供養するんでげすよ」

朝湖が半紙を数枚、手早くあたりに広げた。

——よし。なんやよう分からんけど、それも、ええか。そうさしてもらおう。

ばし、ばしっとまず元結《もとゆい》に剃刀を入れる。鬢《びん》付《つ》けの油は上等らしく、ふわっと良い香りがした。髪の束がぞろっと並ぶ光景はおどろおどろしく、武平は知らず知らず、口の中でぶつぶつ念仏を唱えていた。ぞりっ、ぞりっと、黒い筋が落ちていく。

「南無阿弥陀仏、南無阿弥陀仏、南無阿弥陀仏……」

わしの胸の内のあれやこれやも、一緒にぞりぞりっと、剃り捨てさしてもらおう。

何度か、喜瀬川が体のあちこちをぴくっと動かしたり、鼾の間合いが変わったりして、武平はひやっとしたが、半時も経つと、喜瀬川の頭はほぼ、丸まっていた。

——へぇぇ。きれいな尼御前のできあがりや。

食えない悪女と分かっていても、良い女はやっぱり良い女だ。

武平は思わず見とれた。

「さ、これで、平さんも恨みっこなし。敵が来た時の言い訳も立つ」

朝湖は櫛と簪とを紫の袱紗《ふくさ》に包むと、武平に矢立《やたて》と短冊とを突きつけた。

「平さん。何か一句、手向《たむ》けは浮かびやせんか」

「こんなものまで持ち歩いてはるんですか。おかしなお人だ。まあでも、確かにここは、一句つけたいな」

武平は考えたあげく、こう詠んだ。

〝うり二つ　あまくはなけれ　据えごぜん〟

朝湖が目を糸のようにして、「よっ、できました」と手を打った。

5　大江戸八百八町

「兄上。話には聞いておりましたが、これほどとは……」

「うむ。浜の砂子《いさご》から、針を探すようなものかもしれぬ」

貞享《じょうきょう》元年（一六八四）も暮れようという頃、清兵衛と竜吉は、品川《しながわ》の宿はずれの剣術道場で、一夜の宿を借りていた。敵討ちを志す者だと話すと、真っ当な剣術道場ならたいてい、一晩くらいは泊めてくれる。

父からの援助が受けられなくなった二人は、考えた末、住職の真似をして身過ぎ世過ぎをすることにした。『太平記評判秘伝理尽鈔』の講釈で、投げ銭を稼ぐことにしたのだ。剣術の道場破りをすることも考えないではなかったが、住職から「無駄に恨みを買いかねない。本懐の妨げになりますぞ」と止められた。

住職の助言に従い、二人は楠木正成ともゆかりのある、普化《ふけ》宗の僧侶、虚無僧《こむそう》の姿となって歩きながら、所々で『理尽鈔』を読み語り、どうにか食いつなぎながら、東海道を少しずつ江戸へと下ってきた。

しかし、近づくにつれ、江戸が予想を遥かに上回る大きな町であるらしいことが分かってきて、兄弟は自分たちの乗り越えるべき障壁の大きさを、改めて嚙みしめていた。

「町数が年々増えて、今は八百を超えると聞きましたが……」

清兵衛は弟の言葉に黙って頷いた。

「京、大坂と比べれば何ほどのことはない田舎と思うていたのであるが……やはり、公方さまのお膝元、人の流れ込み方が違うのであろう。いささか考えが甘かったようだ」

いかがしましょう、と思案顔の竜吉に、清兵衛はとりあえずの策を告げた。

「口入れ屋をしらみつぶしに当たろう。この四年の間に、上方から下ってきた塗師はいないかと尋ねて回るのだ。聞いたところでは、神田というあたりに、塗師の多く住む町があるというから、そこらあたりで一度聞いてみよう」

道場主が振る舞ってくれた粥を分け合って食べると、兄弟は眠りについた。

屋根の隙間から漏れる月影がしんと冴える、夜だった。

五　花見の仇討ち

1　鶴と松竹、鹿と馬

……加賀鶴《かがつる》と松竹《まつたけ》の浄瑠璃《じょうるり》合戦、おほかたは鶴の勝ちと予《かね》て思ひしが、案に相違して松竹大入り、大出来《おおでき》、まさに名にし負ふ出世の景清《かげきよ》かな……

「へぇ。西鶴はんでも、こういうことがあるのか」

貞享三年（一六八六）正月下旬。

近年、暮れから正月頃になると、『東西芝居暦《とうざいしばいごよみ》』とか『三都役者評判《さんとやくしゃひょうばん》』などと題した小冊子が売り出されるようになった。

京・大坂と江戸、それぞれで一年の間にかかった芝居や浄瑠璃、見世物の類《たぐい》の、客の入りや工夫、新奇な試みなどを論評してまとめたものである。

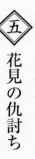

武平も初めて、「咄　江戸　鹿野武左衛門」と、小さく小さくだが取り上げられた。「江戸の鹿、珍らかに物言ふ」とだけの短い評だったが、藤十郎や團十郎の記事が載っているのと同じ本に名が載っているのを見た時は、本を目八分《めはちぶん》に掲げて鼻歌混じり、狭い家の中でくるくる、舞々してしまった。

同じ「咄」の項目には「京　露の五郎兵衛」「大坂　米沢彦八」とある。

それぞれ「都の露、興あり粋《すい》あり」「大坂の米、人を集める」の評がついていて、誇らしさと忌々《いまいま》しさ、懐かしいやら負けるもんかやら……いろんな気持ちがごっちゃになって、ややこしい。

とはいえ、この手の本の最も大きな話題はやはり浄瑠璃か芝居だ。

去年の一番の話題は、大坂の道頓堀に新たにできた竹本座《たけもとざ》の躍進であった。

当代、浄瑠璃の第一人者と言えば京の宇治加賀掾《うじかがのじょう》である。その加賀掾を長らく支えてきたのが興行師、竹屋庄兵衛《たけやしょうべえ》だったのだが、十年ほど前、何があったか二人は袂《たもと》を分かってしまった。

その後も京で宇治座を構え、堂々と興行を続けてきた加賀掾に対し、庄兵衛の方は、加賀掾の弟子の義太夫《ぎだゆう》を擁《よう》して地方各所を興行して回り、昨年、ようやく道頓堀に一座を構えるに至った。

これを知った加賀掾は、よほど思うところがあったのだろう。今や、俳諧師というよりは、浮世草子作者として、上方のみならず、江戸までその名を轟《とどろ》かす人気者となった井原西鶴に、新作浄瑠璃の書き下ろしを依頼し、しかもその上演をわざわざ大坂ですることにした。

加賀掾のこの目論見《もくろみ》に対抗して、庄兵衛と義太夫の方は、まだ作者としては無名に近い、近松門左衛門《ちかまつもんざえもん》という若手の狂言作者に新作を書かせた。

どちらがより面白いか、どちらがより客が入るか――世間の耳目を集める中、入りはどうやら近松と義太夫の勝ちが大勢となった上、加賀掾は小屋で火事が起きるなどの不運も重なって、結局大坂を引き上げてしまったらしい。

――どんな話やろ。

西鶴が書いたという「暦《こよみ》」や「凱陣八島《がいじんやしま》」、それらを客の入りで凌《しの》いだという近松の「出世景清」。武平はぜひ中身を詳しく知りたいと思ったが、江戸ではなかなか難しい。

――浄瑠璃本屋は、ないわなぁ。

京や大坂にはあったのだが、江戸ではどうだろう。今のところ見かけたことがない。あったとしても、そんな新しいものは、なかなかすぐには手に入らないだろう。

それにしても、俳諧でも浮世草子でも、何をしても敵なしと思われた西鶴が、負けるとは。

——確かに、西鶴はんと浄瑠璃は、合わんかもしれんなぁ。

西鶴の浮世草子は、『一代男』も『諸国ばなし』も『椀久《わんきゅう》』もよく売れていて、武平はどれも大好きだ。自分の咄を作る参考にもさせてもらっている。

そういう自分が言うのも生意気だが、義理と情けで、聞く人の涙を絞る浄瑠璃の語りに、西鶴の書くものは乗りにくいかもしれない。

西鶴の筆は人の狡《ずる》さや愚かさを容赦なく暴いて、でも嫌《いや》みにならない。哀れな話を書いても、どこかからっとしたところがある。武平は心密かにそうした西鶴の特長を、少しでも咄で真似できたら、と思っているのだが、それは、浄瑠璃とはかなり質の違うもののように思う。どこが違うのかは、うまく言えないが。

こういうのを、きっと流宣ならもっとしっかり言葉にできるんだろうな、と思うと、武平は少し悔しくなる。

流宣は咄を作るのもうまい。武平がやっている咄にも、珊瑚之会で流宣が作ったものがだんだん多くなってきている。

——でも、やるのは、わしや。

本を作ったり、画を描いたりの才はない。しかし、目の前の客の反応を窺《うかが》いながら、笑わせよう、あるいは唸《うな》らせようという工夫なら、誰にも負けない。しゃべる早さ、音の高低、間合い、顔の表情、仕草……。工夫すべきことは、いくらでもある。珊瑚之会に助けられているのは事実だが、客の前に出たら、あとは自分一人の世界だ。

咄を始めたばかりの頃は、ただしゃべるのに夢中なだけだったが、近頃ではそんなことを真面目に考えるようになっていた。敵討ちのカラクリが知れて、いくらか気持ちが片付いたおかげかも知れない。

――まあでも、お咲さんには、助けられてるけども。

三味線はすっかり江戸でも流行っていて、近頃では女郎たちが競って習っている。人形芝居の小屋で、子どものときから三味線を聞いて育ったというお咲は、腕を見込まれて人に教えたりもするようになっているが、武平の咄の脇で弾くのを一番に優先してくれているのがありがたい。

「さて、何をやるかな」

独言《ひとりご》ちて、ちょっと景気を付けて外へ出る。

小絵の一件の真相が知れてからは、中橋の小屋をむしろ、明るい時分に開くようになった。明らかに客とは異なる様子の者を、こちらの方が先に見分けたいためだ。

こちらは片付いたつもりでも、相手はまだまだ殺気立ったまま、どこから迷い込んで襲ってくるか分からない。

今日は中橋の後、初めての客の座敷があり、お咲はずっと付いてくれることになっている。堺町へ寄って、お咲と落ち合って行くつもりだった。

「……やあやあ、汝《なんじ》を討たんがため、我ら兄弟、この年月の艱難辛苦《かんなんしんく》。ここで会うたは盲亀《もうき》の浮木《ふぼく》、優曇華《うどんげ》の花、待ち得たる今日《こんにち》ただ今、いざ尋常にィ、勝負勝負……」

人形芝居の小屋から、敵討ちの台詞が聞こえている。芝居の稽古と分かっていても、いささか凝乎《ぎょっ》としてしまうのが、我ながら情けない。

「ごめんやす。お咲さん、いてはりますか」

楽屋の裏から声をかけると、お咲の母親のお芳《よし》が出てきた。来年には本卦還《ほんけがえ》りと聞いているが、楽屋の掃除や片付けに人形の手入れ、太夫たちの衣食の世話から三味線の下稽古までなんでもこなす口八丁手八丁、とてもそんな歳には見えない。

「あら平さん。こんちは。お咲、平さん来たよ」

お芳は傷の付いた金平人形の頭《かしら》の脇にあった、竹の皮の包みを出して、武平に渡した。

「平さんこれ持ってお行き、合間にお食べ。しっかり食べて、しっかりお稼ぎよ」

「すんまへん、いつも」

お芳はよく、武平に握り飯を持たせてくれる。入っている梅干しがしっかり酸っぱくて塩《しょ》っぱくて旨くて、咄の合間に食べるにはありがたい。

——甘いもんでも買うて、お返しせなあかんな。

「じゃおっ母さん、行ってきます」

二人で歩き出す。中橋までの道のりが、武平にはささやかな楽しみである。

「平さん。今日は何やる？」

「そうですなぁ。『馬の顔見世』をもう一度、やってみますかいな」

春とはいえど、まだ寒い頃だ。互いに吐き出す白い息の行方を、武平は目で追った。

「そう？　なら、最後の馬の鳴くとこ、ちょっと三味線の手を変えてみてもいい？」

「そんなら、着いたらちょっと打ち合わせを……」

「馬の顔見世」は下っ端役者が見栄を張ってしくじる咄だ。鹿ならぬ、馬の脚が物を言ってしまって芝居がぶちこわしになる落ちである。お咲は、馬の脚が歩くところ、鳴くところなどに入れる三味線の音を、ずいぶん工夫してくれていた。

「そうそう、マクラであんまりしゃべりすぎないでね。うっかりして、出《で》を間違えちまうから」

お咲はそう言ってにやっとした。「面白くてさ」と付けくわえてくれたのが嬉しい。

近頃、動物の出てくる咄をやると、客の反応が良い。

理由は、ご政道にあった。

今の公方さま、五代将軍綱吉公は、どうにもお触れを出すのが好きなお方らしい。

武平が覚えているだけでも、亡くなった人への悔やみについての細かいお触れやら、親孝行を奨《すす》めるお触れやら、武平などからするとええことやけど、えろうお節介やなぁ」と思うようなお触れをたくさん出している。

しかし、中には傍《はた》迷惑なものもある。

去年の秋に出た「御成《おなり》の列が通る時に、犬や猫が道へ出てきても咎《とが》めないから犬猫を無理に繋《つな》ぐな」や、「馬の扱いを丁寧にせよ」などは、確かに情け深くて良いことではあろうが、時と場合、人の立場によっては、困る者も出る。「馬へのかけ声まで咎められては敵わない」と嘆く、荷曳《にひ》きの馬子《まご》などもいるらしい。

ご政道を批判しようなどという気持ちは毛頭ないが、マクラで他愛ない「鹿と馬と牛の会話」なんぞをやったりすると、客たちの「どうも、近頃お上がうるさくて敵わん」という本音に訴えるのか、けっこう反応が良い。公方さまが「馬殿」という隠語で呼ばれているせいもあるだろう。調子に乗ってついついやり過ぎてしまい、時々流宣から「もうよせ」と横やりが入る。

「そうだ、寅ちゃん、今日は来るかな」

「ああ。どうやろ」

お咲が寅ちゃん、と言ったのは、八つくらいの、納豆売りの男の子のことだ。寅吉というその子は、武平の咄が好きらしく、時々、一人で小屋に姿を見せる。

「寅ちゃんの六文、いつも温かいんだって。重さんが泣くんだもん」

「六文しっかり握りしめて、小屋へ来てくれるんやなぁ」

あれくらいの歳の子に、自分の咄がどれほど通じているのか、正直分からないが、小屋へ来た時はいつも楽しそうに、咄の途中で時々生意気に膝を打ったり腕組みして頷いたりしながら聞いてくれる。武平もお咲も、大人に混じって一人、堂々とした態度で客席にいる寅吉の姿を見るのが楽しみだった。

「うん。仕入れた納豆が全部売れた日は、来るんだって。それ聞いて、重さんがついあの子に、『そんなら売れ残った納豆を全部買ってやるから持っておいで』って言ったら、あの子、怒ったらしいね」

病気の母親と二人暮らしだというその男の子は、師重に向かって「じゃあおじさん、その納豆ちゃんと全部食べるのか」と尋ねたという。

「『おれは子どもだけど、ちゃんとした商売をして、自分の銭でここへ来てるんだ。馬鹿にしねぇでくれ』って言うたそうやなぁ。ええ啖呵《たんか》や。直《じか》に聞きたかったわ」

「ああいうお客さんはいいね。小屋でやる甲斐があるよ。座敷だけじゃ、絶対ああいう子には会えないもの」

お咲の言うとおりだ。武平もつい、自分が子どもの頃のことを思い出して、目の辺りが熱くなってしまう。

「あれ？　平さん」

小屋が近づいてきた時、お咲が訝《いぶか》しげな顔をした。

「あのお武家さん、さっきうちを出た時にもいなかった？」

お咲がそっと指を差した方向に、黒羽二重《くろはぶたえ》の侍の背中がちらっと見えた気がしたが、すぐに人混みの中に姿を消した。

「まさか、平さんの……」

お咲が顔をこわばらせている。人相は分からなかったが、小絵の夫とその兄、どちらかだろうか。とうとう、武平の居所を突き止めたというのだろうか。

「平さん、大丈夫よ。流宣さんも朝湖さんも来るから」

お咲の呟《つぶや》きを、自分の呟きのように聴く。

敵の一件を打ち明けて以来、小屋で咄をやる時は、流宣、師重、朝湖の三人のうち、必ず二人は武平の近くにいるよう、手配りをしてくれている。

剣術の使い手だというから、取り押さえるのは無理だろうが、逃げる時間は作れるだろうというのと、さような武張った人物ならば、見物客を巻き添えにするような武士らしくない真似はするまいというのが、流宣の見解である。

「あたしいつでも、朝日楼まで走るからね」

お咲は今、朝日楼の女郎たちに三味線を教えていて、内情に通じている。

――みんな、おおきに。ありがとう。

こうなったら、そのときは、そのときだ。

武平は覚悟を決めて、集まった客の前に進み出た。

2　上野東叡山

……蔵のうちにぞ米河岸《かし》や、日和《ひより》は知れぬ照降町《てりふりちょう》、焼けしはげにも小網町《こあみちょう》、ここにて会わば芳町《よしちょう》や、げにや浮世の堺町、多くの人も乗物町《のりものちょう》、咎《とが》もなけれど材木町《ざいもくちょう》、荷物を深く掘留《ほりどめ》や、音はなけれど鉄砲町《てっぽうちょう》……

「よっ、待ってました。平さん名調子！」

「良いぞ武左衛門、たっぷり……はいいが、ただでやるのはもったいないな。まあいいか」

三月、桜が見頃になると、珊瑚之会は、上野へ花見に繰り出した。日頃点料を出してくれている旦那方も一緒である。

「いやいや、これはめでたい。武左衛門さん、良かったね。師重さんも」

こたびの花見の発起人は宗倫で、酒やら重箱入りの弁当やらを豪華に取りそろえてくれた。

そもそもは、二月に、武左衛門の二冊目の咄本『鹿《しか》の巻筆《まきふで》』が開板されたのを祝う会をしようと言っていたのを、せっかくだから桜の時分まで待って花見ということになったのだ。

二冊目の話が持ち上がった時、武平は正直あまり乗り気ではなかった。しかし師重が、「今度は自分が絵を描く」と言いだして、二十もの挿絵を用意してくれたので、ならばということになった。収めた咄の数は三十九だから、半分以上に絵が入ったことになる。この絵のおかげか、一冊目の『口伝咄』より売れ行きは良いらしい。

宗倫の支度で広く敷かれた緋毛氈《ひもうせん》の上で、武平は『鹿の巻筆』にも入っている「にせ屋島」を披露した。芝居咄で、お咲の力添えが欠かせないことはもちろんだが、朝湖の鼓も加わって、いっそう賑《にぎ》やかになるのが新機軸である。

鼓と三味線の音色に乗り、洒落のめした町の名の言い立てを――これは一つでも言い損なったら台無しで、かなり稽古を積んだものだ――武平が始めると、周りには着飾った花見客が人垣をなした。中で一際、明らかに「ご大身の微行《おしのび》」と分かる、上等の身なりの武家が一人、興味深そうに武平の咄に耳を傾けてくれていて、少人数のその一行の周りだけ、さすがに皆が遠慮して少し、隙間が出来ていた。

上野の花見にはいろいろな趣向を凝《こ》らしてくる者が多い。

どこかの若衆《わけえし》たちが一斉に着物を脱いだと思ったら下は揃いの緋縮緬《ひぢりめん》の長襦袢《ながじゅばん》で、見事な手振りで業平踊《なりひらおど》りを始めたり、派手な着物の男二人が大仰に喧嘩を始めたと思ったら、吉弥結びの帯を垂らした女が嬌態《しな》を作って銚子《ちょうし》を提《さ》げてわざとらしく仲裁に現れて「なんだ、出雲阿国《いずものおくに》と名古屋山三《なごやさんざ》の見立てか」などと、狂言めいたことを仕組んだりする。

満開の桜が霞とたなびく中、あちこちにそうした趣向を見る人波が寄せては消えていく。

どこからか、尺八の音が聞こえてきた。虚無僧《こむそう》の趣向で来ている者がいるらしい。

武平の方はもう咄の披露はそろそろ仕舞いにして、本腰を入れて酒を頂戴しようか、と座り直した。

虚無僧が二人、こちらへ向かってきた。

——朝湖のヤツ、わしらを脅かそうと、何か趣向でも仕込んだのか。

そう思ったのは、大きな間違いだった。

「やあやあ汝は志賀武平よな。六年以前京において我妻と下僕を手にかけ立ち退きし大悪人！　汝を討たんがため、我ら兄弟、この年月の艱難辛苦」

「ここで会うたは盲亀の浮木、優曇華の花、待ち得たる今日《こんにち》ただ今」

芝居の台詞そのままに、仰々しい武家言葉を述べ立てて、虚無僧二人が深編笠《ふかあみがさ》を取ると、白刃がぎらっと抜かれた。まっすぐ、武平に向かってくる。

「我は汝に妻を奪われし荒木竜吉なるぞ。いざ尋常にィ、勝負勝負！」

若い方の虚無僧が、仁王のような形相《ぎょうそう》で大音声を上げると、もう一人の方はそれを受けて低い、しかしよく通る声で付け足した。

「我は竜吉が兄、清兵衛。弟に助太刀いたぁす」

――うわっ……。

腰が立たない。這うようにして木の幹にすがり、転がるように逃げる。

「た、助けてくれ！　違うんや。わしは、わしは奥方はん殺したりしてまへん」

「これ虚無僧の方々、早まるでない。お待ちなさい。お待ちなさいと言うに」

遠巻きにした旦那たちが口々に止めようとするが、虚無僧二人は抜いた刀を青眼《せいがん》に構え直し、桜の根元でうずくまってしまった武平との間合いを詰めようとする。

「お二人さん。勘違いなんでげすよ、こちらの話も聞いておくんなさいよ」

朝湖が鼓を持ったまま、武平を庇《かば》うように立ちはだかってくれた。

「おい！　おまえたち、人の話を聞けよ。こいつが人殺しなんぞできる面《つら》か。よく見ろ」

流宣が虚無僧の背中越しに声をかけたが、到底聞く耳を持つ相手ではなさそうだ。

清兵衛が刀を降り下ろすと同時に、鼓の緒が切れて朝湖が尻餅をつき、竜吉の刀が武平に迫った。

「朝湖はん！」

見上げた武平の目の前に、白刃が下りてきた。ぎらりとした光の恐ろしさに、目を閉じる。

ばしっ……。

——あかん。もう、仕舞いや。

斬られる。

死ぬほど痛いってどんな感じやろ。

そんなことが頭をよぎった武平だったが、どうやら、斬られた気配はない。

おそるおそる眼を開けると、竜吉が刀を取り落とし、顔をしかめて手首を押さえている。駆け寄ろうとした清兵衛に、先ほど人垣の中にいた大身ふうの侍が音もなく近づくのが見えた。

——？

桜の木にしがみついたままの武平の前で、清兵衛がその場にがっくりと膝をついた。

侍はゆったりとした動きで二人の刀を拾い上げると、無造作に流宣に渡した。ぽかんとしている流宣に向かい、侍はさらに、落ちている鼓の緒《お》を指さした。

「さ、それでも用いて、今のうちにこの両名の手を縛るがよい」

宗倫と師重が慌てて駆け寄って、竜吉と清兵衛の手首を、後ろ手に縛り上げていく。

「無粋な」

そう呟いて立ち去っていく侍の、伸びた背筋と足捌《さば》きとがあまりにも颯爽《さっそう》と見事過ぎて、武平も、他の者もみな、礼を言うのも忘れて、見送ってしまった。

桜の霞の中に、溶け込むような足取りである。

「あ、あの。おおきに。……あ、ありがとうございました」

ようやく声が出たときは、もう、その姿はすっかり見えなくなっていた。

「平さん、これ。あのお武家さま、これであの人の手首を打ったんだと思う」

お咲が拾って持ってきたのは、金地に紅で日の丸を描いた扇だった。ずっしりと重みがある。

「ずいぶん立派な扇。お能かなんかのお道具かしら……よく分からないけど、助かったね」

――お武家はん。どこのどなたか存知まへんが、おおきに。ほんま、おおきに。

武平はその扇を押し頂くと、改めて、見えなくなった姿を拝んだ。

「さ。これで得心がいったかい。おまえさんの大事な奥方はな。そういう女だったんだよ」

流宣が口の端を歪めて吐き捨てた。

二人の虚無僧は、朝日楼で言葉を失っていた。

まだ結えるほど髪が伸びきらない喜瀬川は、開き直って手首に数珠、尼の衣に袈裟を掛けて現れた。今はその姿で客を取り、前より人気だというから恐れ入る。

「それは、真実のことでござろうか……」

兄の方が、無念そうに念を押した。さっきの侍に拳《こぶし》を入れられた胸の下あたりがよほど痛いらしく、時々咳き込むようにする。流宣が、「あばら骨が折れているかもしれないから、あとで医者に診てもらえ」と言った。

「ああもう。こんな恥かき話、何度もさせないでおくれ。そうでなくとも、あたしは……」

「まあまあ喜瀬川。年季が明けたら、おまえの面倒は私が見るよ。だからいいだろ」

ここまで悪女と分かっても、師重はまだ喜瀬川に惚れているらしい。女房でも下女にでも勝手にしろと流宣は言っていたが、この分ではきっと尻に敷かれるに違いない。

ううう……と竜吉が呻《うめ》き、拳で涙を拭っている。

「今少し念入りに事実を確かめておれば、きっと妙だと気づいたものを。某の浅慮《せんりょ》で、兄上にも父上にも、申し訳が……」

はっと刀に手を掛けようとするのを、清兵衛と流宣が押しとどめた。

「某のことは良い。あの時の状況では、しかたあるまい。それにこうして、間違って武平殿を討たずに済んで、良かったではないか。かくなる上は、己の命も粗末にしてはならぬ。自害など、もってのほかだ」

清兵衛が弟に向かってやはり涙ながらに言うのを、流宣がじっと見つめて、豆絞りをそっと目尻に当てている。

――あれ、流宣のヤツ、もらい泣きか？

いつも皮肉ばかり言う流宣が、兄弟にはなんとなく情を寄せているように見えて、武平は不思議に思った。

「それにしても臭い虚無僧だな。おまえさんたち、着た切り雀かい？」

流宣が清兵衛に向かってそう話しかけた。言葉の調子はぶっきらぼうだが、明らかに労《いたわ》っている様子だ。

「なにぶん、路銀はとうに底をつき、辻講釈で身過ぎ世過ぎ、ぎりぎりの暮らしで参ったゆえ」

「へえ、おまえさんたち、講釈が出来るのか。太平記読みか」

「さよう」

流宣は豆絞りを指でくるくるっともてあそぶと、遣り手に「こいつら、風呂に入れてやってくれ。あと、着替えを見繕ってやってくれないか。ついでに、医者の手配も頼む。ああ、全部、喜瀬川の掛かりだぞ」と言いつけた。

喜瀬川は気色ばんだが、抗弁出来ないことは分かっているらしい。

武平はとりあえず、出されたまま冷めてしまった湯飲みの茶に口を付けた。

——ま、しかし。これでやっと、心から安心して眠れる。

京を出て六年。巻き付いていた縛《いまし》めがやっと解《ほど》かれたのだ。武平は四肢のすべての先から、安堵《あんど》の思いがじわっと染み出していくのを感じ取った。

——長かったなぁ。

敵討ち。

芝居や浄瑠璃ならともかく、現実に我が身に起こっては堪《たま》らない。関わった者みなが、時も気持ちも、果てしなく無駄にすり減らすのだ。

武平は自分を追ってきた兄弟の、垢じみた姿形《なり》やひび割れた指先を改めて見た。

——あれ？

ってことは。

いつかの黒羽二重は、こいつらとは違う、いうことやろか……。

せっかくの安堵感に、女の長い髪の毛みたいな黒い筋が一本、まだ混じっているような嫌な感じが、武平に残った。

3　水の音、鐘の音

ぴちょん、ぴちょん……。ぴちょん、ぴちょん……。

軒を雨垂れの伝い落ちる音がする。

昼過ぎ、いきなり叩きつけるように降り出してきた雨が、そろそろ止んだようだ。

「古池や　蛙《かわず》飛び込む　水の音……か。ふうん」

武平は朝湖が持ってきた『蛙合《かわずあわせ》』という俳諧の書を読んでいた。

今年の閏三月に開板されたばかりの本で、以前の桃青、今は芭蕉と号する俳諧師の一門が作った、蛙の句ばかり四十一句の書である。

――「飛び込む」ってのが、ええな。

鳴くんじゃなくて、飛び込む。

鳴き声ではなく、どぼんだか、ちゃぽんだか、分からないけれども、その池の水音から、静かな、人から忘れられたような景色が浮かんでくる。

物には何でも、分かりやすい特徴がある。

蛙なら鳴き声だ。「げろげろ」と言えば誰にでも簡単に蛙と思ってもらえる。しかしそこをあえて外して「飛び込む水の音」というのが、面白い。

――あえて外す、か。

分かりやすい言い方は容易《たやす》く人に伝わって便利だが、そればかり使っていると同じ景色しか見えてこない。それは咄も同じだ。馬の鳴き声もひんひんばかりではなかろうし、特徴も、顔の長いばかりではあるまい。

――面白いな。

俳諧は、短いけれど読み応えがあるのがいい。五・七・五と七・七だけでいろんなことが考えられる。

七つを知らせる鐘が鳴った。そろそろ、約束の刻限である。

「鐘は、ごおおんと鳴る以外に、何か変わった言い方ができるやろか」

武平はぶつぶつと独言《ひとりごと》を言いながら、師匠の家の前まで来て、呼吸を整えた。

今日、喜瀬川こと、お菊《きく》――起請文《きしょうもん》にあった「本名みつ」も嘘だったらしい――がここへ来る手はずになっている。年季はまだ残っていたのだが、いろいろあって、朝日楼は内済《ないさい》ということで、ごく安価で喜瀬川を師匠に身請けさせた。

喜瀬川の尼姿は噂になり人気になり、朝日楼も一時はほくほく顔だったのだが、評判が上がれば妬《ねた》まれるのはいずこも同じで、どこからか「朝日楼の喜瀬川は上方で人殺しをした女だ。だからあんな姿をしている」という噂が廓内《くるわうち》でしきりに流されるようになった。これ以上噂が広がって、役人や岡っ引きが楼へ押しかけてきてはかなわない、というのが楼主の判断であった。

お菊がここに来るとなれば、武平はあの小絵そっくりの顔と始終対面しなければならない。惚れた弱みとは言え、お菊の来し方を全部知った上で家へ入れようという師重の器量はたいしたものだが、もともとの関わり合いの深い武平の方にだってそれなりに覚悟は要る。そこで朝湖の発案で、流宣、朝湖、武平、お咲が揃い、お菊を迎える一席を設けようということになったのだ。

「よう、来たか。武左衛門。今日はまあ、大茶番みたようなもんだ。その気で付き合え」

既に来ていた流宣が、神妙な面持ちで訳の分からないことを言った。

武平が江戸へ来た経緯を知った時、流宣は「喜六って名と本人とがどうにもしっくりきてなかったから、何か理由《わけ》アリには違いねぇと思っていたが。ここまで深ぇ因縁とはな」と嘆息していた一方で「まあ命さえありゃぁ、何でもネタになる」と無責任な言い方で無理矢理落ちを付けてしまった。

一番年嵩《としかさ》ということで床を背にして座っている流宣とは斜向《はす》かいの場所に、お咲がいつにない仏頂面で、おし黙ったまま座っている。

――なんや、機嫌、悪そうやな。

お菊に焼き餅でも焼いているのか。まさかそんなことはないだろう。

「朝湖さんは、まだですか」

「ああ。あいつが仕組んだ茶番のくせに、遅い」

「宣さん、そう、茶番茶番と言わずに。みなさん、温かく見守ってやってくださいよ」

にまにま、ふるふると顎《あご》を震わせながら、師重はしきりに路地を気にしている。足音が幾つも重なり、駕籠《かご》の気配が近づいた。戸が引き開けられる。

「申し訳ない」

駕籠のたれをめくって、きちんと髪を結ったお菊が出てくるかと思いきや、転がるように出てきたのは朝日楼の主で、そのまま土間でどすんと土下座してしまった。

「あの、やっぱり、喜瀬川は来ていないでしょう、か？」

最後の望みとでも言いたそうな、儚《はかな》げな「か？」だ。

「それはいったい、どういう」

「やはり……申し訳ない。逃げられました。本当に、申し訳ない」

楼の主が米搗《こめつ》き飛蝗《ばった》のように頭を下げながら話したところによると、今朝、「古山師重からの迎えだ」と言って、師重の書状を携えた駕籠が来たので、喜瀬川を乗せた。ところが、昼過ぎてから、もう一丁、同じような駕籠が来た。調べてみると、どうやら朝の方が偽物だったらしいという。

「こんな書状を持ってきやがったので、てっきり信用しちまったんです。本当に申し訳ない」

主が出した手紙は、師重から主への挨拶状だった。字は師重にそっくりである。

「今、若衆《わけえし》がみんな出張《でば》って探しております。本当に、申し訳ない」

誰も二の句が継げないでいるところに、棒のような姿が入ってきた。

「あら、あれ？　これはいったい……」

「今頃来やがって。これはいったいもはったい粉もあるか。これこそもって、けったいで忌々しい話が持ち上がってらぁ、畜生め」

――そやなぁ。

「師重。もうあの女のことは諦めろ。主、もう探索はいい、人手の無駄だ。あとは全部、金でカタだ。いいな。じゃあ朝湖、細かい話はお前に任せる」

流宣はそう言うと、豆絞りをくるくると振り回しながら、出て行ってしまった。

「じゃ、じゃあ、重さん。あたしはすぐ、朝日楼さんへ行きますから」

朝湖までがそそくさと、楼主を伴って出て行ってしまい、三人になると、師重が絞り出すような声で「済まないが、一人にしてくれ」と呟いた。

歯を食いしばっているのだろう、こんな顔は初めて見る。

「じゃあ、ね」

二人が玄関を出ると、「ううう、おぅおぅおぅ……」と唸る声がした。振り返ろうとする武平を、お咲が止めた。

「そっとしといてあげようよ、ね」

それは、そうだ。こんな時に顔を見られたい男はいるまい。

武平の住まいはすぐ近くだが、あまりにも所在ないので、お咲を送っていくことにした。雨上がりの道を、水たまりを避《よ》けながら歩き出す。

お咲がぼそりと言った。

「あたしねぇ。重さんには悪いんだけど、こうなるんじゃないかって思ってたんだ」

お咲は朝日楼に出入りしている。何か知っているのだろうか。

「しばらく前からね。なんか、胡散臭《うさんくさ》い男が一人来てて。一応客だって言ってたけど、他のお女郎さんたちがしきりに言ってたの。あれはたぶん間夫《まぶ》だ、しかもかなりの腐《くさ》れ縁《えん》だって。例の人殺し云々の噂が出たのはその頃でね。お女郎さんたちは、あれは喜瀬川さん、自分で流しているんじゃないかって疑ってた」

――腐れ縁？　自分で？

「喜瀬川さんが人を殺したなんて噂が出れば、主は間違いなく重さんに身請けの話を持って行くでしょ。その機会を狙っていたんじゃないかって」

「そ、そうなの？」

「もちろん、本当のところは分からないよ。あたしもよほど、主さんに言おうか、重さんにも、平さんにも言おうか、それから、もしかしてあのご兄弟にも教えてあげたほうが良いのか、って考えたんだけど」

暮れ六つの鐘がうぉーんと響く。まるで、音で暮れ方の雲を押し流していくように聞こえる。

「でも、平さんも、あのご兄弟も、やっと落ち着いたところでしょ。またごちゃごちゃして、しかもそれが重さんの恋しい女《ひと》で、なんて、嫌だなぁって思っちゃったのよね。だから、まずは今日、喜瀬川さんがどうするか、様子を見ようと思ったの。ここまできて、もしまた重さんを裏切ってだますようなことをするなら、もういっそのこと逃がしちゃえって」

お咲が流れる雲に目をやった。

「だいたいそんな了見で重さんとこにいられちゃ、あたしたち迷惑じゃない？　平さんの件は片が付いてるから、もう喜瀬川さんにいてもらう必要もないし、それにその間夫ってのがもし、京の一件から繋がってる男なら、この先何仕出来《しでか》すか分かんないでしょ。何かあるたんびに、流宣さんが素っ気ない振りで、でも実のとこは心配してイライラして、朝湖さんは、きっとそっちもこっちも細々《こまごま》世話焼いてってことになるし」

武平は改めてお咲の顔をまじまじと見た。

「ご兄弟に言ったらきっと〝斬る！〟って仰《おっしゃ》るんだろうけど、また敵討ちの道中になったら、気の毒じゃない？　重さんも、いくら惚れた弱みでも、情けなさ過ぎる。重さんを袖にして、そんな間夫について行く女なんて、馬鹿過ぎるんだから。重さんや平さんみたいな、うんといい人をコケにする馬鹿女、あたし嫌いなんだ」

自分の名が一緒に出てきて、武平はそわそわした。

「馬鹿女なら、馬鹿女らしく、狡《ずる》くて不実な悪党とどこまでも道行きして、自分でどんどん不幸になっちまえって」

そんなふうに見ていたとは。

師重と朝湖は、ちょくちょく朝日楼へ出入りしていたはずだが、まったく何の疑いも持っていなかったようだから、やはり女は女同士でないと見抜けぬ気配があるのだろう。

女は怖い。

喜瀬川も怖いし、それをじっと見ていた朋輩《ほうばい》女郎たちも怖い。そして何より、何もかも全部、黙ってじぃっとじぃっと見ていたお咲が怖い。怖くて怖くて、そして……。

――今しかない。今しか。

武平は心を決めた。

「あの、あのな、お咲さん」

「なに？」

「あの――い、一生のお願いです。わしのお内儀さんに、なってください。このとおり」

お咲は、ちょっと驚いた顔をした後、武平が顔の前で拝むように合わせた手をつんつんと二度、小突いた。

「いいの？　平さん。だって今あたしのこと、怖い女だって思ったでしょ」

「はい、思いました。お咲さんだけやのうて、女はみんな怖いって思いました。だから、お咲さんなら、そういう怖い女から、わしを守ってくれるかなあと思って。――たぶん、この世で一番怖い女は、お咲さんやと思うから」

お咲はあははと笑った。

「分かった。じゃああたしがずっと、平さんを守ったげる。ただ一つだけ、お願いがあるの」

「何？　わし、何でも言うこと聞く」

本当に、何でもしよう。

「おっ母さん、一人にしたくないんだ」

「それは、言われんでも、よう分かってる。お咲さんとお芳さんさえ良ければ、三人で仲良う暮らそ。わしは最初《はな》からそのつもりや」

「いいの？　怖い女、二人だよ」

「望むところや。十分、魔除けになるがな」

雲がすーっと流れて、夕闇の空が晴れ渡っていった。

4　夢のあと

清兵衛は竜吉とともに、浅草聖天町《しょうでんちょう》にいた。石川流宣の住む同じ長屋、一軒置いて隣である。

目標を見失った格好の二人ははじめ、女郎の喜瀬川を見張り、最も元凶である男を探しだそうと考えたが、喜瀬川が「行き方知れず」「ずいぶん前に売られたきり」と言い切るので、やはり無駄であろうかとあきらめた。

その後、喜瀬川本人が、楼主や身請けしてくれた客を出し抜いて行き方知れずになったと聞いて、まだ男とつながっていたか、抜かった、しくじったと歯ぎしりしたもののの、では再び旅に出て二人を探し出そうという気持ちには、どうにもなれないでいた。

一度江戸に落ち着いてしまった腰を上げ、あの果てのない旅路に戻る胆力は、いかにもののふの気概を振り絞ってみても、なかなか蘇《よみがえ》らぬ。

それは弟の竜吉も同じらしく、「敵討ちとは、かくも難しいものであったか」と嘆息したきり、探索の旅に出たいと言い出すことはなかった。

「大切な人を殺された」「名誉を傷つけられた」との、真っ直ぐで深い怒りと悲しみの勢いがあってこそ、艱難辛苦も乗り越えられようというものだ。されど、清兵衛も竜吉も、今はその勢いは到底持ち得ていない。

加えて、仮に男と喜瀬川の行方を突き止められたとしても、正式な仇討ちとして認めてもらうためには、もう一度、藩に願い出て事情を申し立て直さなければならない。

小絵の不義密通の経緯《いきさつ》が思い描いていたのとあまりに違い、不埒放埓《ふらちほうらつ》でおぞましい企みの末と知れた今となっては、それはただただ、不名誉の報告でしかなく、どうにも気の進まぬ仕業であった。

国元の父に子細が伝われば、間違いなく小絵の家の親族筋と大いにもめ事になるだろうというのも、気の重いことである。古風な野武士のごとき父が激高して事を構えれば、あとを取っている長兄は、さぞ迷惑であろう。

どうするにせよ、まずは身過ぎ世過ぎを考えねばと思っていたところへ、武平の友人で画師だという石川流宣と名乗る男から、住まいと仕事を世話すると言われ、二人はそのままずるずると厄介になっていた。

長屋の戸がとんとんと、柔らかく叩かれた。

「これはこれはお春殿。いつもかたじけない」

にぎりめしに茗荷《みょうが》の漬け物を添えて持ってきてくれたのは、流宣の妹お春である。清兵衛が目の前で手を合わせる仕草をすると、にっこりと笑って帰って行った。

お春は耳が聞こえないらしく、よって言葉も発しない。黙ってにこにこしているだけだが、たまに筆談をすると、画も書もたいそう見事で、驚かされる。

地味な藍の着物がよく似合うお春と最初引き合わされたときは、流宣の妻なのかと思ったが、妹だということだ。

「耳が聞こえねぇってのは、傍からちょいと見ただけじゃ、分からねぇからな。いろいろ、不便なこともあるから、すまねえが、気を遣ってやってくれ。その代わり、文字で書いてくれりゃあ、たいていの用は足りる」

流宣は清兵衛と竜吉にそう言うと、「こいつのことは、あまり人に言わねぇでくれ」と付けくわえた。

兄妹の暮らしぶりはいたって慎ましい。

緋縮緬の羽織なぞを着た珍妙な格好で、人を食った物言いをする流宣に、清兵衛ははじめどんな男だろうと警戒をしたのだが、この聖天町の長屋では、耳の聞こえないお春にできるだけ嫌な思いをさせまいとの心がけなのか、ずいぶん丁寧な暮らしぶりである。振り売りの青物屋や豆腐屋などに対しても、ごくごく穏やかな応対をしていて、どうやら流宣は、この長屋の内と外では、為人《ひととなり》を使い分けているらしかった。

「ええと……。そうか、今日のお屋敷は、四谷の方か」

お春がにぎりめしといっしょに置いていった流宣からの手紙には、これから行く武家屋敷までの絵図が書いてあった。

二人は今、流宣の引き回しで、あちこちの武家屋敷に呼ばれて『太平記評判秘伝理尽鈔』の講釈をして暮らしていた。辻でやるのとは違い、ゆっくり聴いてもらえて、また侍たちと意見を交わすこともできるのは楽しいことである。

ただ、いくつかの武家屋敷へ出入りして、どうにも鼻白む思いをしていることが一つあった。

伝え聞く、前姫路藩主、松平直矩公の暮らしぶりである。

仇討ち免状は、重役から下げ渡されたから、兄弟は直矩に直にお目通りしたことがない。とはいえ、小絵の家に養子に入った竜吉の助太刀をするからということで、もともとは正式な武士ではなかった清兵衛のことまで武士並に扱うことを許してくれたこの殿さまに、兄弟は勝手に忠の心を寄せていたのだが、江戸で知るその行状は、およそ兄弟の期待を裏切るものだった。

越後騒動の後、石高を半減され、姫路から豊後日田へ国替えになった直矩は、この七月、三万石加増《かぞう》の上で出羽山形へとさらに移された。加増は喜ばしいとはいえ、かように度重なる国替えでは費用もかかるはずで、さぞ質実剛健にお暮らしだろうと思っていたのは、兄弟たちの勝手な思い込みであったようだ。

直矩は、歌舞音曲の類《たぐい》がよほど好きらしい。特に芝居がお気に入りのようで、江戸詰めの折は、頻繁に芝居の役者を召しては、屋敷で様々の狂言を演じさせて、その華やかな様子が評判になるほどだと聞く。また時にはどうやら、お忍びで自ら市中の芝居小屋へ出かけることもあるという。

——父上が知ったら、何というだろう。

もちろん、借財の返済ご辞退は、強制されたことではなく、父が勝手に申し出たことだ。直矩公を責める筋合いのものではないことは、清兵衛だってよく分かっているけれども。

近況を知らせる手紙を書いた方が良い、と思いつつも、敵討ちの顛末《てんまつ》も、殿のご様子も、父の耳には到底入れたくないことばかりで、清兵衛も竜吉も、どうにも考えあぐねていた。

「兄上。まずは、今日の語りのところを、読み上げましょう」

「うむ。そうだな」

とりあえず、もう少し暮らしが落ち着いてから、考えよう。

清兵衛は、住職からもらった『太平記評判秘伝理尽鈔』を手に取った。大切にしてはいるのだが、それでも何度も丁をめくっているので、紙や綴じに傷《いた》みが生じていた。

苦難の道筋を支えてくれた書物が、今もまた、暮らしの糧《かて》となっている。

——一度、書写をし直した方が良いな。

流宣に紙と筆を借りよう。あの絵師は、良い道具を知っていそうだ。

長屋に、二人の朗々とした語りが、響き始めた。

六 仲間割れ

1 我が君

「じゃあおまえさん、あたしは先に行ってるから。ご祝儀はおまえさんが持ってきてね」

「分かった」

長月の末に、年は貞享から元禄《げんろく》へと改まった。

年の名が変わろうとどうしようと、町場の暮らしにたいした変わりはないが、霜月の末になると、師重が嫁をもらうというので、めでたく一席、設けることになった。

武平とお咲の方は、長谷川町で世帯を持ってそろそろ二年になる。

当初武平は、お咲と養母のお芳、三人で暮らそうと、もう少し広い所に越すつもりだったのだが、お芳が「働けるうちは働きたいし、新世帯の邪魔をするような野暮《やぼ》はしたくない」と強く言うので、堺町と長谷川町なら目と鼻の先、互いに行ったり来たりしようということになって、夫婦でそのまま、長谷川町の長屋に住んでいる。

喜瀬川に痛い目に遭わされた師重がその後、ごく近所で独り身を通しているのは、夫婦にとってどうにも気の置けることであったから、こたびの嫁取りは至って喜ばしいことであった。

手伝いもあるからと先に出たお咲を見送り、祝儀を包もうと手文庫を開けた武平は、ちょっと嫌なことを思い浮かべた。

――この頃どうも、上がりが少ないな。

一人口より二人口とはよく言ったもので、お咲が来てから、武平は以前より、少しずつではあるが金が貯められるようになっていた。

葛籠《つづら》しか置いてなかった長屋にいつしか簞笥《たんす》が運び込まれ、その中身が着物一枚、帯一本でも増えると、武平はこれまでにない、良い気分になった。

ところが、この半年ほどの間に、その良い気分が傾きかけてきた。手文庫の中身は、半年前から増えていないどころか、少し目減りしている。

無駄遣いはそんなにしていないつもりだ。独り身の頃はついつい、中橋あたりで飲み食いに使ってしまったりしていたが、世帯を持ってからはそういうことも少なくなった。夫婦二人、店賃《たなちん》も食い扶持も、毎月それほど変わりはない。女郎たちに廓で三味線を教えるお咲は、月ごとに決まった額をもらってくる。

つまり、減ったのは、武平の稼ぎということになる。

確かに、座敷のかかる回数も、中橋の小屋に入る客の数も、以前と比べるとだんだん少なくなっている。理由にはいくつか、心当たりがあった。

一つは、町のお役人とその手先どもが、近頃何かにつけて、武平や流宣のまわりをうろうろしていることだ。風紀の乱れるようなこと、ご政道を批判するようなことを、言ったり書いたりしていないかと、調べてまわっているらしい。

いつぞやお咲といっしょに見かけた黒羽二重は、どうやらこうしたお上の動きの先駆けだったようで、今では、普通の客を装って入ってきながら、咄の途中で矢立《やたて》を出して、なにやらこそこそ書き付けるような無粋《ぶすい》な輩《やから》や、中には居丈高《いたけだか》な態度で、木戸《きど》銭《せん》も払わず横柄《おうへい》に小屋に割って入る輩などもいて、客たちが眉を顰《ひそ》めることもしばしばある。疎《うと》ましく思って離れていった客もいるだろう。

——辻の見世物なんて、しょせん上品なはずないじゃないか。

人の笑いを誘う芸だ。艶っぽい咄もすれば、武張ったお方を洒落のめすこともある。いちいち咎め立てをされて、野暮天の横槍を入れられてはたまらない。わしらなんぞを見張る暇があったら、捕らわれるべき悪党はこの世にもっといるだろうに、と思う。

理由のもう一つは、商売敵の出現である。

――一人は、伽羅小左衛門《きゃらこざえもん》とか言ったな。もう一人、いや、二人いるのかな。

今、江戸の咄家は、武平だけではない。そこそこ名の知れてきている者だけでも、三人くらいはいるようだ。中には武平の真似をして、同じ咄を同じようにやる者もいるという。

自分だってもとは露の五郎兵衛の真似から始めたのだから、文句を言えた筋合いではないが、それでも、どうにも嫌な気分なのは、仕方ない。

――わしは、江戸へ来てしまったから。

武平だって五郎兵衛に断って始めたわけではない。

しかし、もし、京や大坂で咄をやるようになっていたら、きっと五郎兵衛に挨拶に行ったはずだ。あの五郎兵衛ならきっと、やるなとは言うまい。にまっと笑って、「おやんなはれ」と言ってくれたに違いない。

だから、やるなとは言わない。言う権利もない。しかし、自分は江戸で一番先に咄をやりだして、二冊の本まで出している。同じ江戸で後から真似するのなら、一言挨拶があってもいいのではないか。そうしてくれれば、自分だって、五郎兵衛のようににまっと笑って「どうぞ、おやんなさい」と言うくらいの器量はあるつもりだ。

――どんなふうにやってんだろう。

伽羅某《なにがし》というのは、大胆にも武平と同じ、中橋で小屋をかけていると聞く。よほど、こっそり見に行ってみようかと思ったのだが、なかなか、勇気が出ない。

――わしより、うんと面白かったりしたら。

せっかく築き上げてきた江戸での暮らし。

咄を取られたら、武平には何にも残らない。

――四十にもなって、今更……。

もともと塗師の腕だって良くなかった。咄をやめて、他にできることなんてない。咄でやっていくしかないのだ。

他の咄家の様子を確かめに行って、もし負けそうな気がするほど向こうが面白かったら。客の数も手応えも、向こうがずっと良かったら。

その時は、こっちもまた、芸を磨き直せば良いじゃないか。客を取り戻せるよう、工夫すれば良いじゃないか。

殊勝にそう思ってみるものの、わざわざ自分に足りないものが何かを思い知らされに出向くというのは、それこそ「四十にもなって今更」と、どうにも気持ちが萎えてしまう。

我ながら、狭い了見が情けなかった。

ふうと息を吐いて、祝儀袋を袱紗《ふくさ》に包み、外へ出る。師重の家はすぐそこだ。

「よう。今日は実に、めでたいな」

玄関で一緒になったのは流宣だった。さすがに花嫁花婿に遠慮したのか、いつもの緋羽織と豆絞りの手拭いではなく、黒羽二重を着たすっきりとした姿である。

「あ、いや。これはこれは」

続いて重々しい声で入ってきたのは、かつての敵、荒木清兵衛と竜吉だった。

――そうだ。この人らも今。

客層はたぶん異なるだろうが、しゃべっておあしを稼ぐという点では、商売敵と言ってもいいかもしれない。

「名《な》和《わ》清《せい》左《ざ》衛《え》門《もん》先生に、赤松《あかまつ》青《せい》竜《りゅう》軒《けん》先生でしたな。ご機嫌よろしう」

武平はできるかぎり平然と、二人に挨拶した。今や講釈師として人気を集めつつある、「新進芸人」の二人である。

『太平記』の人物に因《ちな》み、兄の清兵衛の方は、楠木正成とともに後醍醐天皇に仕えた名和長年《ながとし》の末裔《まつえい》もどきの「名和清左衛門」を、弟の竜吉の方は、後醍醐天皇を裏切って足利尊氏《あしかがたかうじ》方についた赤松則村《あかまつのりむら》の末裔もどきの「赤松青竜軒」を、芸名として名乗っているらしい。

表向きは兄弟であることは伏せられ、それぞれ各自、座敷をつとめる一方で、二人をたまたま同席させると、刀を交えることも辞さぬほどの激しい議論になるというのも、「芸」の面白みの一つだという。

むろん仕込みであることは言うまでもなく、その仕込みを彼らに〝仕込んだ〟のは、流宣だった。初めは「人を欺《あざむ》くごとき、さような真似は」と尻込みしていた二人も、それぞれ、客から支持されるにつれ、次第にやめられなくなってしまったようだ。

――客の前に出る、面白がられる、ってのは。

一度やったらやめられない。武平にはよく分かる。向こうは小難しい理屈を並べるお武家の話の講釈だから、武平のように笑わせるのとは違うだろうが、それでも、客が聞いてくれて、受けてくれる手応えの面白みというのは、ある意味、酒や女郎買いや博打《ばくち》といった道楽よりも、もっとうんと始末の悪い煩悩みたいなものだ。

「おお、これはこれは。鹿野武左衛門師匠」

二人が鷹揚《おうよう》に挨拶を返した。こちらがこちらなら、向こうも向こうだ。

「おや、みなさんお揃いでげすね。けっこうけっこう」

棒のような朝湖の姿が見えると、武平はほっとした。

定められた席に着くと、武平の左に流宣、右に朝湖、向かいには珊瑚之会の旦那衆が並んでいる。会を仕切る位置には宗倫の姿があった。こたび、嫁を世話したのも宗倫だと聞いている。

「旦那、さぞ嬉しいでげしょうな。ようやく重さんが身を固めて」

朝湖が小声でそういうのを聞いて、武平は不思議に思った。

「宗倫の旦那と重さんて、親戚か何かかかい？」

「そうか、平さんはご存じなかったんでやしたね。実はね、重さん、旦那の実子なんでげすよ」

「ええ？　それ、どういうこと？」

初めて聞く話だ。

朝湖の言によれば、師重の母は宗倫の妾で、武平がまだ江戸へ来る前に亡くなったという。

「本妻さんがなかなか悋気《りんき》のきついお方で。まあ、あちらにも息子さんがいますから、無理もありやせんが。旦那は、『表向き絶対、山口屋との関わり合いを明らかにしない』という一筆を重さんに書かせて、その代わりに、家作《かさく》やらなにやら、相応のものを渡したんでげすよ」

そういうことか。武平は、師重の豊かな暮らしぶりに、今頃になってようやく納得がいった。

「ただね。今日の花嫁さん。良いお方なんですがね。ちょいと困ったところが」

「困ったところ？」

「ええ。まあ、たいした瑕《きず》じゃありませんけどね。お父上は漢学者だそうで。しかもどうも、ご本人は長らくご大身の武家で奉公していたとかで、言葉が丁寧すぎるんですよ。あたしはちょいと前に旦那から引き合わされたんですが、挨拶がふるってましてね」

朝湖はそう言うと、細い目をいっそう細くして笑い、花嫁の声色《こわいろ》を真似た。

「お名前を伺おうと思いやしたら、『自らの姓名を問い給うや。自らことの姓名は、父はもと京の産にして姓は安藤、名は慶三《けいぞう》……』って始まりましてね、お父上の出身地、ご本名に雅号、お母上の名から身ごもった際に見た夢の話がお名前の〝鶴〟の由来、かと思いやしたら、それは幼名って。『成長の後これを改め、清女《きよじょ》と申し侍《はべ》るなり』ってんでげすよ。お名前が〝清〟と分かるまでにいったいどこまで口上がついたやら」

「ははは。そりゃあずいぶん申し侍ったね。大丈夫かい、そんなんで」

「まあ、でもべっぴんですしね。それに優しい方だそうで。もう重さん、ぞっこんですから」

それなら良い。師重には仕合わせになってもらいたい。

型どおりの挨拶やら盃事やらは滞りなく済んだ。

宗倫が祝言《しゅうげん》の「高砂《たかさご》やこの浦舟に……」とやった時に、続きを講釈兄弟がよどみなく朗々と謡いきって、みなからさすがお武家の出だと喝采《かっさい》を浴びたのはいささか妬《ねた》ましくて業腹《ごうはら》だったが、それも師重の船出のための祝儀であれば、喜ばしいことだ。朝湖が言った通りの美しい花嫁と、頬を真っ赤に染めた花婿が、「ではお色直しに」と別室へ下がると、座がだんだん乱れ始めた。

「武左衛門。おまえ、最近客が減ってきただろう。伽羅の二人の方が、最近じゃ客をよく寄せてるぞ。ちょっと、工夫してみたらどうだ」

――なんだ、こんな席で。

左の流宣が酒を注いでくれながら、口を歪めてこちらを斜めに睨《ね》めつけてくる。

――いっつもいっつも、偉そうで敵わんな。

一昨年、武平が『鹿の巻筆』を開板したのと同じ年に、流宣は『好色江戸紫《こうしょくえどむらさき》』という本を開板した。画を描いたのは師重である。恋物語あり、敵討ち話ありの浮世草子で、面白くないこともないような本だったのだが、次の年になると、あろうことか『正直咄大鑑《しょうじきばなしおおかがみ》』という咄の本を、師匠菱川師宣の挿絵で開板した。そこにはこれまで武平に提供してくれた咄も、そうでないものもたくさん収められていた。

その中で、流宣は「咄の仕様」と題して「咄の最も肝は落ち。次に声の大きさ調子、滑らかさ、三つ目が仕草」などともっともらしい理論を述べた後、太閤秀吉の御伽《おとぎ》衆曽呂利新左衛門《しゅうそろりしんざえもん》の名などまで出して、現在の咄のありようを品定めしてみせた。

自分がやりもしないくせに、偉そうに論評するそのやり口が、武平にはいたく気に障った。

──しかも、わしに断りもなく。

「おまえこの頃、上方の言葉と江戸の言葉が、ごっちゃになって来ただろう」

決めつけられてむっとした。しかし、その通りだ。

「どうだ。いっそのこと、全部江戸の言葉に直してみちゃあ。ま、なかなか容易なことじゃなかろうけど」

──江戸の言葉に？

武平はむしろ、江戸の言葉に影響されて間の崩れたところを、きちんと元の上方言葉に修正しようと努力していたので、不意を突かれた気持ちになった。

「まあ聞け。おれの考えではな。おまえが咄をやり出した頃は、上方出身で、上方の言葉を懐かしいと思って聴く人も多かったと思う。しかしそろそろ、江戸に根を張ってて、江戸こそ、この世の真ん中だって得意に思う人の方が増えてきてる。『何が京大坂だ、てやんでぃ』ってな。そうすると、おまえの上方言葉と江戸言葉が混じっちまってる様子が、今一つ気分に合わねぇって思う人もいるんじゃねえかなぁ。休慶《きゅうけい》みてぇに、上方から出てきたばかりで、めいっぱい上方の言葉でやってりゃあ、それはそれで一定の客が付くんだろうが」

休慶という咄家は初めて聞いた。

「そこへ行くと、伽羅の二人は江戸生まれ、江戸育ちだ。おれが見たところ、二人ともおまえよりまだまだうんと下手だが、それでも、その言葉つきに惹かれて、これこそ自分たちの芸人だって贔屓《ひいき》にするお人が増えるってことも、あるんじゃねぇかなぁ」

——嫌なことを言う。

こういうとき、気の利いた反論ができないのが、武平にはいつも、悔しいところだ。

「まあ、考えておきます」

お色直しした二人が戻ってきた。武平は時機を見計らって厠《かわや》へ立った。

「平さん」

一緒に立ってきたのは、朝湖だった。

「あの、先月、生庵先生のお座敷の時にいらしてたお侍が、平さんに祝儀をって置いてったそうなんですが、受け取りましたか？」

「え？　そんな覚えはないけれど」

「ああ、やっぱり。また宣さんが懐へ入れて、忘れちまったんでげすね。生庵先生が気にしてらして。武左衛門があの祝儀をもらって、挨拶をよこさないはずがないんだがって仰《おっしゃ》ってましてね」

武平はこの頃、多めの祝儀をくれた客がいると、後で必ず、鹿の画を描いた扇を届ることにしている。画は師重にいつも描いてもらっていた。

「悪気はないんでげしょうがね。宣さん、近頃持ち駒が多すぎ、忙しくし過ぎなんですよ。講釈の先生仕立てたり、江戸の絵図面の開板に首を突っ込んだりで、忘れちまったんでげしょう。だいじょうぶ、あたしが気をつけといてあげますから」

朝湖はそう言うと、生庵からだという祝儀の袋を武平の袂《たもと》に入れ、先にさっさと用を済まして行ってしまった。

用を足した後も、武平はあまり、座敷に戻りたくなかった。

武平の鼻代や客からの祝儀を、流宣が握り込んでしまうことは、これまでにもちょくちょくあった。気づいた時に、今日のように朝湖が気を遣ってくれたり、あるいは武平自身が「宣さん、ひどいじゃないか」と掛け合って、「おまえの稼ぎは俺の稼ぎも同然だ。だいたい、常のおまえの取り分は多いんだから」などと無茶苦茶を言われつつ、いくらか取り返したり、というのは、ある種の仲間内の遊びみたいなものと、これまでさほど、気にしていなかったのだが。

――わしは、流宣のただの持ち駒、仕事の一つ、いうことか。

袂に入った祝儀袋が、がさごそと、いつまでも落ち着きの悪い気配を残していた。

2　掛け取り

長屋の年の瀬は忙しい。米やら味噌やら薪やら、あちこちの掛けを取ったり取られたり、人がひっきりなしに出入りしていく。

「あのう、ごめんくだせいやし。武左衛門師匠のお宅はこちらでしょうか」

「あれ、また誰か来たよ。おまえさん、出てくれる？」

糸と針とにらめっこしているお咲に言われて武平が戸を開けると、明らかに掛け取りに来た商人《あきんど》ではない、妙な三人連れが立っていた。うち一人は僧形《そうぎょう》である。

――こいつら。

見覚えはないものの、武平はすぐに分かった。

「どうも、いきなり申し訳ございやせん。伽羅小左衛門と申します。こっちはわっちの従弟《いとこ》で、伽羅四郎斎《しろうさい》。それから、向こうは、休慶さんで」

「ご挨拶遅れまして。休慶と申します」

――何の用や。

突然の来訪の意図が分からず、武平が戸惑っていると、お咲が出てきて、「まあまあ、どうぞお入りを」と三人を招じ入れた。

「これはこれは、お内儀はんでっか。いつも見事な三味線の音さしてはる。ええ相方がいてはって、武左衛門師匠は羨ましいて、ずうっと思うてました」

坊主頭の上に乗せた頭巾《ずきん》を取り、きちんと四角に座った休慶がお咲に世辞を言うと、まだ口を開いていない四郎斎が、提《さ》げていた角樽《つのだる》を「あのう」と差し出し、小左衛門が再び口を開いた。

「ご挨拶が遅れやして、まことに、申し訳ねぇこって。本当ならもっと早くこちらさんへお伺いしなきゃいけなかったんでござんすが、どうも気後れしちまって。勘弁しておくんなさいやし」

小左衛門が座った膝の前に両手を置くと、あとの二人も同様に頭を下げた。

「改めやして。中橋に住まいいたします、伽羅小左衛門と四郎斎でございます。師匠の芸が大好きで、たびたび広小路で拝見しておりやした。聴くだけでは飽き足らず、方々で真似をしているうちに、今ではとうとう、自分たちも咄家を名乗らせていただいておりやす。ご不快もございましょうが、以後はどうぞ、弟分と思し召して」

——へぇえ。

そう言えば、以前客席によくいた顔のような気もする。

「休慶と申します。今年の夏に、京から下って参りました。わては露の五郎兵衛はんに習うておりましたのを、それをそのまま、江戸でやらしてもろてます。この道の先《せん》達《だつ》である武左衛門はんにご挨拶をせずにおりましたんは、重々手落ち、なにとぞ、曲げて堪忍願います」

五郎兵衛に直に習っていたのなら、むしろこちらより上手かもしれぬ。

武平はもう一度休慶の顔を見直した。かなり若いようだ。

――それにしても、なんの茶番や。

武平は白々した気分になったが、にこやかな顔を崩さぬよう、わざとらしい咳払いを一つして、座り直した。

「堪忍だなんてとんでもない。ちょっとこっちが先に始めてた、いうだけです。こちらこそどうぞ同業の誼《よしみ》、今後は仲良うお願い申します」

お咲が茶を淹《い》れて持ってきた。よく同じ湯飲みが三つあったな、と武平は妙なところでお咲に感心した。

ずずっと茶をすする音がして、後はしんと、静かになった。

「時に、誰にわしの住まいをお聞きなすった？」

「絵師の、石川流宣先生に」

――嫌みな真似を。

やはりだ。今更こいつらがこんなことをしにくるなど、きっと、流宣の方から「挨拶に行け」と指図したに違いない。

確かに、内心「挨拶に来んかい」と思っていたのは事実だ。とはいえ、自分のそんな卑しくてつまらぬちっぽけな了見を、流宣に見透かされたのは業腹だった。

武平は鼻っ柱を折られた天狗のような気分になった。

「では、暮れの忙しい時に、あいすみませんでございやした」

「あ、いえいえ、何のお構いもしませんで」

三人が路地を出て行く足音が聞こえなくなると、武平は思わず、手近にあった扇子を文机に力いっぱい投げつけた。

「何がよろしくだ。けったくその悪い。揃いも揃って、ちょこれんびんのあんにゃもんにゃ！」

扇子はぱさっと音を立てて文机から跳ね、ぼとっと床に落ちた。

「流宣の下衆《げす》野郎！　気障《きざ》ったれ！　いつもいつも、利いた風な知った風なことばかり言ったりやったりしやがって。嫌みなやつめ。やりもしないあいつに、咄の何が分かるってんだ」

あたりの物を手当たり次第に投げつけたい気分が、腹どころか、胸から喉までいっぱいになって、溢《あふ》れて叫び声になって吹き上がってきそうになった時、お咲がひどく怖い顔をして、じぃっとこちらを見ているのに気づいた。

「おまえさん。いつから、そんな欲深な分からずやになったんだい？」

――お咲？

「この頃口を開けば流宣さんの悪口ばっかり。本のことも、咄のことも、お金のことも。そりゃあ確かに嫌みだし、ちょっとばかしお金に汚いところもあるお人だけど、でもよく聞くと、おまえさんの為にならないことは、一つも言ってないんじゃないの？」

黙ったままの武平に、お咲は次々と冷静な言葉を浴びせた。

「流宣さん、いつも言ってるじゃない。画でも、咄でも音曲でも何でもいい、人には楽しみってもんがたくさんあった方がいい。そいで、ちゃんと人を楽しませることのできる玄人ってのは、それで堂々とおあしもらったらいい、しっかりもらって、それに見合うことをちゃんとやるべきなんだって」

それは確かに、流宣がよく言う台詞だった。

いつだったか、流宣と師重と三人で、慳貪《けんどん》蕎麦を食べていたことがあった。その際、中橋の小屋に時折来る客が武平を見つけて、話しかけてきた。

「やあ、武左衛門じゃないか。おまえさんの咄、面白いねぇ。そうそう、あの顔と仕草、見せてくれよ、あの三味線の、魚の」

客がそう言うので、武平が何の気なしに「たらふくつるてん」の落ちの仕草をしてやろうとすると、流宣はぐっと間に割って入ってきて、柔らかに、しかし断固として言ったのだ。

「お客さん。ご贔屓はありがてぇんだが、もし本当に贔屓と思ってくださるなら、座敷でも小屋でもねぇこんなところで、玄人の芸を見ようなんていう野暮な真似は、なさらねぇようにお願いします」

その客は良い人だったようで、「うかつなことを言って済まなかったな」とはっとしたように、すぐにその場を離れていった。翌日には小屋に来ているのを見かけたから、幸い腹も立てなかったらしい。

「武左衛門。おあしをもらわずに咄をやっていいのは、稽古だけだぞ。だいたい、おまえの咄は、おまえだけのものじゃない。俺や師重、朝湖の権利だって、あるんだからな」

したり顔の緋縮緬を思い出す。

「考えてもごらんよ、流宣さんは自分の本だけ出してたって十分、食っていけるお人でしょ。それを、おまえさんにこんなに肩入れしてくれるのは、どうしてだと思う？　おまえさんの咄は面白い、おあしのいただける、ちゃんとした生業《なりわい》なんだって、あの人が一番思ってくれてるからに違いないじゃないか。今日だってこうしてあのお三人さんと顔が繋げて、良かったじゃない？　ここへ来るように言ったの、ちっとも嫌みとかじゃないと思うよ。違うかい？」

持っていた盆に湯飲みを載せると、お咲はあーあ、と言いながら、柱にもたれかかった。

「昔のおまえさんはさぁ。もっと楽しそうだったよ。今みたいに〝わしがわしが〟の一点張りじゃなかった。とにかく咄が好きで好きで、人に聞いて欲しい、ただそれだけで。咄でおあしがもらえる、なんとか食っていけるなんて十分、仕合わせだって、確かそう言ってたよね？」

ぐうの音も出ない、とはまさにこのことだ。

「もし、あたしと世帯を持ったせいで、金に欲が出てきたり、もっと名が売れたいなんて思うようになったんだったら、あたし、出て行くよ？　脅《おど》しじゃないからね。それでもいい？」

「お、お咲、それは、それだけは」

「もうぐちぐち、言わないかい？」

「言わない。約束する」

「約束しておくれよ。そうでないと、あたし困るんだから……言わなくちゃいけないこと、言えなくなっちまう」

――言わなくちゃいけないこと？

何だろう。武平はお咲の次の言葉を、一言も漏らすまいと待った。

「あのね。できたんだよ」

「できた？」

「ややこ」

や、や、こ。お咲が早口で告げた言葉の意味が分かると、武平の頭はぐるぐる回りはじめた。

「ほ、ほんま？」

「うん」

や、や、こ。武平はまだ全然膨らんでいないお咲の腹をしげしげと見た。

「いやあだ。そんなにお腹見たって、まだ分からないよ。でも、月のもの、止まっているし。お産婆さんも、間違いないだろうって」

や、や、こ。この自分が、父親になる。

世帯を持って二年、正直なところ、自分もお咲も、もう子を為《な》すには遅い歳回りなのかも知れないと、子どものことはあまり考えないようにしていたので、驚きと喜びがいっしょになって、武平はなんと言っていいか、言うべきか、戸惑うばかりだった。

「あたしだけど。お二人さん、いるかい」

お芳が鍋を提げて入ってきた。酒の匂い、魚の匂い、なんとも言えぬ鼻をくすぐる匂いだ。

「干鱈《ひだら》をね、いただいたから。大根といっしょに、粕汁《かすじる》にしてきたよ」

「あらおっ母さん、助かる。あたしこの湯飲み片付けてくるから、ちょっと待っててね」

お咲が出て行くと、武平はお芳の前にきちんと座った。

「おっ母さん。このたび、お咲がややこを授かりました。わし、わし……」

お芳はにこっと笑うと「やっと言えたらしいね」と呟いた。

「頼んだよ平さん。あんまり、気をもませないでやっとくれ。……こういう言い方は嫌だけど、女の初産はね、命がけなんだ。まして、お咲はどう考えても初産には遅い歳回りだと思うから。大切に頼むね」

――女の初産は命がけ。

お芳の言葉は、胸にどんと応えた。

言われてみればそうだ。男の自分はいくら白髪頭の四十男でも、子どもを持つにはいつだってありがたいが、孕《はら》んで生む女のお咲には、大変なことなのだ。

――ぐちぐち文句言うてる場合やない、いや違う。言ってる場合じゃねぇな。

お咲は、金に欲を持つなと言ったが、それとこれとは、別の話だ。

やれることは全部やってみよう。全部。

3 赤井御門守

正月の八日、武平は、朝の膳に常の白飯と味噌汁、香のものが載っているのを見て、ほっと小さく安堵の息を吐いた。

——どうもあの、七草いうんは。あ、いや違う。七草ってぇのは。

昨日はお咲とお芳が二人がかりでとんとん、とんとん、盛大にいろんな葉っぱを叩いて粥に炊いて出してくれて、青臭い息が鼻に抜けるようだった。

縁起物だの長寿の薬だのと言われても、しょせんはやはり草の粥で、お世辞にも旨いと言えるものではない。今年は女二人して験担《げんかつ》ぎの勢いが余ったのか、たくさん拵《こしら》え過ぎ、夜にもこの粥を食べる羽目になったのは、さすがに閉口だった。

「七草を勢いげには叩けども　餅つく音にはるか劣れり」なんて歌を、昨日誰かが床屋の待合で呟いてたな、と思い出しながら、一日ぶりにお目にかかった粒のしっかりある飯を、武平は「お久しう」とありがたく拝んで食べた。

「おまえさん、今日もまた床屋に行くかい」

「ああ。今日は、座敷かかってないからな」

このところ、武平は時間が空くと、近所の床屋へ行くようにしていた。髪もひげもそうそう伸びないので、毎度自分がやってもらうわけではない。来る客たちと世間話をするためである。

今、江戸の町場で流行っているもの、芝居の役者は誰が贔屓、関取なら誰、どこの廓のどの女郎が……などという噂話を、わざとらしくなく聴き出すには、床屋の待合が一番良い。お職人衆の勢いのある江戸弁、お店者の柔らかい話しぶり、そんな言葉の調子も聴くことができる。

近所に二軒ある床屋の待合を、武平はそんな観察とも、ネタ仕入れとも言うべき場所として使わせてもらっていた。

「じゃあ、みなさんでこれをって、持ってって。頂き物のようかん」

「お、ありがてぇ」

床屋には幾らか包んで訳は話してあるが、やはり手ぶらで行くよりは、何かある方が客たちの話に入りやすい。武平はお咲の気遣いをうれしく思った。

――自分たちの芸人だって贔屓にするお人。

流宣の言っていた、江戸の客たちの好み、気性。こんなことをしてどのくらい役に立つか分からないが、武平はともかく、何でもやってみる気になっていた。

「もし。ちと、お尋ね仕る。もし」

入り口に誰か立ったようだ。

出ようとするお咲を制して、武平は自分が立っていった。腹はまださほど目立たぬというものの、立ったり座ったりをお咲に急にやられると、つい冷や冷やしてしまう。

「はい。どなたさまで」

「咄家の、鹿野武左衛門殿の住まいは、こちらでござろうか」

麻の裃《かみしも》をつけた立派な侍が一人、立っていた。

「あ、ええ。さよう、で、ござりまする、が……?」

相手の物堅い様子につられて武平がもごもご言うと、侍は深々とお辞儀をした。

「では、ご貴殿が武左衛門殿か。拙者、故あって家中《かちゅう》の名は明かせぬが、さるお方の遣いとして罷《まか》り越《こ》した、小林欣也《きんや》と申す。決して、素性怪しき者ではござらぬ。ご同道賜《たまわ》り、屋敷にてぜひ、ご貴殿の仕方咄《しかたばなし》、ご披露願いたく、参上仕った。無論、金子《きんす》は存分にご下賜、お乗物も予《かね》てご用意にて、そこへ待たせてござる。あるいは、今日は他へご用とあらば、ご都合を伺って、また出直してくるよう、仰せつかってもござるが……」

路地を見やると、引き戸のついた黒塗りの立派な駕籠が一丁、止まっている。

「あんな上等の……あれに、わしが乗る、んで、ござり、奉《たてまつ》りまする、か?」

驚いていると、侍が再び頭を下げた。

「なにとぞ、お越し下されたい。お召し替えとあらば、しばし、こちらでお待ち申し上げる」

どこかのご大身が、自分の咄を聞きたいということなのか。それにしても大仰だ。

――お召し替えったって。

こんなお迎えに見合うような着物は持ち合わせていない。とりあえず、黒の紋付きを慌てて引っ張り出す。

「おまえさん、だいじょうぶかい？」

お咲が不安そうな顔をしている。

「断るわけにもいくまいさ。わざわざこんなお迎えで来て、いきなりお手討ちだのお仕置きだのってことはなかろうし。行ってくるよ。ようかんはまた今度だ。なあにわしは芸人だ。呼ばれりゃあ、どこへでも行くのが了見ってもんだ」

着替えを手伝ってくれていたお咲が、ふと何か思い至ったように、神棚へ手を伸ばした。

「これ、持ってお行きよ。何か、助けになるかも」

――これ、か。

細長い白木の箱。中身は金地に紅の日の丸の、あの扇だ。命の恩人のいわばお形代《かたしろ》で、武平はこれを神宮さまのお札といっしょに神棚へ上げて、朝となく夕となく拝んでいる。箱はこの扇を納めるために、わざわざ指物師《さしもの》に頼んで誂《あつら》えたものだ。

あれからそろそろ三年。どこのどなたとも知れぬお方だが、武平にとってこの扇は、いかなるお守りにも優る、ご神宝である。

「そう、だな。そうしてみようか」

咄に使う扇子とは別に、その扇を箱のまま、風呂敷に包んで神器《じんぎ》よろしく携《たずさ》えることにした。

「お待たせいたしました」

支度を調えて駕籠に乗ると、侍は引き戸を締め、「ご容赦願う」と言って、駕籠の上から何か垂れ布のようなものを掛けた。真っ暗ではないが、外の景色は全く見えない。

——道筋を見るなと言うのか。ずいぶんだな。

町駕籠とは異なる、しずしずとした運びでしばらく進んだ後、どこかの門を入るような気配があって、駕籠が下ろされ覆いが外された。

外へ出ると、うしろには朱塗り四つ脚の立派な門が見える。

「ご造作をおかけ申した。どうぞ、お出まし下され」

前を見ると、白砂を敷いた庭に面して、広い玄関である。

「ここからは某に代わって、当家のご重役、田中三太夫《たなかさんだゆう》がご案内申し上げる。では」

小林欣也が一礼して「頼もう」と言うと、六十に手が届くかという厳めしい老侍が現れた。

「おお、これはこれは、大儀であった。さ、では武左衛門殿、身について同道なされ」

磨き込まれた廊下を右へ左へ、行き着いた広い座敷の奥は一段高座《たかざ》になっていて、錦《にしき》に彩《いろど》られた簾《すだれ》が下りている。三太夫に倣って頭を低くし、平伏していると、その向こうに人の気配がした。

「三太夫、苦しうない。面《おもて》を上げい」

本当に頭を上げて、良いのだろうか。武平が横目で三太夫の方を懸命に見ていると、頭の上に、涼しい声が降ってきた。

「武左衛門。今日はいきなり呼びつけて済まなかった。どうしても、そなたの咄を身近で聴きたいと思うてな。やってくれるであろうか」

やがて簾がするすると巻き上がる音がした。三太夫がこちらをついて「頭を上げなされ」とささやいた。

「苦しうない。顔を上げて、直に返答いたせ。武左衛門、どうじゃ」

言われるままに顔を上げて高座の上の殿さまの顔を見る。三十歳くらいだろうか、鼻筋の通った、役者にしたいような良い男だが、役者には滅多にないような品がある。

「は。咄を、ということで、ござり奉れば、な、何かご、ご所望の、ござり奉るでござり……」

「これこれ。そう、言葉を繕《つくろ》わぬで良い。朋友に、友だちに物申すようで良いぞ」

——友だちに。

そう言われて少しほっとした武平が、それでも慎重に言葉を選んでいると、殿さまの方から思いがけぬ言葉が出てきた。

「余はあれが好きじゃ、ほれ、金平人形の化け物の出る。そなたが人形の振りをするであろう」

——ご存じなのか？

「『楽屋の化け物』でございますか。あれはあいにく、女房の三味線がないと、あまり良い出来になりませぬので……」

「おお、そうであったな。そうか、あの三味線はそなたの内儀が弾いておるのか。良き夫婦《めおと》で何よりじゃ。ではどうじゃ、『精霊軒幽霊《しょうりょうけん》』に『探し家《や》』、そうそう『人の情け』も良いな」

——ずいぶんよくご存じのようだな。

「承《うけたまわ》りました。では、やらせていただきます」

どれも、お咲の三味線の入らない、ごく短い咄だが、とんとんと間合い良く運ぶのが肝要で、実は傍で聞くほど簡単ではない。しかも、このところ武平はこれらの咄を江戸の言葉に直して稽古を続けている。「可笑しな名だねぇ」と言うべきを、うっかり「可笑しな名ぁでんなぁ」と言いそうになったり、「〜だから」を「〜やさかい」と言ってしまったりで、間《ま》は狂うは、次の台詞を言い損なうは、しくじらずに落ちまでしゃべれるのは、何回に一回あるだろうか、という有様なのだ。

慎重にやりすぎれば咄が緩んで面白みに欠け、言い損なえば咄の流れがそこで切れてしまう。武平はじっとり汗を滲ませながら、それでもどうにか落ちまで辿《たど》り着いた。

「良いぞ」

殿さまが膝をぽんと打った。武平の落ちの言い終わりと、殿さまが膝を叩いた音との間が、長すぎず短すぎず、なんとも良い呼吸で、心地好い。

「そうか、近頃は言葉を江戸風でやるようになったのだな」

さらにこう言って、にこりと笑ってくれたのが武平にはたいそう嬉しかった。

「余は下手の横好きで、猿楽《さるがく》をいささか嗜《たしな》むのだが、そなたの芸はさしずめ、一人狂言とでも言いたいようだな」

「いえいえ。猿楽のような高尚なものと並べていただいちゃあ困ります。咄は、本当にただの咄で。わしは、咄家の鹿野武左衛門でございますので」

「おお、さようであったな。鹿の後を馬がついて、その後を牛がついて、『もうもう良いではございませぬか』とか言うのであろう？」

——おっと。さようなものまでご存じとは。

これは、武平が「馬のもの言い」と名付けている一連のマクラである。

文字で書けば単に三種の動物の会話でしかないが、そこに「鹿」＝武平あるいは江戸の町場の人々、「馬」＝右馬頭だった公方さま、そうして「牛」＝ご幼名が牛之助であったという、御側御用人《おそばごようにん》の柳沢吉保《やなぎさわよしやす》さま、という演じる側聴く側、双方暗黙の了解があって、際どい世事咄《せじ》になる。もちろん、公方さまご贔屓の「犬」が加わって、「生類憐れみ」のお触れへの、人々の困惑や怒りを素材にすることも多い。もともとの発案者は宗倫で、客の反応は至って良いが、流宣には「あれはあんまりやるな」と止められてしまう類《たぐい》のものだ。

それにしても、この殿さま、いったいどうして、こんなに武平の咄を知っているのか。

どう考えても、小屋へ幾度か来ていたとしか思えない。

かほど涼しげなお方なら、いくら微行《おしのび》でお出ましでも人の目を惹くだろうに。それとも、よほど窶《やつ》し方がお上手なのか。

「そなたの咄というのには、落ちというのがつくのが、肝要だと言うな。そこで一つ、余の頼みを聞いてくれまいか」

——殿さまの頼みって、何だろう。

「実はな。願わくば、人に伝わってくれたらと思う話を一つ持っているのだが、今のところ、落ちがない。ただの〝良き話〟でしかないのだ。よって、これをそなたに預けるゆえ、いつでも良い、いつか、落ちのある咄にして、どこかで披露してもらいたい」

殿さまがこう言って話し始めたのは、こんな物語だった。

その昔、新見左近《にいみさこん》という若者がいた。さる大名家の長男として生まれ、本来ならば跡取りとして大切にされるはずが、ご本妻の子でないこと、また母の身分が低いことを理由に、家臣の養子にされてしまった者である。左近はせめて、養父母に孝行を尽くそうと毎日学問に励んだが、書見が過ぎたのか、目を病んでしまう。

養父母は悲しんで幾人もの医者に診せたが埒《らち》が明かぬ。ある時、思いついて按摩《あんま》を呼ぶと、これまでの眼病が嘘のように晴れ、以後この錦木《にしきぎ》という変わった名を持つ按摩は、左近の良き話し相手となる。錦木は療治の腕も良く、物知りでもあって、左近の骨格を「これは天下人となるべき人の体です」と言う。左近は笑って、「万一さようなな事があれば、そちを検校《けんぎょう》に取り立てよう」と約束をする。検校と言えば按摩の最上位で、大枚積まねば授からぬ位。今度は錦木の方が笑ってしまう。

「ところが、この錦木がふとした風邪がもとで寝付いてしまうのだ。左近の方では近頃錦木が姿を見せぬがどうしているのだろう、と気にかけてはいつつ、己が身に起きた大事のために、ついつい、疎遠になってしまってな」

――この殿さま、話も上手いな。

武平は話に引き込まれると同時に、あるありがたい疑いを持ち始めていた。

「左近は結局、本来の家に呼び戻されて、家を継ぎ、大名になった。やっと病の癒《い》えた錦木はそれを知って、その大名家へと赴《おもむ》く。家来たちに追い払われ、邪険にされても諦めずに『左近さまに会わせてくれ』と訴え続けたのだ」

「で、どうなったのですか」

「うむ。やっと会えた左近は、涙ながらに詫びて、『そなたを今すぐ検校にする』と告げる。しかし、それを聴いてうれし涙にくれながら――錦木は息絶えてしまったのだ」

――え、そんな……。

良い話だが、哀れで哀しい話だ。どちらかと言えば、武平の咄よりは、芝居や浄瑠璃の方が向いていそうだ。

「どうだろう。何か、良き落ちはつかぬだろうか。錦木の名を、どこかに残しておきたいと思うのだが」

殿さまの目にきらっと、光るものがあった。

「承知しました。心して、大切にお預かり申しましょう。その代わりと言っては失礼ですが、お殿さまに、わしからもお願いがございます」

「うむ。なんだ」

武平の疑いは、ほぼ確証に変わりつつあった。

もし違っても、このお方なら構うまい。

「実は、わしにはぜひとも探したい、命の恩人がございます。しかし、その方を探す手立てがございません。ですが、殿さまならば、その方を見知っておいでかもしれないと思いまして」

にこりと笑う目元の涼しいその人の前に、武平は風呂敷包みを解いて白木の箱を差し出した。金地に紅の丸を、ぱっと見事な手つきで開いた殿さまは、大きく頷《うなず》いた。

「分かった。確かに預かりおくぞ」

帰り際、殿さまは、自分の素性を明かさぬこと、武平の駕籠に垂れ物をかけることを、丁寧に詫びてくれた。

「武家には武家の都合というものがあっての。余があまり頻繁に下々へ出歩いていることが露見すると、何かと諸方に迷惑をかけるゆえ。許せよ、この通りじゃ」

涼しい声がそう言って去っていくと、入れ替わりに老婆が一人、現れた。大きな盆を捧げ持っている。三太夫が盆の上から、包みを二つ、武平に差し出した。

「御直筆《おんじきひつ》である。大切にいたせ」

4　絵図面

殿さまからの褒美《ほうび》は、三十両という法外な金子と、一幅の掛け軸であった。武平は次の「珊瑚之会」の折に、この軸をみなに披露することにした。

師重の家へ行くと、新妻のお清が丁寧に三つ指を揃えて「わざわざのお出まし、恐悦至極に存じまする」と迎えてくれる。はじめのうちはこの大仰さがこそばゆくてならなかったのだが、近頃ではみな慣れてしまった。

「へぇえ、鹿と馬と牛の画か。赤井御門守《あかいごもんのかみ》さま、よほど平さんの咄をよくご存じのようだね。筆遣いもなかなか、玄人はだしじゃないか」

師重はさすがに絵師らしく、動物の毛並みを表す線、脚や顔の描き方などを見て面白がっている。

「どうだい、良いだろう？　物腰も何もすっきりして、團十郎より男ぶりの良い殿さまだ。『朋友に、友だちに物申すようで良い』なんて、言って下さったんだから」

「ちぇ、浮かれてやがる。で、その赤井御門守さまの正体ってのは、何の手がかりもねぇのか。相変わらずぼんやりしたやつだなぁ。紋とか何とか、覚えてねぇか」

「赤井御門守さま」とは、武平があれ以来、例の殿さまを呼ぶ時に用いている符丁《ふちょう》である。流宣は、画には一瞥《いちべつ》をくれたきり、しきりにそれを知りたがっていた。

「さぁ……。あ、ご重役は田中三太夫さまと仰った」

「田中三太夫だぁ。そりゃあまたふざけた名だ。ちぇ、偽名だろう、まったく。分かったら何か良い伝手《つて》になるかもしれねぇのに」

あのお方を流宣の伝手になどされては不愉快だ。武平はただ首を横に振った。

「朝湖がまだだが、まああいつが遅れてくるのはよくあることだ。先に始めようか」

できれば「珊瑚之会」の名でも本を出そうという目論見《もくろみ》が先日から上がっていた。朝湖は何人もの旦那から金と咄の案の両方を持ってくるので、どこかで足を止められているのかもしれぬ。

それぞれに、考えてきた咄の案を出す。自分の思いつきでも、人から聞いた噂でも何でも、聴いて面白そうなことなら何でも良いことになっている。

武平は早速、殿さまから聴いた錦木の話をした。涙もろい師重は、ぽろぽろ涙をこぼしながら「そんな哀れな話、落ちがつかないよう」と言った。

「……新見左近、新見左近……」

流宣は、豆絞りをくるくる回しながら、そう繰り返し呟いている。

結局、落ちはつけられず、咄としては「保留」ということになって、武平はさらに、宗倫発案の「馬のもの言い」から、まとまった咄として仕立てた「馬の尾」と「放《ほう》生会《じょうえ》」という咄を披露した。いずれも、「生類憐れみ」を背景にした世事咄である。

「あはは、それ面白いね。ただ、落ちで赤ん坊を川に落としちゃうのはかなり、なんて言うかな、ほらほら平さんの言葉で言う……」

「えげつない、でっか」

師重はこの上方言葉を思いつかなかったらしい。

「あ、そうそう、それ。私は好きだけど、お客を選ぶし、本に入れるのは止した方が……」

「そういう世事咄はやるな」

師重のにこやかな調子を、流宣のしわがれ声がきつく遮《さえぎ》った。口が歪み、渋い顔である。

「流宣さん。なんでそう、世事咄を嫌がる。お客は今、これを一番喜ぶじゃありませんか」

武平は珍しく言い募った。

――いつまでも、流宣に言い負かされてばかりでいられるか。

「せっかく面白い咄をしようってのに、なぜそうお上を怖がるんです」

「他にも使える咄はいくらもあるんだ。それで十分、本にもなるし、座敷の上がりもある。わざわざ役人や手先にうろうろされるような咄をしなくてもいい」

なぜだ。武平はいらいらしていた。

「そこまで言うなら、まあ本に入れるのはやめましょう。でも小屋や気の置けない座敷でやる分にはいいじゃありませんか。咄はしょせん咄、口から出たら消えるんだ。その場にいる人、要は、わしを座敷に呼んでくれた人、小屋まで足を運んでくれた人が面白いのが一番でしょう」

流宣にここまで面と向かって武平が反論したのは、おそらく初めてのことだ。流宣はぴくりと眉間《みけん》を動かした。

「おまえたち、お上の本当の怖さを知らないんだ」

どういう意味かと詰め寄ろうとした時、廊下をばたばたっと入ってくる音がした。

「宣さん。これは、いったいどういうことでげすか」

いきなりぬっと入ってきた朝湖が、挨拶も抜きで流宣ににじり寄った。手には一冊の本と、一枚の大絵図を持っている。

「どうって。おれが開板したんだ」

「開板って。道印《どういん》先生に断りもなしに。師匠もたいそうお怒りでげすよ。流宣は破門だって」

「おいおい、穏やかじゃないね。どういうこと？」

師重が朝湖に説明を求めた。三人はみな菱川師宣の門下だ。流宣が破門となれば、後の二人も肩身が狭くなるだろう。

朝湖の持ってきた本は、『江戸図鑑綱目《えどずかんこうもく》』という、今日売りに出されたばかりのものだった。江戸の道筋をわかりやすく表した地図と、名所や神社仏閣、著名な商売職人、芝居の役者や浄瑠璃の太夫たちの所在などを書いた冊子とを合わせて売るもので、さしずめ江戸物見遊山《ものみゆさん》買物案内といったところだ。

――よくできた本だなぁ。

本を見ているだけで、江戸見物をしている気分になる。

武平は関心しつつも、「座敷仕方咄」の綱目に「長谷川町　鹿野武左衛門」とあるのを見た時はさすがに「一言断れよ」と思ってしまった。

しかし、朝湖の話では、それこそ「一言断れ」とたいそう怒っているのが、遠近《おちこち》道印というお方らしい。

道印はやはり絵師だが、兵学の先生の下について江戸を実際に歩き、土地の寸法の測り方や、それを図面に表す方法などを学んできた人だという。そうして、菱川師宣の協力を仰ぎ、ようやく江戸の図面の概略を書き上げ、さらに詳細正確を期して開板しようとしていた矢先、師宣のもとでこれを見ていた流宣が、『江戸図鑑綱目』を出してしまったというのだ。

「宣さん。ぜひ、道印先生と師匠に、詫びを入れてきてください」

朝湖が苦り切った様子で細い目をつり上げると、流宣は「いやだ」と言い張った。

「おれは、師匠に言ったんだ。多くの町場の人にとって、正確さや寸法の細かさはいらない。むしろ、見やすくってわかりやすい、しかも見て面白い方がいいってな。だけど、あの道印のやつ、お高くとまりやがって、おれの提案なんぞいっこうに聞きやしねえ。挙げ句の果てに『図面の素人さんは黙っていてください』とか言いやがって。だから、俺が出したんだ」

――うーん。

「図面の正確さが大事なのは分からんでもない。けどな、これまで、お武家さんが敵をやっつけることにばっかり使われてた図面てものが、やっと町場の者の楽しみに使われようとしてるんだ。できるだけ面白いものにするがいいじゃねぇか」

「宣さんの言い分はわかります。しかし、江戸の町を実際に測って図面のもとになる数字やら方角やらを調べてきたのは道印先生でげすから。その人の了解を得ずにこんなのを出しちゃあ」

「なんだ朝湖、道印の肩ばかり持ちやがって。あいつにやらせといたんじゃ、せっかくの面白いものがいつまで経ってもまともに板木にならねぇ。見ちゃいられなかったんだよ！」

流宣の言うことも、分からないではない。しかしこれはどう考えても、詫びを入れるべきところではないか。

「宣さん。お詫びしてきた方がいいよ。私もいっしょに行くから」

「今からすぐなら、あたしも行きます。何なら、板をいったん止める手配もしてきやしょう」

師重と朝湖が両脇から言うのを、流宣は豆絞りを放り投げて、振り払った。

「うるせぇ。どいつもこいつも、おれの言うことを聞きやがらねぇ。詫びになんぞ行くもんか」

むくっと立ち上がってしまった流宣に、武平は追いすがろうとした。

「宣さん」

「ふん。武左衛門、おまえなんぞ、役人にでも何でも捕まって、手鎖でもなんでも受けちまえ。もうおれは、金輪際《こんりんざい》ここには来ねぇ」

ばたばたっと、乱暴に下駄を突っかけて出て行く音がする。

「これは流宣先生には、至って御気色《みけしき》の悪しきご様子、いかがなさいました」

お清が顔を見せたが、誰も返答できる者はいなかった。

七 業

1 兄妹

——今の公方さまは、毀誉褒貶《きよほうへん》の激しきお方であるな。

清兵衛や竜吉を「講釈師」として招いてくれる諸処の武士たちの間では、何かと言うと、『太平記』中のこの人かの人と、当代の将軍綱吉公とを並べて論評することが盛んである。

以前は「仁《じん》に篤《あつ》き、慈《いつく》しみ深きお方」と誉める者もあったのだが、近頃では、「小心者、偏狂者」と罵る向きが頓《とみ》に増えてきた。町人にはいっそう、評判が悪い。

理由はやはり、生類憐れみの令にあった。

城内の井戸近くで猫の死骸を気づかず放置したとして島流しにあった台所方《だいどころかた》、鶴を捕らえたかどで閉門になった鷹匠《たかじょう》、下僕が犬を斬ったために俸禄を召し上げられた御殿番《ごてんばん》、やはり下僕が鳩を石で追ったせいでお役ご免とされた与力《よりき》、燕を吹矢で射て死罪になった大名家の家来……。

清兵衛が直接知り得た、武家にゆかりのある処罰だけでも、枚挙に暇がない。

中には「犬同士の喧嘩を見かけたのに止めず、一匹が死に至った」というだけの理由で閉門になった者もある。この一件が機だったかどうかは定かではないが、「犬の喧嘩を見かけた場合は水を掛けて止めよ」というお触れまで出されている。

――生類憐れみそのものは確かに仁慈《じんじ》だが……。

公方さまにとって、人間は生類ではないのだろうか。

素朴な疑問を、清兵衛はつい抱いてしまう。

町人などで、犬や馬に関わって死罪や遠島になった者の噂となると、もうこれは数知れない。

お触れの方も、江戸市中の飼い犬の数や毛色をすべて届けよ、捨て犬を放置してはならぬ、鳥や亀の飼育は禁ずる、牛馬や大八車が生き物を轢《ひ》き殺さぬよう、常に見張る役の者をつけよなど、あまりに頻繁かつ多様で、人々は何がどうお咎めに当たるのかも分からず、往来を行く馬や犬猫の姿に戦々恐々としている。

――せっかくの活気が、台無しだ。

来たばかりの頃は戸惑うばかりの場所だった江戸だが、清兵衛はかえって京や大坂より、自分の性格には合っている気がしていた。諸方から大勢武士が集まってきているので、京や大坂でのように、露骨に田舎者と蔑《さげす》まれることもあまりない。

京では三代続いてさえよそ者扱いだが、江戸では三年も住めばみな大きな顔で江戸っ子を名乗る。ただ、激しさと面妖さを増す一方の生類憐れみの令が、そうした江戸の良いところを削《そ》いでしまいそうなのが口惜しい。

――天和の頃は、かようなことはなかったと聞いているが。

幕府の正月行事である「兵法始《ひょうほうはじめ》」を「読書始《どくしょはじめ》」に替えるなど、綱吉公の「武」から「文」への転換は、武士たちには反発もあった。それでも、むしろこの太平の世の執政者には、綱吉公のような方策がふさわしいと褒めそやす者もあったものを、いったい何が起きているのか――一説には後嗣の問題でお悩みであるとも聞くが――一介の浪人でしかない清兵衛には判然とせぬことであった。

――毀誉褒貶と言えば。

石川流宣という絵師も、なかなか難しい男であるらしい。

江戸へ来てそろそろ六年余。敵討ちを果たすことも、故郷へ帰ることもままならぬ兄弟にとって、流宣は恩人としか言いようのない人物だ。衣食住、どうにか不自由なく日々が過ごせるのは、流宣とお春兄妹のおかげである。

――武左衛門たちとは、いったいいつまで仲違いしている気なのか。

子細は聞かぬが、師の菱川師宣と図面絵師の遠近道印とを出し抜き、『江戸図鑑綱目』なる書物の開板に及んで以来、流宣は他の者たちから孤立しているらしい。

それでも昨夏、武左衛門の咄に関わる珊瑚之会というのが、咄の本『枝珊瑚珠《えださんごじゅ》』を開板し、執筆の中心は武左衛門、画は流宣だったことから、清兵衛はてっきり、また親しくしているものと思っていたのだが、聞くところによると、用件はすべて書状で交わし、顔はほとんど合わさぬままにことが進んだという。

武左衛門は、かつて仇と狙った男であるし、企《たくら》みにかかったとはいえ、一度は小絵と密通に及ぼうとした不届き者だ。清兵衛と竜吉にとっては、真相を知って時を経た今でも、やはり腹蔵なく言葉を交わすことはできぬ相手だが、傍《はた》で見ている限り、至って悪気のない、穏やかな男だ。それがなぜああ頑《かたく》なに、と思うと、やはり不仲の源は流宣にあるのかと思ってしまう。

「困るんでげすよ……宣さんが一言詫びてさえくれれば済むんですがねぇ。どうもこう言っちゃぁなんでげすが、あんまり金儲けにばかり走るから」――珊瑚之会の一人、多賀朝湖という絵師は、清兵衛に会ったときにちらりとこぼしていた。

どうやら、書物の開板にせよ、武左衛門の咄の会にせよ、流宣は「金に汚い」という烙印《らくいん》を押されてしまっているようだ。

とんとんとん、と長屋の戸が叩かれた。お春である。

「今開けます」

聞こえぬ相手と分かっていても、思わず返答をする。急いで戸を開けると、風呂敷包みを持ったお春が立っていた。

秋陰《しゅういん》に微光をもたらす如き立ち姿だな、と清兵衛は思う。

お春の口が「はい」という形に動いて、包みがこちらに渡された。

先日頼んだ着物の繕いを、もう済ませてくれたらしい。清兵衛は両手を合わせる仕草をして、「ありがとう」と言った。

慶安四年の生まれだというから、清兵衛よりは六つほど年上のはずだが、あまり人中に立ち交じらずに暮らしているせいだろうか、お春はかなり若く見える。

――この人のことを知れば、みなもう少し流宣を見る目が変わるだろうに。

耳の聞こえないお春と、清兵衛は時折筆談を交わす。清兵衛たちがここに来たばかりの頃、お春は、「兄が人を連れてきたのは初めてです。驚きました」と書いていた。どうやら、流宣に妹がいることすら、武左衛門や朝湖は知らないようだ。

「兄は、私をまるで漆塗りの箱に秘蔵するごとく、育ててくれましたから……箱に入ったまま、大年増になってしまいましたけど」

ある時、お春はそう書いた字の横にさらさらと、白砂青松《はくしゃせいしょう》の浜辺の景色と、美しく紐をかけられた箱とを描いた。

これまでに何度か筆談して知ったところでは、耳が聞こえないというのは、こちらの思い描くよりも遥かに、不自由なものらしい。

目の見えない者は、傍から見ていて分かることが多い。ゆえに、周りも、「ああそこに目の見えない人がいるな」と思って振る舞える。

しかし、耳が聞こえない人かどうかは、すぐには見分けが付かない。

そのせいで、お春は時々嫌な思いや危ない思いをするという。後ろから荷車が近づいてくるのが分からなかったり、馬や犬に気づくのが遅れたりするらしい。

なかでも犬は、子どもの頃に、後ろから吠えかかられているのに気づかず、足を噛みつかれて怖い思いをしたことがあり、今でも犬を見ると怖いのだと話してくれた。

「それで兄に、一人で外へ出るなと言われています。外出の要ることは全部自分がするからと。なんだか申し訳なくて」

実際、お春が、長屋のある路地より外へ出ることは、滅多にないようだ。

――この人のために、流宣は財産を残しておきたいのだろうな。

いつだったか一度、流宣が「おれはたぶん、早死にする。それもきっと、ろくな死に方はしない。だから、今のうち、稼げるだけ稼ぎたいんだ」と呟《つぶや》いたのを聞いたことがある。

自分に何かあったら、耳の聞こえない妹はどうなるか。

そう心配する兄としての流宣の気持ちは、清兵衛には分かる気がした。せめて金がふんだんにあれば、人を雇うなりして暮らせると思っているのだろう。

お春が筆談で明かしてくれたところによると、兄妹の父は、由井正雪《ゆいしょうせつ》の門下生であったらしい。慶安の変の折に亡くなり、残された母も心労のためか、お春が五つの時に死んでしまった。その当座のことは、お春はほとんど覚えていないという。

「私はもっといろいろ、知りたいのですけれど、兄は昔話をとても嫌うのです。だから、私はいつから自分の耳が聞こえないのかも、よく分かりません」

未遂に終わったとはいえ、慶安の変は徳川幕府の治政において、これまでで最大の騒動であった。由井正雪の門下であったのなら、父親はよほど役人に目を付けられたはずだ。母まで失い、耳の不自由な妹と二人で生き抜いてくるには、人に言えぬ苦労があったに違いない。流宣が金に執着したり、昔話を嫌ったりする理由を、清兵衛はそんなふうに忖度《そんたく》していた。

自分たちになにくれとなく親切なのも、おそらくそうした来し方が、兄弟で何年も放浪してきた清兵衛たちの身の上に同情させるからなのだろう。

「何か他にご用はございませんか」

お春が筆談用の冊子と矢立を出して、そう書いた。流れるような、しかし、読みやすい字だ。画師として独り立ちする前の流宣は、写本や清書をする筆耕を生業として いて、お春もよく手伝っていたというが、確かにこの手蹟ならば仕事になるだろう。

その流水のごとき墨の流れの横に、ごつごつとまるで肩肘を張ったような己の字を書き入れる時、清兵衛はいつも気後れして、筆を持つ手にじっとり汗が滲《にじ》んでしまう。

「ございませぬ。いつもかたじけない。今日は、兄上はいずこに」

「さあ。近頃は、磯貝捨若《いそがいすてわか》さまのところへよく行っているようです」

聞き慣れぬ名だ。また何か、書物の開板でも企てているのだろうか。

「兄に何か、ご用ですか。よろしければお伝えしますが」

清兵衛はいいえ、と手を振って応え、丁寧に頭を下げた。

常ならばかような折、すぐに立ち去るお春が、珍しくまだ何か言いたそうにした。目が冊子と清兵衛の顔とを往復しながら、迷っている。

清兵衛はもう一度筆を手にした。

「何か、お手伝いできることがありましょうか」

こう書くと、お春はゆっくりと筆を動かした。

「清さまは、武さまの咄を聞いたことがおありですか」

お春との筆談では、互いのよく知る人名なら、一字で略して書く。清は清兵衛、武は武左衛門だ。

「はい。何度か」

中橋の小屋を手伝ったことがある。馬鹿馬鹿しくて他愛なくてつい笑ってしまうが、時としてご政道への毒も含む。清兵衛たちのやる講釈とはずいぶん異なるもので、聞いている客の態度も違う。共通するのは人前でしゃべるということだけで、面白みはまるで別のところにあると、清兵衛は思う。

「武殿の咄が、どうかしましたか」

清兵衛の角張った字を、お春がじっと見た。

――いかがなされたのかな。

「一度見て、いいえ、聴いてみたいのです」

――聴く？

清兵衛が驚いた気配を察したのだろう、お春が慌てたように筆を動かした。

「ごめんなさい。おかしなことを申しました。忘れて下さい」

お春はそう書くと、その前の数行を墨で消してしまった。

「ではまた」

お春はおしまいにそう四文字だけ書くと、斜めになった日差しを残して、帰って行った。

2　百人男

「お花。子どもは風の子、なにゆえか」

武平はそう言うと、お花を目の高さまで抱き上げた。

「おまえさん。三つの子に、何言ってんの」

そういうお咲も、時折お花に向かって「お魚も三味線を弾くんだよぉ。たらふくつるてん！」などと言っているのを、武平は知っている。

両親の戯《ざ》れ言《ごと》にきゃっきゃと笑う顔が、武平にもお咲にもあまり似ていないと首を傾《かし》げる人もいるが、子どものくせに妙に澄ました切れ長の目元など、実は武平の母にそっくりである。いつぞや寝物語にそう話すと、お咲は「良かったね。おまえさん、これでおっ母さんの笑い顔が見られるってわけだ」と嘆息し、「生んだあたしを誉めておくれよ」とにっこりした。

――こんな日が来るとはなぁ。

元禄四年（一六九一）十月。

江戸へ来て十年が過ぎようとしている。まさか、女房をもらって、義理とはいえおっ母さんができて、さらに娘まで授かるとは。

身一つで京を出た時には、思いもよらなかったことだ。

「良い引っ越し先、あるといいねえ」

「そうだなぁ」

お花が生まれて、お芳も以前より頻繁に長屋に出入りするようになった。咄の為と称してついつい買い集める書物も山積み、また、お咲に三味線を教えてくれという依頼は増える一方、ありがたいことに、これからのことを考えるとさすがに八畳一間では手狭《てぜま》だ。赤井御門守さまからいただいた三十両の蓄えも手つかずのままあることだし、もう少し広い住まいを探そうと、夫婦はこの頃、家作探しに余念がない。

――父上。母上……。

武平は近頃やっと、亡くなった父と母のことを、穏やかな気持ちで思い出せるようになっていた。「孫ができたんだ、こんなに大きくなったんだよ」と、極楽浄土へぜひ見せてやりたい。母は、お花を見たら、「ウフフ」と笑って、「私に似ているようね」と言ってくれるだろうか。

「武左衛門のおじさぁん。お手紙」

「ああ、定吉《さだきち》さんかい。いつもご苦労さん。ちょいと、待っててておくれ」

定吉は、浅草にある紙問屋伊勢屋の小僧で、いつも流宣からの手紙を持ってくる。

武平の方から何か用がある時は、長谷川町の貸本屋の小僧、亀吉《かめきち》に頼むのがだいたいお約束である。

開いて見ればいつもと同じ、声のかかった座敷に出られるかどうかの聞き合わせだけである。

「定さん。流宣のおじさんに、承知したって伝えてくんな。頼んだよ。これ、駄賃だ。帰り道は寒かろう。なんかあったかい物でも買って食べな」

「ありがとう。おじさん」

定吉がにっと笑ってこっちを見ている。

「どうしたい？　おじさんの顔に、何かついてるかい？」

「ううん。近頃おじさん、しゃべり方が江戸っ子みたいだね。まだ時々訛《なま》ってるけど」

「なんだぁあ。おい、子どものくせに。ナマ言うねぃ」

路地を走り去っていく小僧の姿を見送って、武平はなんとも言えぬ気持ちになった。

今でも、本当は上方言葉が好きだ。たまに上方から来たばかりの人から「おおきに」なんて聞くとたまらなく懐かしい。咄の中で勢いよく「ってやんでぃべらぼうめ！」と言った後に、胸のうちでこそっと「でんがな」と付け足して、ほっとしていることもある。

しかし、江戸の言葉に直して咄をやるようにしてから、一時減った客が戻ってきたのは事実だ。慣れるにつれ、普段の言葉もすっかり江戸風になっている自分がいる。これも、咄のあり方というものなのだろう。あの時の助言には、感謝している。にもかかわらず、当の流宣とは、もうまる二年、まともに顔を合わせていない。

――「町内の若い衆」とか、聞かせてぇな。なんて言うかな。

『枝珊瑚珠』には「人の情け」として載っている流宣作の咄を、武平は少し手を加え、題も「町内の若い衆」と変えて、この頃よくやっている。

甲斐性のある男が座敷を立派に普請《ふしん》したので、人々が祝いにかけつけ「大変でしたな」と言う。するとお内儀が「いえいえ、町内の若い衆がよってたかって拵《こしら》えてくれたようなもので」と謙遜《けんそん》する。

これを聞いていた甲斐性なしの男が「さすが、良いお内儀さんてのは言うことが違う」と、自分の女房に話して聞かせる。女房は「それくらいのこと、自分だって」と言う。しばらくしてこの女房が出産し、お祝いにきた人々が「大変でしたな」とねぎらう。そこで女房がとっさに「いいえ、町内の若い衆が……」と言ってしまう、という筋立てのこの咄は、言葉遣いそのものには一つも品下《しなくだ》ったところがないのに、落ちはたいそうえげつない。

女房の単なる言い損ないなのか、実はこの女房本当は悪女でぽろっと本音が出たか……と穿《うが》った詮索《せんさく》まで客の頭の中に招いて、本当によくできた咄だと、やるたびに思う。

——聞かせればどうせまた、ごちゃごちゃ文句ばかり言うんだろうけど。

しかし、流宣ほどごちゃごちゃ、いろいろ、言ってくれる人は、他にはいない。

顔を出さない流宣のことを、時折お咲が思い出したように「しんねりして性質《たち》の悪いけんかだねぇ、男のくせに」と呟く。武平もそう思うが、いったいどうすればまた以前のように顔を合わせられるようになるのか、糸口を見つけることができない。その気になれば、小僧に流宣の住まいを聞いて、こちらから訪ねていくことだってできるのだが、どんな顔で何から言えばいいやら、と思うと、思い切りはつかなかった。

何かと「手打ち」をまとめることの上手な朝湖も、「こればっかりは、宣さんが一度、師匠と道印さんに詫びてくれないと、あたしの出る幕なんぞ、ないんでげす」と言うばかりだ。『江戸図鑑綱目』がたいそうよく売れたのも、ことを余計、ややこしくしているらしい。

「平さん、いるかい？　たいへんだ」

「あれ、重さん。そんなすごい顔で、どうしたんだ？」

顔は青ざめているのに、息せき切っている。師重は自分の遅いしゃべりをもどかしそうに、手足をばたつかせた。

「重さん、落ち着きなよ、らしくない……」

「たいへんなんだ。宗倫の旦那と朝湖が、お役人に連れて行かれた」

「なんだって……なんで」

「分からない。でもたぶん、『百人男《ひゃくにんおとこ》』のことだと思う」

――『百人男』か……。

宗倫が自分一人の著書としてはじめて開板した本だ。画は朝湖が描いている。確かに、あれは役人に目を付けられかねない内容だった。流宣がいたら絶対に開板を止めていただろう。

『百人男』は、漢字で書けば確かにこの字なのだが、板木では「人」の字が「犬」と、「男」の字が「馬」とも読めるように重ねてある、という凝《こ》った外題《げだい》だ。しかも中身は、「小倉百人一首」の歌と歌人の名を使った狂歌仕立て、画も合わせて、宗倫の好きな世事《せじ》咄の見立て尽くしの本であった。

たとえば、壬生忠見《みぶのただみ》の「恋すてふ……」をもじった丁には、井戸の脇で猫の死骸を見つけて途方にくれるお役人の泣き顔が描いてある。これは実際にあったお城の台所方での出来事で、遠島の処罰になった者を見立てたもので、歌と作者名はこうなっている。

猫捨てふ我が名はまだき立ちにけり　人知れずこそ穴に埋めしか　井戸只見《いどのただみ》

また、武平が分かりやすくて気が利いているなと思ったのが、大江千里《おおえのちさと》の「月見れば……」だ。
保護された犬で溢れる小屋の横で、さらに野犬を見つけてげんなりした顔をする犬小屋の番人が描かれている。歌と作者名は、
犬見れば千々《ちぢ》に物こそ悲しけれ　我が身一つの空きのあらねば　犬守千里《いぬもりのちさと》
とあって、どうやらこの番人、もはや自分の寝床さえなくて困っているという。
さらに、式子内親王の「玉の緒よ……」は、馬の後ろ姿をうっとりと愛でている女の画に、
馬の尾よ絶えなば絶えね長ければ　忍ぶることの弱りもぞする　玉輿内親王《たまのこしないしんのう》
小野小町の「花の色は……」には様々な動物の顔をした客に向かって、着物の裾をはだけて見せながら媚びを売る船女郎が描かれて、
穴の色は移りにけりな徒《いたず》らに　我が身世に売る眺めせしまに　小伝小町《おでんのこまち》
といった具合の見立てがされている。
この二つはそれぞれ、作者名に将軍綱吉公の母親桂昌院《けいしょういん》の俗名である「玉」、お気に入りの側室の名である「伝」が入って、「生類憐れみの令」の因果の元凶と世で言われる二人を、めいっぱい貶《おとし》めた内容になっている。
百首百画、全編この調子なので、武平もさすがに、「面白いけどなぁ。まあ気心の

知れた座敷でこそっと披露する分にはいいけれど……」と言葉を濁したほどだったのだ。宗倫もいくらかは用心していたのか、画に一つも、朝湖の署名や落款《らっかん》は残させていなかったのだが、やはりそこはお上の探索、調べをつけられてしまったのだろう。

「手鎖、かなぁ。わしは実物を見たことはないけど、あれはなかなか不自由なものらしいが」

「追放……まさか遠島、なんてことはないよねぇ……」

表立って名乗りはしていなくても、父親だ。師重の不安はもっともだった。

「重さん、そんな悪く考えちゃだめ。旦那はお金持ちだし、朝湖さんは顔が広くて口が達者だから、きっとなんとかなる。だいたい、たかが本一冊のことで手鎖や遠島だなんて、考え過ぎよ」

お咲はそう言いながら、言葉尻を少し震わせると、「えんとうってなあに」と回らぬ口で言うお花を「そんなの知らなくていいの」とたしなめ、背中に負って台所へ立っていった。

――地獄の沙汰も金次第、と言うしな。

「重さん。とにかく、落ち着こう」

「うん、そう、そうなんだけど……旦那、この頃体の具合があまり良くなさそうだったから」

そろそろ、木枯らしの吹きすさぶ夜もある。牢の暮らしは体に障るだろう。

「よし。旦那と朝湖が少しでも牢内で痛い目に遭わないよう、やれる手は講じてみよう」

翌日から、武平と師重は代わる代わる小伝馬町《こでんまちょう》へでかけた。

幸い、宗倫はいくつかの家作も所有する有力商人であったことと、隠居後は医師としても評判が高かったこともあってか、一般の囚人とは別の、揚げ座敷と呼ばれる、牢の中では扱いの悪くない所に入れられているらしいことがどうにか知れた。

朝湖も、幇間《ほうかん》としての人脈が物を言ったのと、――これは武平たちははじめて知ったことだったのだが――実は出は歴とした京の武家である上に、もともとは浮世絵ではなく、お上のご用も務める狩野派《かのうは》でちゃんと修業を積んだ絵師であるとのことで、店借《たなが》りの町人や無宿者などとは別の扱いを受けていた。

「恐れ入ります。ぜひこれを」

牢番に袖の下を渡せば、差し入れや手紙のやりとりに便宜が図ってもらえるらしいと知って、武平と師重は銀の小粒を忍ばせては、牢内の様子を探った。

十日ほど経って、お咲がぼそりと言った。

「おまえさん。このこと、流宣さんにも知らせた方がいいんじゃないかねぇ」

ずっと、武平が迷っていたことだ。

「そうだな。手紙だけは、書いておこうか」

しかし、小僧に持たせた手紙の返事を受け取る間もなく、宗倫と朝湖にお裁きが下った。

十月二十一日のことだった。

――そんな、馬鹿な。本の開板くらいで、なんで。

言われるままに画を描いただけということで、朝湖には江戸十里四方払《しほうばらい》が言い渡された。

一方、宗倫に下った裁きは、死罪だった。

――死罪。

首を刎《は》ねられた上に、亡骸は遺族に引き渡されず、様物《ためしもの》、刀の試し切りに供されてしまう。

あまりのことに、誰も何も言えなかった。

十月二十二日の早朝、武平とお咲は、お花の世話をお芳に頼んで本郷へ出かけた。

追放の者は、ここにかかる橋から中山道へお解き放ちになるという。

しょぼしょぼと、小糠雨《こぬかあめ》の降る朝であった。二人の役人に伴われた朝湖の姿が、霧の中から現れた。こたびお解き放ちは朝湖一人だけらしい。

「所払いの者。心して江戸から出るように」

朝湖の手首と腰についていた縄が解かれた。

役人二人は素っ気なくその場から離れていったが、朝湖が立ち去るまでは見届けるつもりなのだろう、傘を差してじっとこちらを眺めている。

「朝さん」

武平の呼びかけに、朝湖は頭を軽く下げた。

このまま、こちらに迎えとることができたら、どんなに良いだろう。

お咲はそれだけ声をかけて傘を差し出すのが精一杯、後の言葉は涙とも雨ともなって、流れていってしまった。

「体に気をつけて」

傘を受け取った朝湖は、黙ってまた頭を下げた。

贔屓の旦那の多い朝湖には差し入れも多かったようで、十日の牢暮らしもさほど顔に陰を差しておらず、着替えもちゃんとしていたが、細い目にはさすがに笑みはなかった。

今朝の見送りに来ているのは武平夫婦だけである。

知己が多く、いつも賑《にぎ》やかなことの好きな朝湖が、本所で母と二人暮らしをしていたことを、武平はこたびの一件ではじめて知った。もとは京でも相応に由緒のある英《はなぶさ》という家の出だというその母親が、息子の罪を恥じ、剃髪《ていはつ》して寺へ入ってしまったと聞いて、武平もお咲も、胸を衝《つ》かれる思いがしたのだった。

「だいじょうぶ。きっとそのうちご赦免《しゃめん》になる。それまで、体、大事にな」

「うん……重さんを、よろしくな」

「ああ」

追放の身でありながら、師重のことを思いやる朝湖の言葉が、武平の胸にいっそう染みた。

宗倫の命は、おそらく今日中に刀の露と消える。師重は今頃、家でひたすら念仏を唱えているはずだ。

昨夜は一睡もできず、朝湖に会えたらああも言おう、こうも言おうと思っていたのに、出てくるのは言葉ではなく、涙ばかりだ。

右手には加賀藩前田さまのお屋敷、高く広い塀がえんえんと続いている。なだらかな坂を、傘を手にした朝湖がゆっくりゆっくり、細い体を何度もねじって振り返りながら、歩いて行く。

——達者でな。必ず、帰ってくるんだぞ。

一つ傘の下、武平とお咲は、朝湖の姿が見えなくなっても、ずっとそこに立ち尽くしていた。

3　腹膨《はらふく》るる態《わざ》

武平はあちこちに詫びを入れて、とりあえず七日の間、咄を休むことにした。

師重は内々で喪に服していた。初七日には、僧侶は呼ばず、自分たちだけで法要をやるという。行ってみると、お清が書き上げたという見事な文字の経文が幾つも、仏壇の前に置かれていた。

「平さん。これ、読んでみてくれないか」

武平が線香を上げ終わると、師重が折りたたまれた紙を出してきた。

「なんだい、これ」

「旦那の遺書だよ。牢番の一人が、こっそり渡してくれたんだ」

「そんな大事なもの、わしが読んでいいのか」

「うん。平さんにも、かかわり合いがありそうだから」

「わしにも？」

武平は皺の寄った紙をおそるおそる手に取った。紛れもない、宗倫の字。少し剽《ひょう》軽《きん》に横に広がりがちな、これまでに何度も、面白い咄を書いてくれた字だ。

……一筆啓上。

かの本、もはや病重篤《じゅうとく》にして余命僅《わず》かと知りしゆえ、せめてと思い板木を彫らせ候。古《いにしえ》より、思うこと言わぬは腹膨るる態《わざ》と云々。断じて世直しなどとさかしらは言わず。面白きを面白きと言わんが為なり……

どうやら宗倫は、自分が病で余命が少ないと知って、『百人男』の開板に踏み切ったようだ。薬種《やくしゅ》問屋を営み、医者としても認められていた人だから、診《み》立ては十分ついていたのだろう。

手紙は何度も書き継いだものと見え、字が乱れたり中身が重複していたりして判読しにくいところがあったが、おおよその内容は分かった。「お咎めがあるやもしれぬと覚悟はしていたが、ここまで厳しい詮議を受けるとは思っていなかった。自分はいずれにせよ長くない身だからもう良いが、朝湖を巻き添えにしてしまったことはどう詫びても詫びきれない、どうか朝湖のことだけはよろしく頼む」と繰り返した後に、「本も咄も、絶対にやめるべからず。やめれば化けて出る」と書いてあった。

「ね。平さん。私一人じゃ、とても持ちきれない中身だろう。頼むよ」

苦笑いと涙がいっしょくたになった師重の顔を、武平は頷きながら見返した。

――面白きを面白き、か。

『枝珊瑚珠』を作る時、宗倫の作った咄を入れるか入れないかで、流宣と武平がずいぶん揉《も》め、書状が何度も行ったり来たりした。弁の立つ流宣に、武平は言い負かされてしまうことが多かったし、流宣は最後、「意が通らないなら、自分の咄は全部引き上げる」などと言ってきたので、武平は折れざるを得なかった。結局板木になるときには宗倫の咄はほとんど削られていて、さぞ「腹膨るる」思いだったのだろう。

「そうそう、こんなものを作らせて使っていたらしいよ」

そう言って持ってきたのは、どうやら鹿の革で出来た枕だが、なぜか馬の耳を象《かたど》った飾りが付いていた。

「本家の番頭さんが昨日来てね。お袋をよく知ってる人だから気を遣ってくれて。形見にって置いてってくれたんだけど。〝馬鹿の枕だ。これで寝ると馬鹿な咄をたくさん思いつくんだ〟って自慢してたらしいよ。旦那らしい、酔狂なものだよ」

師重は革の表を手でそっと撫でた。

「旦那らしいと言えば。その番頭さんの話では、役人に引っ立てられていく時、旦那は小半時だけ待ってくれと言って、離縁状を書いたんだそうだ」

「離縁状？」

「ああ。奥様と若旦那、二人を離縁するって。大仰に芝居がかった真似をするって、そのときはみな戸惑っていたらしいけど、そのおかげで実際、山口屋さんは助かったんだそうだから。幸い、家屋敷や店の権利はもうずいぶん前に、ほとんど若旦那に譲られていたしね。死罪って、本当なら財産もお上に取られちゃうから……まあまさか、死罪になるなんて、そのときは思ってなかったろうけど」

師重自身も、ずいぶん前に宗倫とは表向き、何の関係もないことになっている。宗倫の身の始末の付け方があまりに見事過ぎて、武平は胃の腑をつねられるような切ない気持ちになった。

――旦那、虫が知らせたのかな。

虫の知らせと言うけれど、こんなことを知らせる虫って、どんな虫だろう。

「始末のきれい過ぎるお人ってのも、遺される側にはかえって辛いもんだよ」

師重も同じように思ったのか、そんなことを言ってため息を吐いた。

「申し、我が君。表に先刻より、客人のお越しでございます」

廊下に座ったお清が、そう声をかけて襖を少し開けた。宗倫の世話で嫁に来て三年、いくらか言葉がこなれてきたのが、過ぎた年月を思わせる。

「『お上がり給いてお待ちを』と申せども、ご遠慮なされておいでです。いかがしましょう」

「分かったよ。私が行くから」

師重が立っていくと、玄関先でなにやら話す声が聞こえた。しばらくして、師重といっしょに入ってきたのは流宣だった。お清は武平に気を遣って、客の名を言わなかったのだろう。

「どうも……無沙汰ばかりで……何かと……。とにかく、済まなかった」

ぺたりと座った流宣は、丁寧に頭を下げた。

「済まなかった」が、宗倫になのか、朝湖になのか、自分や師重なのか、いったい誰に向けた台詞なのかよく分からなかったが、神妙に畳に置かれた手を見るうち、武平はもう、それはどうでもいいという気がしていた。

「線香、上げていいかな」

煙がまっすぐ、天井に上っていく。

長いこと手を合わせていた流宣が、ようやく体をこちらへ向けたとき、師重と武平は同時に口を開きかけて、しかし互いに譲り合った。

「平さん、何だい」

「ああ、いや、重さんこそ」

「そうかい？　いや、さっきのあれ、宣さんにも、と思って」

「やあ、わしも同じことを」

宗倫の遺書が流宣の手に渡った。流宣の目が、何度も何度も、紙の上を行ったり来たりした。

「くそったれ宗倫め。だから言わんこっちゃない。咄の本なんぞに命かけやがって。あの馬鹿旦那め」

――ああ、これだよ、これ。

武平と師重は顔を見合わせた。たぶん、二人とも、これが聞きたかったのだ。

「咄の本なんぞに命かけちゃだめだ。生き死にと関わらねぇからいいんだ。業突《ごうつ》く張《ば》りの、強欲爺め。おかげで最悪の、けど、最上の落ちをみせてくれるじゃあねえか。味な真似しやがって。〝断じて世直しなどとさかしらは言わず〟なんてのは、旦那にしちゃあ上々吉に上出来だぁ」

流宣はそう言うと、正座から胡座《あぐら》に座り直した。ぱんと着物の裾《すそ》を叩いて、まるで役者の見得《みえ》を見ているようである。

「いいか、よく聞けよ。咄家だの、絵師だのってのはな。業《ごう》が深ぇんだ」

「業？」

師重がきょとんとした。

「そうだ、業だ。だいたい、画だの文章だのを書いて人様に買ってもらおうだの、咄を聞かしておあしをもらおうだの、そんな生き死にに関わりのねぇもの、腹にたまらねぇものに執着して身を立てようなんて者がいるのは、この世で人間だけだ。これは人間の業なんだ。武左衛門も俺も、旦那も朝湖も師重も、その業がとりわけ深ぇ、馬鹿者だ。ちゃんと物を作ってるお百姓やお職人衆たちから見たら、俺たちはすこぶるつきの業突く張りの馬鹿なんだよ」

――業突く張りの馬鹿。

「だから自分で自分らの業を認めて生かしてやらないでどうするんだ。旦那みたいに、命をかけちゃだめなんだ。最後に笑えなきゃ、だめなんだよ」

分かるような、分からないような流宣の理屈と啖呵は相変わらずだが、武平も師重も、これでようやく、宗倫を本当に供養できる気がしてきた。

「よし武左衛門。明日から、また咄の稽古をやろう。珊瑚之会も仕切り直しだ。旦那の遺した咄も、少しは生かしていこうじゃないか。んでもって、俺たちは絶対、死なず捕まらず、ずっと〝面白きを面白き〟で行くんだ。おまえは人を笑わすのが、何より好きな業突く張りなんだから」

――業突く張り。上等じゃねえか。

わしもちょっとは啖呵が切れるようになったんだがな、と思いつつも、流宣に向かってはそれを披露できないまま、武平は何度も頷いていた。

4　さるもの

「ねぇお花、ここが江戸。こっちへずーっと行くと、京なんだってさ。きれいだろうねえ」

「京ってなあに？」

「みやこのことだよ」

「みやこって？」

「えーとね、そうねぇ……」

引っ越しはしそびれたまま、正月になった。まあぼちぼち、考えればいい。

お咲は、流宣からもらった『日本鹿子《にほんかのこ》』という本をお花に見せながら、火鉢の横で上方見物の気分を味わっているらしい。

「でもこの、磯貝さんてお人は、こんなにあちこち、全部自分で旅して回ったのかねえ」

「さぁ、どうだろうな」

『日本鹿子』は、東は陸奥から西は九州まで、国々所々津々浦々にわたり、古跡の神社仏閣、あるいは名所名物の様子を書き集めたものだ。

文章は磯貝捨若、画は流宣で、流宣は「お花へのお年玉」と言ってこれをくれた。

おそらく売れ行きが良いのだろう。

――お師匠さんや道印さんへの詫び、ちゃんと入れたんだろうな。

相変わらずこんな仕事で儲《もう》けているのを知るといささか心配になる。

絵師の弟子師匠、そうした間柄の機微《きび》は武平では分からず、こんなときに朝湖がいてくれればと思うがしかたない。師重が取り立てて何も言わないところを見ると、それなりに片は付いたのだろうか。

女房と娘が紙の上で旅をしているのを脇に、武平はようやく手に入った『軽口露《かるくちつゆ》がはなし』の丁を一枚一枚、夢中になってめくっていた。去年の七月に露の五郎兵衛が京で開板した本である。

――懐かしい。

武平も使わせてもらっている「魚類が三味線を弾くこと」や「蚤《のみ》の三番叟《さんばそう》」などの咄が載っている。

――文が短うて、粋《すい》やなぁ。

五郎兵衛の筆致に釣られて、ふと上方言葉が蘇《よみがえ》る。

自分の出した本に比べると、五郎兵衛のは一つ一つの咄が短く、落ちまでの展開がすっきりしている。力量の差を見せつけられる気がした。

――わしはつい欲ばって。

思いついたこと、面白いこと、事柄の由来など、ついつい武平は理詰めで全部説明したくなってしまう。それに比べ五郎兵衛は「分かるお方だけ、面白いところだけ、どうぞ」とゆったり読み手に投げ出しているような余裕が感じられる。たぶん、読む側はこの方が楽しいに違いない。

――なかなかこんなふうには。

悔しい。どうすれば、こういう余裕が生まれるのだろう。

「すみません。あのう、このあたりで、多賀朝湖さんのゆかりの方は」

路地で声がする。お咲がこちらを見た。

「朝湖さんなら、うちの知り人ですが」

武平が慌てて戸を開けて出ると、よく日に焼けた中年男が「良かった」と駆け寄ってきた。

「本所へ伺ったら、『その人のことなら長谷川町へ行って聞け』と言われてしまいまして」

本所は朝湖の住まいがあったところだ。男は手紙を取り出した。

「うちの宗匠が、朝湖さんに便りをと。旅で詠んだ俳諧をもとに、ぜひ画を描いてもらいたいとのお頼みです」

——芭蕉庵《ばしょうあん》。

差出人の名が見えた。俳諧師の松尾《まつお》芭蕉だった。

「そうですか……では、宗匠さんは、ずっと旅に出ていらしたわけで？」

「ええ。奥州から越《こし》、美濃と回っておりまして。去年の神無月の末に戻りました」

——神無月の末か。それは惜しいことを。

武平は芭蕉の門人だというその男に、朝湖の身に起きたことを話して聞かせた。河合曽良《かわいそら》と名乗った男は、驚いて聞いていたが、やがて残念そうに帰って行った。

——朝さん。今頃どうしているんだろう。

どこかで落ち着いたら便りをくれるだろうと待ちわびているのだが、今のところ何も言ってよこさない。

「武左衛門さん。おいでなさるかね」

曽良と入れ替わりに訪ねてきたのは、武平と同様、中橋で小屋掛けしている芸人たちだった。

「あれ、どうしなすった、こんなに皆さん大勢、お揃いで」

猿回しの三太郎《さんたろう》、手妻の扇之丞《せんのじょう》、放下の大治郎《だいじろう》と小治郎《こじろう》、声色遣いの壺中斎《こちゅうさい》……

武平の狭い長屋にはとても入りきらぬ顔ぶれが揃っている。

「いや、今日はみなで、仕舞いの挨拶回りをしているんだ」

「仕舞い？　なんで？」

「ほら、去年、出ただろう、あの困ったお触れ。あれでみな、もう中橋ではやれないってことになって」

そうだった。

……蛇に限らず、たとえ犬猫鼠等《など》に至る迄《まで》、生類に芸を仕付け、見世物等に致《いたし》候儀《そうろうぎ》無用たるべし、生類苦しめ不届《ふとどき》に候……

宗倫が彼岸へ赴き、朝湖が江戸を追われてからしばらくして、こんなお触れが出たのだ。

〝生き物に芸を仕込んだり、見世物にしたりしてはならない〟という意味である。蛇を使った芸を見せながら薬を売っていた者が捕まって処罰され、それに伴って出たお触れだった。そう言えば、今ここに顔を見せている者はいずれも、猿、鶏、鼠、犬、鶯などを芸に使っている。

「生き物を使わずに何かやることも考えたんだが、今更な。銘々、江戸を離れるなり、商売替えするなり、行く末を考え直すしかないってことになって。武左衛門さんとお咲さんにはずいぶん世話になったから、みなで挨拶に来たよ」

「中橋は今、役人とその手先がうろうろしているからね。三太郎さんなどは、すんでのところでしょっ引かれちまうところだったんだ」

三太郎の肩には相方の猿、七五郎《しちごろう》がちょこんと行儀良く乗っている。お花はこの猿が好きで、しょっちゅう遊び相手になってもらっていた。

「こいつには、むしろ芸をすることは何よりの遊び、楽しみのはずなんだが……そんなこたぁ、公方さまには分かんねぇんだろうな」

三太郎が猿の頭をちょぃと撫でた。誰も彼も、顔に生気がない。

「武左衛門さんは生き物は使わないけど……でも咄にいろいろ、出てくるだろう？このご時世だ、何が因縁付けられるか、分かったもんじゃねぇ。お友達が一人、江戸払いになったって聞いたし……。気を付けなよ」

頷いていると、お咲が奥から、鹿の画の入った扇を抱えてきた。

「みなさん、何にもないけど、これ持って行ってくださいな、うちの人のお扇子。それから、これ少ないけど、お餞別《せんべつ》」

紙に包んだ銭と扇子をお咲が一人ずつに渡すと、誰からともなく、すすり泣く音がし始めた。

――なんだ。なんなんだ。

路地を出て行くのを見送って、武平は胸のうちにふつふつと沸いてくるものを、いったいどうすれば良いのか、途方に暮れていた。

5　後生犬

……ある信心深い旦那が魚屋の前を通りかかると、親方が生きの良い、まだぴちぴちと跳ねる鯉をまな板へ。それを見た旦那「これ、何をする」「ええ。ご注文で、お刺身に」「何と惨《むご》い。これで放しておやんなさい」。旦那は鯉を一分《いちぶ》というお金で買い取りまして、川へちゃぽん。鯉が泳ぎ去りますと「ああ、功徳《くどく》じゃ功徳」。

翌日、同じ魚屋が今度は生きた海老を捌《さば》こうとすると、また旦那が来て買い取って放す。翌々日は鮒、さらに……と何日か繰り返したある日、魚屋は仕入れが悪く、生きたものが何も店にないところへ、旦那が通りかかる。魚屋、せっかくの金儲けの機会、逃してはもったいないと何か生きたものはないか……と探して……

武平はここまで書いてきて、迷った。

宗倫の遺した「放生会」という咄を、なんとか演じる形にしようと案を作っていた。宗倫の咄では、ここで「自分の赤ん坊」を、となっている。おそらく、一昨年に出た「捨て子禁止」のお触れに引っかけた落ちのつもりだったのだろう。

なかなかえげつなくて良いとは思うが、幼い子のいる父親の武平は、今これを「赤ん坊」でやる思い切りがつかない。どうしても、お花の顔が浮かんでしまって、ためらいが出る。聞いている客の方でも、川に赤子が落ちる画が頭に浮かぶのは、後味が悪すぎるかも知れない。もっと自分がうんと歳を取って、翁のような風情になったら、そんな生々しさを出さずに、できるのかもしれないが。

——他にやりようはないかな。

身近にいて、生きてるもの。信心深くて慈悲深い旦那が川に落としたら、たいへんなもの。

「これ、か……」

犬。

そうだ。今なら、犬しかあるまい。

天下のお犬さまを、慈悲深い旦那が川へ落とす。今のご時世なら大騒動、かといって、犬なら、客の頭に浮かぶのは懸命に泳ぐ犬の姿だから、赤ん坊ほど惨くはない。

たいていの客は笑ってすむ咄になる。

ただし、役人がいなければの話だが。

——役人か。

たかが「犬」という一言の落ち。客が笑うこと間違いなしの落ちの一言。

この咄に限らず、動物の出てくる咄、犬や馬がちょっと痛い思いをする咄や、鹿や鶏に人が振り回される話などをすれば、今客はみな笑う。笑いたいのだ。

「なんだ今のご時世は」という思いを、みなで分け合って、笑いたい。

しかし、今では武平にも、かなり迷いがある。

もし自分がお咎めを受けたらどうなるか。以前は咄なんぞでたいしたお咎めなどあるまいと思っていたが、宗倫と朝湖のこと、あるいは中橋を去って行った芸人仲間のことを考えると、それは決して人ごとではない。

去年の宗倫の死から三ヶ月後、珊瑚之会は再開されたが、あれほど啖呵を切ったにもかかわらず、流宣にはまだどこか吹っ切れぬ迷いがあるのか、今のところ提案も発言も控えめだ。武平はそんな流宣の胸のうちが量れず、なかなか咄を仕組めずにいた。加えて朝湖と宗倫の件がやはりこたえたらしく、以前のような旦那方からの持ち込みも少ない。そんなこんなで、今のところ珊瑚之会から、新しく演じられるような咄は生まれていなかった。

小屋掛けも座敷もなんとなく続けてはいるが、武平のそうした思いがやはりにじみ出てしまうのか、以前の活気は取り戻せずにいる。

命は惜しい。それに、今の武平にはお咲とお花、それにお芳もいる。何よりこの三人の家族を、巻き添えにしたくない。

――無難にやるしか、しかたないんだろうな。

「犬」の字に墨で×を付ける。一番面白い落ちが使えない悔しさは、業の深い者にしか分かるまい。

――惜しい、な。

6　お春

――惜しい、な。

流宣は、いくつもある葛籠の中から、宗倫の『百人男』を取り出して、眺めていた。既に板木は没収され、焼かれている。売れてなかった分もみな没収されたから、今手元に隠し持っているこの本は、貴重な一冊だ。

『百人男』以外にも、宗倫の作った咄で面白いものはたくさんあった。世に出させないよう、止めていたのは自分だ。

こういうもの、どんどん披露できたら、どれほど面白いだろう。しかし、こういうものが自由になるってことは、お上の今の妙なお触れはなくなっているってことで、そうなると、これ自体の面白さはたぶん、あまりなくなってしまう。

お上の権力と、娯楽。抑えつけようとするものがあるから、反発がどんどん面白くなり、巧妙になるという一面もある。いささか皮肉で面妖な関係だ。

――ぎりぎりまで逆らってみても、いいのかな。

幼い頃、父が行き方知れずになった後、母はさんざん、役人に付きまとわれていた。どこへ越してもしばらくすると役人が来て「亭主はどこだ」とすごまれ、隣近所に知れてしまう。そんなことが、父の死の消息が知れる、慶安事件の翌年まで続いた。

かかわり合いになることを恐れて、雇ってくれるところさえなかった母が、自分たちをどう養ってくれているのか。幼い兄妹を置いて、夜な夜などこへ出かけているのか。それを知った時、流宣にできたのは、ただただ、お春に寂しい思いをさせないよう、相手をしてやることだけだった。

――夜鷹《よたか》をしてたなんて、言えるわけねぇや。

母の生業《なりわい》を、流宣は今でもお春に話していない。

お春の耳が聞こえなくなったのは、流宣が十歳、お春が五歳の時だ。

高い熱を出して苦しむお春を診た医者は一応薬を出してくれたものの、「一晩もつかどうか。もっと早く診てやれていればな」と首を振った。幸い命は取り留めたが、聴く力は失われ、おまけに薬代の借金が残った。さらに悪いことに、母親がまもなく、夜鷹ばかりを狙う辻斬りにあって、命を落としてしまった。

母の死の経緯も、実はお春に話していない。

ただ、お春を診てくれた老医師、玉木玄庵《たまきげんあん》という人は情けのある人だった。「薬代のカタに」という名目で、流宣を自分の下働きに雇い、お春と一緒に居候させてくれた。使用人とは言いながら、育ててもらったも同じである。玄庵は兄妹に読み書きを教え、おまけに、「そなたは画の才がある」と言って、流宣を菱川師宣に紹介までしてくれたのだ。兄妹がどうにか生きてこられたのは、玄庵のおかげだった。

玄庵は流宣が師宣の弟子になってまもなく、眠るように亡くなった。

──先生がもっと長生きしてくれてたらな。せめて、おれの名で本が出るまで。

そう思うと悔しいが、流宣の知っている玄庵は、既に白髪頭でしわくちゃの爺さんだったから、仕方ない。

画を描くようになったのは、たぶん、お春になんでも描いて教えていたからだろう。お春の方も字や画を得意にするようになったから、流宣は絵師の修業の傍ら、あちこちから写本や清書をする筆耕の仕事をもらっては、兄妹でこなして、暮らしを立ててきた。

「これ面白いね」

「これ、何が書いてあるか全然分からない。面白いのは書いてる本人だけだな。たぶん売れない」

「この本は、楽しい。きっと売れるね」

仕事をしながら、兄妹で筆談するのが、楽しみだった。

面白いと思ったものが、開板されて後に、刷りが重なるほど売れたと聞けば内心にやりとしたし、逆に、さほどでもないと思ったものが案外人気だと聞くと、ふーむと首を傾げたりもした。

そんな仕事をしていたせいだろうか、流宣はいつしか、「何かもっと面白いもの、売れるものはないか」といつも考えているようになった。絵師の修業も、単に画が上手く描ければいいというのではなくて、どうやったらもっと人を面白がらせ、正々堂々と金になるものを作れるかに、興味があった。

吉原で、初めて武左衛門がしゃべっているのを耳にした時、これは面白いと思った。芝居にも浄瑠璃にも軽業や手妻にもない面白みだった。どういう形になるか分からないが、素人の余興なんかではなく、ちゃんと玄人としておあしをもらえるものになるんじゃないかと思って、思わず声をかけた。

なんの確信もなく始めた試みだったが、幸いこの見込みは外れなかった。武左衛門は見事に、咄を酒席での無駄話から、おあしをもらって玄人がやるものへと変えた。

ただ、咄はその場で消えてしまう。その場にいた人にしか、伝わらない。

流宣はそれはもったいないと思った。武左衛門の咄は、もっと金になる。なっていい。もっと大勢の人が面白いと思うはずだ。

そう確信して、「本にしよう」と持ちかけた。知恵を絞って、いっしょに咄を拵えることもした。

とにかく、何でもいい。人が、楽しみのために金を使う。その金で、また誰かが、楽しむための何かを工夫する。

流宣は、そんな世の動きが好きだ。その工夫をするのが好きだ。

武左衛門とは性格は全然違うが、人を楽しませたいという欲望――流宣は業と呼んでいるが――の強いことでは、たぶん自分に一番近い人間なのではないかと思う。

武左衛門と付き合うようになってもう十年以上になる。面白くて金になればそれで良いとだけ思ってやっているのに、なぜ、自分の嫌いなお上の権力と、かかわる羽目になってしまうのだろう。

「面白きを面白き」、宗倫の言うとおりだ。

とんとん、と肩が叩かれた。

お春が、本を差し出した。

「お、それ届いたのか」

馴染みの本屋の小僧が来たらしい。

「ちょっと、出かけてくる」

筆談用の冊子に書くと、お春が横へ書き込んだ。

「武さまのところですか」

そうだよと頷くと、「行ってらっしゃい」の文字が書き込まれた。

小僧が届けてくれたのは、前に頼んでおいた西鶴の『世間胸算用』だった。武左衛門から「早く手に入る本屋があったら、頼んでおいてくれ」と言われていたので、心当たりのところに注文しておいたのだ。つい先日、京・大坂・江戸、三都同時に開板されたばかりだ。

ただし、作者名は〝西鶴〟ではなくて〝西鵬〟となっている。

四年前、鶴の字や鶴の紋を使うことが禁止された。公方さまの娘御が「鶴姫さま」という名前なので遠慮せよという。屋号や紋に鶴が入っていたところは、あちこち迷惑したはずである。

長谷川町までぶらぶら歩く。引っ越したいと言っていたが、まだ決められないようだ。

「いるかい」

武左衛門は筆を手にしたまま、戸を開けて出てきた。

「これ。読みたがってるだろうと思って。持ってきてやった」

「お、それはありがたい。うれしいな」

「また咄、作っていたのか」

流宣は、あちこちに散乱する反古紙をかき分けながら、座敷へ上がり込んだ。

――相変わらずだな。

半紙に書いた文章が棒線で消されたもの、小さく切った紙の表裏にびっしり、〝いぬ、イヌ、犬、往ぬ、居ぬ〟やら、〝うし、憂し、おうし、めうし、こうし、格子〟などと言葉が散らし書きにされたもの、くしゃくしゃと丸められてしまったものなど、武左衛門が咄を作っている時は、昔からいつもこうだ。咄が一つできる頃には、畳の目の見えているところがなくなるほど、反古紙があふれていく。

「ただいま、誰かお客さん？　あら、宣さん」

お咲が背中にお花を負い、手に鍋を提げて戻ってきた。お芳のところに行っていたらしい。

「こんちは。今お茶淹れるね」

「ああ、お構いなく。ここん家《ち》じゃおれは客のうちに入らねぇだろう」

お咲は鍋を置くと、ぐっすり眠っているお花をそっと奥へ寝かせ、台所へ立っていった。

「犬……消したのか。この落ち、犬なら、確かに客は大笑いするだろうな」

流宣は、「犬なら本当に川へぶちこんでやりてぇし」と呟きながら、冊子の上で×

のついた犬の字を見つめた。

「でも宣さん、やるなって言うだろう」

武左衛門が天井向きの鼻をうごめかして言った。

「そうだな。確かに、以前のおれなら、この咄はやるなって言うところだ。しかし、おれもちょっと考えが変わってきたんだ。このままお上の顔色ばかり窺ってるってのも、どうにも我慢ならねぇ気がする」

武左衛門の目がほう、というように動いた。

「おれはつい、本にすることばっかり考えちまってたんだが——武左衛門おまえ、いつか言ったよな。咄は咄だ。口から出たら仕舞いだって」

「ああ。言ったけど」

「確かに、咄ってのは、その場で聞いた者にしか、本当の意味は分からねぇことが多い。あとから文章にしたら、何が可笑しいんだか、あるいは本当に笑われてるのは何なのか、存外分からねぇもんだ。ならおれも、少しは、そこにかけて、とんがっても良いかもしれねぇと思うようになった。このお江戸でみなが息苦しいのを、吐き出す口があっても良かろう。んでもって、今、その口が一番面白かろうと思うんだ」

吐き出す口。口から出る、咄。

「宗倫の旦那の言い残した、〝面白きを面白き〟ってのもある。と言って、命をかけるなんぞ真っ平だ。捕まるのも御免被《こうむ》る。だから、ぎりぎりを行くんだ」

「ぎりぎり？」

「もちろん、そう変わったことはできないさ。小屋で役人やその手下ふうの者がいねえか、これまで以上に気をつける。座敷をかけてくれる人の素性や客の素性も、それとなくだが、これまでよりは念入りに確かめさせてもらう。そんなことだがな」

「なるほど。宣さんの言うのは分かる。けど、絶対捕まらないって、誰も請け合えないよね」

それは、そうだ。お上の理屈と膏薬《こうやく》は、どこへだって張り付くのだから。

「せっかく宣さんの考えが変わってきてくれたのに、こんなこと言うと、申し訳ないけども。ただね。もし自分が独り身のままだったら、ちょっとくらい危ない橋でも、渡ってやろうかっていうと思う。〝面白きを面白き〟に、体張ってもいいと思うよ。でもね。今わしには、女房も娘もあるんだ。そう思うと」

——ああ、そうか。

武左衛門も、似たようなことを考えているらしい。

こんな言い方をすると、何もかもお春のせいにするようで、自分では認めたくなかったのだが、結局、自分が世事拙を嫌がったのは、お春に嫌な思いをさせたくなかったからだ。業の深い道楽画師の自分は、のたれ死にしたって構わないが、お春には。

「そう、だよな。やっぱりな」

二人はそこで、黙りこくってしまった。

「流宣さん。ちょっと、邪魔するよ。ね、おまえさん」

お咲が入ってきた。茶を淹れてくれたのかと思ったら、どうやらそうではないらしい。

「どうした？」

「お願いがある」

「何だ」

「離縁状、書いておくれ。あたしとお花の」

流宣は耳を疑った。武左衛門も目を剝《む》いて、飛び上がらんばかりにしている。

「お、お咲おまえ……」

「なんだい。天下の咄家、鹿野武左衛門が。察しが悪いねぇ」

お咲は、への字に曲げていた口の端をきゅっと反対に上げて笑った。

――そういうことか。

「お守りにもらっとく。天下の咄家、鹿野武左衛門の女房がいざって時に、肝が据わってなきゃ、恥ずかしいでしょ。おまえさんの思うようにやったらいいじゃない。万が一の時は、あたしはお花を連れてちゃんと暮らす。面白い武左衛門の咄が聞きたいのは、あたしだっておんなじなんだよ。流宣さん、お願いしますよ。さ、すぐ書いて」

「今から？」

「そう。こういうことは、思いついた時でないと」

武左衛門が三行半《みくだりはん》をきっちり書き上げると、お咲はふうふう吹いて、墨を乾かしながら言った。

「ふうふう、ふうふう。子どもは凪の子。お花は武平とお咲の子」

お花は武平とお咲の子。

——良い夫婦だな。

離縁状をお守りと言える女房を持てたのは、男冥利に尽きるだろう。

「申し。お頼み申します。申し」

流宣はおやっと思った。聞き覚えのある声だ。

「はぁい。今……まあ、確かおまえさまは……あら珍しい。あら、そちらの方は」

入ってきたのは、清兵衛だった。ここに清兵衛が来たのは初めてだろう。そう思って見ていると、その後ろに、竜吉と、もう一人、思いも寄らない人影があった。

「お春、おまえ……」

「え、宣さん、この人は」

武左衛門とお咲が不思議そうな顔をしていると、清兵衛がこほん、と咳払いをして、話し出した。

「流宣さんの妹御のお春さんです。実は今日、このお春さんに頼まれて、某がここへお連れしました。武左衛門師匠。お春さんは、師匠の咄を聴きたいそうです」

「聴きたいっておまえ……」

流宣が身を乗り出すと、清兵衛が言った。

「はい。実はこのお春さん、耳がご不自由で、聞こえません。ですが、本になってる武左衛門師匠の咄はほとんど読んで、ご存じだそうです。聞こえなくてもいいから、咄を実際になさっているところに、自分も身を置いてみたいと」

――お春。

そんなことを考えていたとは。

「何だい、宣さん、こんな大事なこと、隠していたなんて。水くさいじゃないか」

「そうよ。てっきり一人住まいだと思ってたら」

「いや、まあ……」

場所を師重の家に移して、急遽、武左衛門の咄の座敷が始まった。師重とお清も、事情を知ると声を揃えて「まあなんて水くさい」と言った。

いつもは屛風の陰でやるお咲の三味線を、今日は武左衛門の脇で、見えるようにやる。お咲はちょっと戸惑いがちだったが、すぐに調子を合わせて、「さて、何でも弾くよ」と笑った。

「楽屋の化け物」「にせ屋島」とお春が冊子に書いた。

「では、本日のお正客さまのお求めに応じまして。まずは、人形芝居の楽屋のお噂から」

お春の目が、武左衛門の顔とお咲の手元とを行ったり来たりする。どうやらもうすっかり頭に入っているのか、武左衛門の人形振りの動きや、お咲の撥捌《ばちさば》きを十分楽しみながら、咄を聴いている、いるようだ。

はじめはお春の様子を気にしていた師重とお清、清兵衛と竜吉も、咄が進むにつれて、それぞれが武左衛門の咄に聞き入ってしまっている。

「にせ屋島」の言い立てが見事に決まったところで、お春がにっこりして、隣に座っている流宣の膝をぽんぽんと突《つつ》いてきた時は、実はもう流宣も、お春の耳に今、音が聞こえていないことは、さほど気にならなくなっていた。

「三席目はどうしましょう」と武左衛門が言うと、お春は「人の情け」と書いた。今、武左衛門が「町内の若い衆」としてやっている、流宣が作った咄だ。

「……『いやいやお内儀さん、このたびはめでたく無事ご出産、大変でしたな。しかも大きな男の子。ご立派なことで』見舞客がこう言いますと、お内儀『いえいえ、町内の若い衆がよってたかって……』おあとがよろしいようでございます」

落ちまでしゃべって武左衛門が頭を下げると、みなから笑い声が起きた。

「落ちも何もようく知ってるんだけど、面白いよね」

師匠が顎をふるふるさせている。お清が横でくっくと声を立てた。

お春が手元の冊子に「とっても面白かった。どうもありがとう」と書いた。

「お安いご用。まだまだやりますよ。何がいいですか」

武左衛門がそう言う。お咲も頷いている。

お春は何か考えているようだ。

その横顔を見ながら、流宣は豆絞りで目尻を頻《しき》りに拭った。

——妹に書く離縁状ってのはねぇんだろうけど。

それでも、万が一の時、お春が頼れる人を、作っておこう。いや、もう、何人もいると思って、いいんだろうな。

いつまでも自分だけが頼られていると思うのは、たぶん兄の思い上がりなのだ。

ありがたいような、寂しいような気がした。

八　流人船

1　矢立

「傍目には荒っぽいな、乱暴だなと思うようなことでも、それはそれで、当人たちにはそうでなきゃあならねぇってぇ理由がある、というようなこともございやす。たとえば、馬子などというものは、丁寧に『ほら、お馬さんよ、お馬さん。お願いですから動いてくんねぇな』などと悠長に言っていたんじゃあだめなんだそうで。『どう！　どう！　おらおら、そこを真っ直《っ》ぐ、角を左《しだり》に。あっちだ。こっちだ』とうるさく言ってやらねぇと、馬は、今これから、己が己の脚で歩まにゃならねえんだってことを合点しねぇんだそうで……」

　武平が咄を始めると、客からさまざまな笑いが起きた。

他愛なく笑っている人は、武平が馬に向かって下手に出て、丁寧に話しかける声の調子や仕草を単に可笑しく思った人だろう。

一方、にやっと目を動かして笑った人は、「馬」＝公方さまと解釈した穿《うが》った見方をして、母親の桂昌院や側用人の柳沢吉保からさぞあれこれ指図されている公方さまのことを胸の内でこっそり皮肉って楽しんでいる人かもしれない。

昨日は明らかに役人と分かる者が来ていたので、やるつもりだった「後生《ごしょう》犬」や「馬の尾」は引っ込めて、他の咄に変えた。

咄を全部終えて小屋を仕舞うまで、役人たちはあちこち眺め渡したあげく、武平に「くれぐれも、流言飛語《りゅうげんひご》、人心を乱し惑わすような文言は慎むように」ともったいぶって厳めしく告げた。「ご大層な態度の役人はたいてい金で転ぶ。いくらか包んどきゃあ、しばらく来やしねぇよ」という流宣の言に従い、銭を包むと、役人は鼻に浮きかけた笑みをひた隠しにしながら出て行った。

さて、今日はどうだろう。マクラをしゃべりながら、客がどこでどう笑うかを見る。

役人や手先がいると、たいていはすぐ分かる。

咄をやる武平が業深《ごうふか》なら、客はいわば欲深《よくぶか》だ。武平がいつうまいこと、面白いことを言うか、やるかと、耳も目も、今か今かと待ち受けている。一つでも見逃し聞き逃しをしたらもったいないと思っている。それが大方の客の態度だ。

役人にはそれがない。はじめから笑う気のない目と耳でいるから、まず、客の体の揺れや笑い声の波に取り残される。そこを見逃さず、様子に気をつけながら、咄に入る。

先日から、お咲の三味線の入る咄は、中橋の小屋ではやらないことにした。表向きは「三味線の師匠に来てもらうとおあしが余計かかります。そういう仕掛けの入る、大きな咄の聴きたい方は、どうぞ座敷をかけておくんなさい」ということになっているが、正直なところ、万が一にもお咲を巻き添えにしないためである。

お咲本人はいささか不本意そうだが、「お花ちゃんやお芳さんのためだろう」と流宣に強く言われて、納得したようである。

また、これも流宣の発案で、小屋を開けている間は、清兵衛と竜吉の兄弟が客に見えない位置で見張りに付いてくれるようになった。

武術の心得のある彼らは、人の気配などを読むのも長けているし、顔見知りの侍も多く、怪しげな者を見分けるのにも重宝だ。一度は自分の命を奪おうとした人に助けてもらうのは妙な気分だが、どうやら二人とも、今の公方さまに対しては、あまり良い感情を持っていないのか、流宣の頼みをすんなりと聞き入れてくれた。

——今日は大丈夫そうだ。

一通り客の反応を窺《うかが》って、武平は「馬の尾」をやり始めた。

釣り糸の代わりに馬の尾の毛を使うと良いと聞いた男が、たまたま往来に繋いであった白馬から尾の毛を数本失敬する。そこへ知り合いが通りかかり、「馬の毛を抜いただと！　おまえ、なんてことを！　馬の尾の毛を抜くとたいへんな目に遭うんだぞ」とひどく脅す。

何か祟《たた》りでもあるのだろうかと恐れた男が「どんな目に遭うのか教えてくれ」と言うと、知り合いは「こんな大変なこと、ただで教えてやるわけにはいかない」と渋る。そこで男は知り合いを家へ招き入れ、酒肴を振る舞う。知り合いは答えを引き延ばし引き延ばし、さんざん飲み食いしていく。しびれを切らした男が答えを迫ると、

「馬の毛を抜くとなぁ、馬の毛を抜くとなぁ……」

ここまでしゃべって、ふっと間を空ける。客がみな「どうなるんだ？」とぐっと前のめりになるのが分かって、武平は胸のうちで「よし！」と手を打ってしまう。

本来なら他愛ない咄なのだが、何せ今のご時世では、「馬の尾から毛を抜く」というのも、事と次第によってはお咎めを受けることかも知れないと、みな戦々恐々としている。いったいどういう答えなんだ、と客の耳がぐぐっと傾いたところで、

「馬が痛がるんだよ」

と落ちを言うと、どっと一気に人々の気持ちが抜けて、「なぁんだ」とあちこちで息が吐かれ、笑いが起きる。

常連で落ちを知っている人は、他の客のそうした反応を楽しんだり、「何をしようと、結局公方さん一人が痛がってるだけってことさ」という穿《うが》った見方を落ちに勝手に重ねてにやりとしたりしているようだ。

次の咄に入ろうとしたとき、浪人ふうの客が懐に手を入れた。矢立を出して、小さな冊子に何か書き付けている。

――やめてくんないかな。

矢立を使う人がいると、気が散ることこの上ない。

書き留めるという仕草には手間暇がかかる。筆と紙とをいじっている間に、咄の方は次へ次へと進んでいくから、矢立を使う人は必ず、次の台詞や段取りを聞き損なって、他の客が笑っているのを見て「あれ？」という顔をする。せっかくこっちがとんとんと運んでいるのに、そういう、文字通り「間抜け」な聴き方をして欲しくない。やっている側からは、その様子がよく見て取れてしまうから、いらいらする。

加えて、咄を書き留められることそのものも、武平は嫌だった。

人の記憶や解釈ほど、あやしいものはない。何度も聞いて耳が覚えている芝居の台詞でも、改めて見に行ってみると、全部を正確に覚えていることは滅多にないものだ。まして咄はなおさらで、人の咄をそのまま記したつもりでも、どこがどう変わっていくか分からない。よしんば正確に書き記していても、その場にいなかった人には、どんなふうに違った意味合いで受け取られるか、分かったものではない。

これは、珊瑚之会を長くやって分かったことだ。旦那方が出してくれた咄を、武平がはじめて口演で披露すると、「私はそういうつもりで作った咄ではなかった」「落ちはそういう意味ではない」などと、驚きやら苦情やらが存外様々あって、さても人によって面白みのツボとは異なるものよと、こちらが改めて驚くことが何度もあった。

仲間内でさえそうなのだから、見知らぬ者に勝手に書き記されて、他へ持ってなど行かれてはたまらない。

「えー、矢立なんぞお出しになって、この武左衛門の言ってることを書いておこうなんて方は、まあ墨と紙の無駄ですから、どうぞおやめになっておくんなさいよ」

まずこう言ってみる。

矢立を持っている客がこちらに目を向け、他の客はきょろきょろし始めた。

――うーん、どう言えば、おさまるかなぁ。

「ええ……。咄家の言うことなんぞ、ぱあぱあぱあぱあ、千に三つのせんみつならまだしも、万言ったたって空っぽのまんがらってぇくらいで、まともなことはひとっつもありゃあしません。咄は咄、口から出たら仕舞いです。書き留めようなんて野暮の骨頂、愚の鉄砲、咄家の瓢簞《ひょうたん》から駒は絶対出ねぇって、ものが矢立なだけにお墨付きがございやすよ。そういう方がいらっしゃると、わしは小っ恥《こば》ずかしくって咄が続けらんなくなっちまいますからね、どうぞおやめ下さいますように……」

客の目が一人の客に集まった。浪人ふうの男はばつが悪そうに、矢立を懐へ仕舞った。

咄が終わると、緋縮緬の羽織姿で入り口に陣取り、木戸銭を数えていた流宣が口の端を歪めて笑った。

「武左衛門、即興であの言い立てはなかなか良かったぞ」

2 世直し

早いもので、宗倫がこの世から去り、朝湖が江戸を追われてから、来月で一年になる。

朝湖からは三ヶ月ほど前に一度、便りがあった。

無沙汰を詫びるとともに、「とある貴人に匿《かくま》われて気楽に暮らしているから安心してほしい」と書いてあって、吉原と思しき景色を描いた画がいっしょに送られてきた。

手紙を預かってきたのが吉原きっての大見世の一つ、茗荷《みょうが》屋の若衆《わけえし》で、しかも宗倫の供養にと大枚十両の金まで届けられたところを見ると、その貴人とやらはよほど良い旦那なのだろう。流宣は「どこかの大名かな、うまくやりやがって」と知りたそうにしていたが、武平とお咲、それに師重は「朝湖さんらしいね」と笑い合っただけで、肩の荷が一つ下りた気がした。

朝湖の無事が分かるとともに、武平や流宣の方も、一時のぴりぴりした思いは薄れ始めていた。役人らは相変わらずうろちょろするが、本の開板でなく、咄のみであればお目こぼしなのか、あるいは時々渡す小金が効いているのか、これといって咎められることもなく過ぎていた。武平は一時あまりやらなかった「馬のもの言い」のマクラを、時々またやるようになっていた。

「……鹿がいつものように山を散歩しておりますと、いつものように馬殿がぱかぱか、歩いて参ります。『おーい馬殿、今日もご機嫌だねぇ』と声をかけようとしますと、後ろからおつきの牛が必死で追いついてきまして、『もうもう、馬殿、そんなに出歩いては困ります、まして、こんな卑しい鹿の話に耳を傾けたりしてはなりません』『ひんひん、なぜじゃ』『馬と鹿がいっしょにいてはいけないのです』『だからなぜじゃと尋ねておる』……」

こんなマクラを振ってから「馬の尾」だの「後生犬」だのをやると、客はたいそう気持ちよさそうに笑う。「町内の若い衆」や「探し家」など当たり障りない咄も、変わらず人気があった。

ただ、咄を書き留めようとする者への対応には、なかなか苦慮していた。武平の言い立ても、何度もやっているうちに客が慣れてしまって、以前ほどの効き目がない。

中でも武平がこの頃嫌だなと思っている客が、一組あった。

「武左衛門殿。また来ておりますよ。困りましたな」

清兵衛が律儀そうな濃い眉をぐっと寄せて、武平に囁《ささや》いた。

「そうですか。いったい、どういうつもりなのかな」

「あの無粋な二人組、また来てやがるのか。しょうがねえ」

流宣もこの二人には嫌な顔をする。

本卦還《ほんけがえ》りに手が届きそうな、大店の主人ふうの小男と、二十代半ばの大柄な侍の二人連れだ。

「だいたいあいつら、姿形《なり》が気に入らねぇ。あれで洒落てるつもりでいやがる」

金は相応にあるのだろう、小男の方は、着物、羽織、羽織紐、煙草入れに根付け、どれも一見、染めや織り、細工の凝ったものばかり、とっかえひっかえ身につけているが、組み合わせがどうもうまくない。色も細工も多彩過ぎて、かえってごちゃっと、雑多に我楽多《がらくた》な風情で、品下《しなくだ》ること甚だしい。

どう見ても出来損ないの傾《かぶ》き者なのだが、本人は「鷹揚《おうよう》で洒落の分かる旦那」のつもりでいるらしく、木戸銭を払う時に余分に祝儀を出したり、「武左衛門に」と言って時々墨や筆、酒などを差し入れしてくれる。ただ、身につけている品も、武左衛門にくれる品も、よく見ると実は存外安物ばかりな上、他の客に向かって「自分はここの常連、上客だ」という態度を露骨に取るのが鬱陶《うっとう》しい。流宣は「あんなに気取るなら小屋に来るんじゃなくて座敷をかけやがれ」とぶつぶつ言っている。

侍の方は、姿形はまあ多少色や模様の派手なものを着ているといった程度だが、こちらはどうやら書見好きらしい。それは構わないが、咄の前や間に、やたらと自分の知識を周りにひけらかすようなことを声高にしゃべるのが噴飯ものだ。

武平が咄の材料に使っている『醒睡笑』や露の五郎兵衛の咄本、西鶴の浮世草子などをずいぶん読んでいるらしく、知っていることをこれ見よがしに述べ立てるのだが、たまに武平や流宣の耳に入るその解釈には、どう聞いても誤解や知識不足が目立つ。

まさか他の客のいる前で訂正してやるというわけにもいかず、二人ともいらいらすることこの上ない。おまけに咄の中身を「これは世のためになる」「あれは風刺が効いていて良い」などと大声で評するので、昔からの本当の常連さんの中には、彼らの姿を見ると帰ってしまう人もいるほどだ。

この凸凹《でこぼこ》で嫌みな組み合わせはどこの馬の骨だろうと思っていたら、清兵衛と竜吉が侍の方を見知っていて、次第に素性が割れた。侍は直参《じきさん》旗本近藤貞用《こんどうさだもち》の家中の筑紫《つくし》園右衛門《そのえもん》、小男の方は神田須田町《かんだすだちょう》の八百屋、惣右衛門《そうえもん》というらしい。

「園右衛門さんは議論好きなお方で。我々の客のお一人ですが……正直面倒くさいお方ですよ。すぐムキになって。議論で負けるのが何よりお嫌いです。今の公方さまのことをあちこちで批判するので、ご友人がみなさん閉口なさって。思うことはあっても、お立場上それぞれ言えぬこともあるのを、『そんなことも黙っているとはそなたらは腰抜けかぁ！』などと恫喝《どうかつ》したりするんですよ」

「八百屋はなぜか園右衛門さんを可愛がって、あちこち連れて歩いているようです。論客無頼《ろんかくぶらい》を子飼いにして、憂国《ゆうこく》の徒《と》を気取っているつもりなんでしょう」

「お旗本の近藤さまと言やぁ、ずいぶんご立派なお方じゃないか。なのにあんなへんなのがご家中にいるとは、名折れだなぁ」

流宣が口を歪めた。

「なんでそんなお人がわしの咄なんぞ聞きに来るようになったんかなぁ」

武平が何より嫌なのは、咄を聞いている間の、この凸凹二人の態度だった。

大げさに相づちを打ったり、妙なところで妙な合いの手を入れてきたり、他の客が無邪気に笑っているときに「ふふん」と鼻で嘲笑うような音をわざと大きく立てたり、とにかくやりづらいことこの上ない。しかも園右衛門の方はすぐ矢立を出したがる。

武平が咄の合間にやんわりと咎めても、惣右衛門が「自分たちは常連だから許されている」とでも言わんばかりの顔でにこにこと園右衛門を見やって、むしろ得意げにしているから、たまったものではない。

「今日も矢立を出したら、あとで呼び止めましょうか。直接言わないと、全く意に介してなさそうですから」

竜吉がそう言った。武平は迷ったが、「そうしてもらいやしょう」と言った。

武平は、「火見櫓《ひのみやぐら》」「異名業平《いみょうなりひら》」「馬の顔見世」の三つをやった。「馬の顔見世」は本当はお咲の三味線が欲しいところだが、昔からやっていて、繰り返し聴きたがる人の多い咄なので、近頃は三味線なしでもやることがある。

「馬の顔見世」で、園右衛門が矢立を出し、何か書き付けているのが見えた。

武平が「お粗末でございました」と頭を下げて引っ込むのと入れ違いに、清兵衛と竜吉が客のあとを追って行き、まもなく凸凹を連れて戻ってきた。

――なんだこいつら、にやにやしやがって。

どうやら、こちらの苦々しさはまるっきり伝わっていないらしい。

「いやいや、これは、申し遅れましたな。私は神田須田町で八百屋を営んでおります、惣右衛門と申します」

――知ってるよ。

だからなんなんだよ、と言いたいのをぐっと堪えて次の台詞を待っていると、流宣が割り込んできた。

「小屋で矢立を使うのはやめてくれって何度も武左衛門が言ってるはずだ。いい加減に……」

流宣のしわがれ声を、園右衛門の胴間声《どうまごえ》が思い切り遮《さえぎ》った。

「いや、武左衛門殿。そなたも、我らと同じく、志のある者とお見受けする。このところ聴かせてもらったところでは、咄、そして笑いというのは、民に訴える力が強い。ぜひ我らに加勢し、世直しのために今後とも力を尽くしてくれ」

――世直し？

「……そもそも、今のご治世には失策が多すぎる。改易《かいえき》、減封《げんぽう》、転封《てんぽう》を乱発して諸家を恫喝したあげくに、柳沢の横暴。そうは思わぬか……」

園右衛門はその後も滔々《とうとう》と自説を述べ続けていたが、武平の耳には一切入ってこなかった。

「帰っておくんなさい。わしらは、世直しのことなんざ、ちっとも考えちゃあおりやせん。おあいにくで。そんな高尚なことを考える気高い人品は持ち合わせておりませんので」

――ってやんでぇ、べらぼうめ！　さっさと失せやがれ！

本当はこう啖呵を切りたいのを、武平は必死で堪えながら下手に出た。これでも、一応、相手は客だ。

ぎりぎりの言葉を選んでいた武平の肩を、惣右衛門が馴れ馴れしくぽんぽんと叩いた。

――触るな。

「武左衛門、そう謙遜しなくても良いよ。私の見たところでは、おまえさんはとても気概があって……」

皮肉《いやみ》と謙遜《へりくだり》の区別もつかないのか。おまえなんぞに呼び捨てにされる覚えはない。

ことさら鷹揚を装ってにまにま笑う爺に、思わず拳を振るいたくなるのを懸命に堪えていると、園右衛門が再び、大声を出した。

「笑いにこそ、人の気持ちを動かす力がある。世直しのために役立てるべきだ。ぜひ我ら……」

――うるさい！　失せろったら失せろ。

こめかみの辺りがぴくぴくする。

叫び出しそうになる武平の横で、流宣が心張り棒を握った。

「さ、もう小屋を仕舞わなきゃいけないんでね。帰っておくんなさい」

まだまだ未練《みれんげ》気に何か言いたそうな凸凹を、流宣が棒で押し出すようにして外へ出し、木戸をぴしゃりと内側から閉める。武平の耳の後ろにじっとりと流れ出た汗を、すきま風がひやりと吹いて、急に背筋が震えた。

しんとした薄暗い小屋が、まるで化け物屋敷にでもなったようだ。

「先生方は、これからそれぞれご自分のお座敷がおありでしょう。どうぞそちらへおいでください。ご苦労様でした」

流宣はそう言いながら、木戸の脇にあったお清めの盛り塩を手に取り、兄弟にばらばらと塩を振って送り出した。

「こうでもしねぇと。悪い気が染みるといけねぇ……武左衛門、おまえとはしっかり厄落としだ、ちょいとそこで一杯やろう」

小屋を出た流宣は、武平を連れて馴染みの屋台に腰を掛けると「いつものやつ」と言った。

――また馴鮨《なれずし》か。

熟《う》れた米の酸《す》い味が実は苦手な武平は、魚の方ばかりつつきながら、酒を飲んだ。流宣はこの酸い食べ物がことのほか好きらしく、ぐずぐずと柔《やわ》い米の粒を口へ入れては「酸っぺぇー、うめぇー」と繰り返している。

互いに黙ったまま、徳利が五本ほど並ぶと、ようやく、流宣がしゃべりだした。

「何なんだ。何なんだこの、気色悪い感じは。なあ。おれたちは、世直しなんざ、どうでもいいんだ。面白かったらいいんだ。みなに『面白ぇ！』って言わせたいだけだ。そいでおあし払ってくれたらいいんだ。そうだよな？」

そのとおりだ。それだけだ。

「けどな。宗倫の旦那みたいに、面白ぇことを言いたいばっかりに、お上に命を取られる人がいてだなぁ。それから、今のおれたちみたいに、毎日、役人の動きをこそこそ気にしたり、袖の下摑ませたりしなきゃいけなくて。そんなのが続くとしたら、やっぱりおれたちも、世直しとやらのために、何かしなきゃいけねぇのか？」

そうなのか？　流宣が何を言いたいのか、武平にはなかなか見えてこない。

「ただ『面白きを面白き』でいい。画でも咄でも浮世草子でも、なんでもいいんだが、人を楽しませよう、それでおあしをもらおうってのは、それでいいんじゃないのか？　世直しのためにこっちが何かをするってのは、やっぱり、おれは気に入らねぇ。世直しは世直し、遊びは遊び、別のもんだ。なあ？」

良かった。武平はほっとした。

「わし、それでいいと思う」

「だろ？　そう思うんだ。別におれたちは、ご政道や公方さまについて何か言いたくてやってるわけじゃねぇ。今、客がどんな咄を面白がるか、それを考えてると、ついつい公方さまの周辺のネタが多くなるっていうだけだ。それだけだ、な？」

「うん」

相づちしか打てない。情けないが、仕方ない。

「けど、『面白きを面白き』を言うのに、お上があれもいけねぇ、これもいけねぇってやたら横槍入れてきたら、やっぱり、おれたちが世直し、やらなくちゃいけねぇのか？　そうじゃ、ねぇよなあ……」

――そうじゃねぇよ。

そう思いたい。

「おかしいよなぁ。ちぇっ、話が堂々巡ってやがる。どこがおかしいんだ？　くそっ、なんで落ちがつかねぇかな」

流宣にも、付けられない理屈や落ちがあるらしい。

もちろん武平にも、何の案も浮かんでこない。

酸い米の味が唾を誘って、口の中でずっと後を引く。

徳利がずらっと並び、頭も気分もべろべろになって、屋台の親父から追っ払われても、二人とも頭の芯のどこかが、最後まで酔えないままだった。

3　コロリ

惣右衛門と園右衛門の凸凹は、その後も何度か小屋へ来た。客として来る者を断れば角が立つので、入れることは入れるものの、木戸銭以外は祝儀も差し入れも、凸凹からは今後一切受け取らないようにしようと、流宣も師重も申し合わせて応対した。

また武平が凸凹に直接声をかけられる隙を作らぬよう、小屋への出入りを工夫した。

さらに、武平自身も、「誰かが矢立を出したら、途中でも咄を止めて引っ込む」と客に公言してから咄を始め、それを本当に何度か実行してみせたので、さすがの園右衛門も他の客から罵声《ばせい》を浴び、以来懲《こ》りたのか、二人はあまり姿を見せなくなった。

元禄六年（一六九三）の春、正月気分も薄れた頃、お芳とお咲が台所でなにやら話し込んでいた。

「二人とも、何かあったのかい？」

「ああ、おまえさん、いえね……」

お咲がちょっとため息を吐いた。

「この頃やたらと、梅干しが高いんですよ」

「梅干し？」

そう言えばこの頃、朝の膳にあまり載ってこない。

「平さん、コロリって知ってるかい？」

お芳が尋ねてきた。

「コロリ？　なんですかね、それは」

「そう、平さんでも知らないんだ。どうも、ねぇ。病気の名だって言うんだけど、あたしの周りじゃ、誰もどんな病気だか知らないんだよ。そうだ、一度流宣さんに尋ねてみてくれないかい」

お芳にとって流宣は、知り合いの中で一番の物知りということになっている。

「いいですけど、そのコロリと梅干しが、なんか関わりがあるんで？」

味噌瓶をのぞき込みながら、お咲が「変な話よ」と言った。

「もうすぐコロリという大変な病が流行る。罹《かか》らないためには、南天の実を煎じて梅干しと合わせて飲むと良いって、なんだかよく分からない噂が広まってんの。それで梅干し、いつもより余分に買う人が増えてるみたい。自分ちで漬けててたくさん持っている人はいいんだろうけど」

お芳が、「うちは去年、漬けるのしくじっちまったからね」と残念そうな顔をした。

「縁日の植木市じゃ、お正月は過ぎたってのに、南天の木がずーっと高値らしいし」

妙な話を聞いたものだと思いながら、武平は師重のところに顔を出した。

「これは武左衛門さま、今我が君をお呼び申すによって、しばしここにてお待ちくだされ」

お清の言葉はずいぶんこなれてきたが、態度の丁寧さは変わらないようだ。

いつもの座敷に上がって待っていると、師重はすぐに出てきた。

いない。


「平さん、良いところに来た。実は私の方から行こうかと思っていたんだよ」

師重はそう言うと、四、五丁ほどの薄い冊子を広げた。

「これは、検印がないから素人の板だね。これだけでもうお咎めものなんだが」

たとえ一枚切りの瓦版でも、組合に届けずに何かを開板することは、今は許されていない。

——え、なんだこれ。

武平は目を疑った。

……馬のもの言い　世の病平癒《へいゆ》の方　その壱　コロリ
コロリとは南蛮より来たる病なり。世の治め国の守り軟弱なる時、襲い来たる。

コロリコロリと人の命落つるべし。まず予防には……

文章が拙いからか、あるいは敢えてそうしているのか、文意が曖昧で、本当にコロリという病があるのか、それともご政道を皮肉って「今南蛮から襲われたら大変だ」と人の不安を煽《あお》るつもりでありもしない病を拵えたのか、判然としないが、驚いたのはその仕立てだった。

鹿と馬と牛の画が描いてあり、鹿が「今にコロリがくる」とまるで易者のように呟き、それに対し、馬が「梅干しと南天を煎じて飲め」とぼんやり呟き、牛が「もうよし、もうよし、それでよし」と合いの手を入れている。馬はその背に犬を乗せた姿で描かれていた。

穿って見れば、世の不安を憂う鹿に対し、呪《まじな》いめいた愚かな策を呟く馬＝綱吉公、それをただただ認める牛＝柳沢吉保の図とも読めないことはない。

「こんなもん出されたら、見る人が見たら、わしが言ったことみたいに読めるじゃないか」

冗談じゃない。

「だろう？　まずいと思って、見つけたらとにかく、買い取ってでも片っ端から集めてきてくれるように、知り合いに頼んで回ろうと思ってるんだけど、どれだけ広がってるものだか、分からないんだ」

梅干しが値上がりしているほどだから、よほど広まっているに違いない。武平は頭を抱えた。

「誰だ、こんなものを」

言いかけて、師重と目が合った。

――そうだ。間違いない。

師重と武平はすぐに、神田須田町へ向かった。

惣右衛門の店、八百惣はかなりの大店ですぐ分かったが、惣右衛門はと尋ねても、店の者は誰一人、まともに返答してくれなかった。

「ご隠居はもうずいぶんここには来てませんよ」

「じゃあ、隠居所はどこだ」

「さあ。そう言われても……」

隠していうのか本当に知らないのか、押し問答を続けていると、奥から今の主人らしい中年男が出てきて言った。

「父が何をしたか知りませんが、うちじゃあ本当にどこにいるか知らないんですよ、隠居してからどうも気ままになっちまって。そう言えば昨日もそんなことを聞きに来た人があったが、うちは客商売ですからね、店先でごちゃごちゃ言われるのは迷惑です。帰ってください」

追われて歩き出す。もう一人は筑紫園右衛門だが、お旗本の屋敷なんぞ、訪ねて行っても門前払いされるのが落ちだろう。

仕方なく長谷川町の方へ戻ってくると、途中で流宣と行き会った。

「今行ったらおまえたち二人して留守ってぇから……もしかして、八百惣へ行ったのか」

話をしながら、再び師重のところへ戻る。流宣も昨日八百惣へ行ったらしい。

「まあ十中八九どころか、九分九厘《とうしろう》あいつらだろうが、証拠はねぇし。しかし、拙《まず》い画と文だなあ。これだから素人は困る。こういうことと、人を面白がらせることとは、どだい話が違うんだよ」

流宣の懐にも、同じ薄い冊子があった。

「宣さん、どうしよう」

武平はどうにも不安だった。何か、脚のやたらと多いものが心の臓をぞわぞわと這っていくような心持ちだ。これを虫の知らせと言うのだろうか。

「落ち着け。だいたい、まだこれが役人の目に留まったわけじゃねえ。万が一留まったからって、それがあの二人と結びついて、またさらに武左衛門の咄と結びつくなんぞ、そんな下手な説法よりひでぇ運びと落ちの話が、あっていいもんか。堂々としてりゃぁいい。一応、知り合いにはみな呼びかけて、この冊子はできるだけおれたちの手元に集めて、ぜんぶ燃やしちまおう」

「うん。そうだ、そうだよね。さすが宣さんだ。な、平さん、私もそう思う。だいじょうぶ、何の心配もいらないよ」

――そうだよ、な。

しかし、虫の知らせは――本当に虫の知らせだった。

4　濡れ衣

「長谷川町　鹿野武左衛門こと喜六、出ませい」

――またお調べか。

武平は、人別帳の上では、昔、章太郎が書いてくれたままの「喜六」である。

今思うと、あの時お咲に言われて離縁状を書いておいて、本当に良かった。

「その方、この冊子にはどうしても関わりないと申すか」

役人は、武平の目の前にコロリの冊子を置くと、筆の尻で指し示しながら、尋ねた。ため息交じり、面倒くさそうなのがよく分かる。

「はい。わしはそんな冊子、書いた覚えはありません」

「八百屋の惣右衛門と、浪人の筑紫園右衛門は知り合いか」

「わしの咄を聴きに来てくれていた客というだけで。友だちや旦那というのではありません。直接口をきいたのも、一度きりで」

「そのときは何を話した」

「咄をしている途中で、書き留めようとなさるので、やめてくれと言いました」

「それだけか。冊子を作るにあたり、何か談合をしたというようなことはないか」

「一切、ありません。その人たちがそんなものを作ったなんて、まったくわしの知らないことでした。本当です」

何度聞かれ、何度答えただろう。

捕らえられた時は、いったいどんなお調べが待っているのか、棒や鞭《むち》で打たれたり、石を抱かされたりするのだろうかと、恐ろしさで一杯だったのだが、牢で知ったところでは、そうした責めに合うのは、人殺しや放火《つけび》の疑いのある者だけだということだ。しかし、体への責め苦はなくとも、繰り返し繰り返し、同じことを聞かれ、同じことを答え、そうしてずっと同じ場所に留め置かれている痛苦は、味わったことのない者には分かるまい。

――くそ。あの凸凹め。

武平が捕らえられたのは、十月十日のことだった。十日ほど前に、惣右衛門と園右衛門が捕まり、この「鹿と馬と牛の会話」を考案したのは武左衛門だと証言したらしい。

――神無月か。

宗倫と朝湖が捕まったのもそうだった。神無月というが、本当に、武平たちの側から神さまがいなくなるらしい。

しかし、神さまが出雲から戻ってくるはずの霜月になっても師走になっても、武平のお裁きは下らず、牢から出られぬままだった。

宗倫と朝湖の時には、確か捕まってから十日ほどでお裁きが出たのに、これ以上何を調べられるというのか、武平はずいぶん長く待たされる。

「その方は、咄をする芸人であるな。その咄の中で、馬が物を申す咄というのがあるのか」

これも、何度聞かれたか分からぬ問いであった。

「わしの咄は、お客さんが聞いて面白いと言ってくれることは、なんでもありです。だから馬に限らず、いろんなものがしゃべります。狐、狸、蚤《のみ》、虱《しらみ》、腹の虫に疝気《せんき》の虫だって口をききます」

「問われたことだけ申せ。馬が物言う咄はあるか」

「はい。ございます」

「さようか」

同じ問答だ。咄の稽古でも、こんなに同じ言葉を日々繰り返したことはないかもしれない。

一介の店借りの町人に過ぎぬ武平は、宗倫や朝湖と違って、揚がり座敷別扱いというわけにはいかず、お裁きを待つ他の七、八人ほどの咎人《とがにん》たちと相部屋だ。飯がまずくて、嫌な臭いがして、時々病人が出るのには、ずいぶん閉口である。

それでも、師重とお咲の差し入れのおかげで、牢で出される飯以外のものも時々は口にできるのと、部屋の最古参である掏摸《すり》の銀次《ぎんじ》という者に気に入られたのは、ありがたかった。

銀次はもうかれこれ半年ほどここにいるといい、「どうせおれは死罪に決まってるから、好きにさせてもらう」と部屋で一番威張っていた。

牢に入ってすぐ、銀次から、「おまえ、もしかして鹿野武左衛門か？」と問われた。そうだと答えると、「そりゃあいい、ここで咄、やってくれねぇか」と言われた。

「おれ、中橋のおめぇの小屋、ちょくちょく行ってたんだが、落ち着いて咄を聴いたことがあんまりなくってな」

「なんでですか」

「そりゃあおめぇ、客の懐ばっかり狙ってたからよ」

「あれ、わしの客から財布盗んでたんですかい。困ったお人だ」

「まあいいじゃねえか。それにおめぇの客、あんまり金持ちいなかったぞ」

銀次とそんな会話をすると、呆《あき》れつつも、いくらかは気が紛《まぎ》れた。咄をやってくれという求めにはさすがに面食らったが、やってみると、咄をやっている間だけは、捕らえられている怒りや裁きを待つ恐ろしさを、少しだが忘れていることができた。

「へえぇ。そんな咄だったのかい。面白ぇな。ちゃんと聴いときゃ良かったな。おれも一応木戸銭六文払ってたんだぜ」

銀次の他に、「咄ってのははじめて聴く」という空き巣狙いの男や、やたらとめそめそ泣いてばかりいるお店者《たなもの》などもいた。店の金に手を付けてしまったのだという。

そんな者たちと一つ部屋にいると思うと、正直情けなくなる。自分は本当に何もしていない、こんな咎人たちと一緒にされてたまるかという怒りが改めてふつふつと沸く思いではあったが、とりあえず、武平は、咎人であっても何であっても、聴いてくれる者さえいれば、ひたすら咄をやり続けるしか、気を紛らわす手段がなかった。

それでも、不安と憤懣《ふんまん》とは積もり積もって、眠れぬ夜もしばしばだ。そういう時には、頭の中で自分のできる咄を順繰りに、ひたすらひたすら、繰り返して過ごす。そうしていないと、頭も心も、狂って壊れてしまいそうだった。

――お咲。顔が見たい。

牢番がこっそり持ってきてくれたお咲の手紙によると、流宣は武平が捕まった直後から、行方をくらませているという。

お咲は、流宣の妹のお春を師重のところに住まわせ、清兵衛と竜吉に流宣を探してもらっているが、今のところ消息は知れないとも伝えてきていた。

――逃げやがって。

お咎めはどうやら武平だけで、師重やお咲には何の沙汰もないそうだから、流宣にも特に逃げる理由はないのだが、それでもさっさと姿を消すというのは、いかにも流宣らしい。ただ、あの妹思いの男がお春をほったらかしというのは、解《げ》せないところではある。武平は苦々しさと訝《いぶか》しさの混じった気持ちで、その便りを読んだ。

師重夫婦の助けもあり、お咲は気丈にお花の面倒を見ながら暮らしていてくれるようだが、便りの中に一つ、ひどく悔しいことが書いてあった。

武平が捕まった直後、役人が長屋を家捜しして、家中を荒らしていき、咄の案を書き付けたものなど、ごっそり持って行ったというが、どうやらその時、赤井御門守さまから頂戴した掛け軸まで一緒に持って行かれたらしいという。どこをどんなに探してもお軸の姿が見えないと、お咲はひどく嘆いて詫びの言葉を連ねていた。

――鹿と馬と牛、描いてあったからな。

何かの証拠のつもりで持って行ったのだろう。

しかし、あれが家から消えたという知らせは、守りご本尊が消え去って、すべての運から見放されたような、心細い気持ちにさせた。

牢に入れられたまま、とうとう年が暮れた。

月日が経っても、牢の中は顔ぶれが少しずつ入れ替わるだけで、他には何の変化もない。

武平はだんだん、咄を人に聞かせる気力も、頭の中で繰る記憶も、怪しくなってきた。

──今日は、何月何日なんだ？

牢の暮らしは時の感覚を狂わせる。

季節を感じられるのは、吹き込んでくるすきま風だけだ。

──お咲。助けてくれ。

確か一番最近読んだお咲の手紙には、「次の節句にはきっと帰って来られるように、毎日祈っている」と書いてあった気がする。ということは、二月なのか……。

「長谷川町、喜六。出ませい」

──またか。

「本日、お裁きが下る。心して聴くように」

──お裁き？

わしは、何もやってない。ただ、咄をやっていただけだ。

それだけだ。

5 御蔵船

「お咲、お花……」

今日別れたら、次はいつ会えるか分からない。そう思えば、しっかり顔を見たいものを。

次から次から、あふれ出る涙で目が曇る。

六歳になったお花は、手や腰に縄を付けられた父親の姿を見て、子どもなりに事の大きさを感じているのだろう、お咲の着物の端をぎゅっと握って、父親と母親の顔を交互に見上げている。

「おまえさん……どうか、どうか、ご赦免《しゃめん》まで、体を大事にしておくれよ。どうか……」

武平はこれから、伊豆大島へ遠島になる。

こんな裁き、どう考えても納得できるはずがないが、もうどうすることもできない。

「平さん。きっとお赦しが出る。気をしっかり持って」

「重さん。どうか、お花とお咲のこと……」

「分かってる。心配するな。平さんは自分が帰ることだけ、考えるんだよ」

少し離れたところから、お芳とお清、お春が、涙を拭きながら、こちらを見守っている。

一昨日の朝早く、武平は小伝馬町の牢屋敷で唐丸籠《とうまるかご》に押し込められた。

――鳥かごよりひでぇな。

籠の粗い編み目から、ちらりと明け方の空が見えたが、すぐに見えなくなった。咎人が入っている時は、上から筵《むしろ》が掛けられるのだ。

遠島と決まった者は、まず牢屋敷から新大橋まで運ばれるらしい。

――どの道通っていくのかな。

小伝馬町から新大橋なら、どの筋を取るにせよ、途中、武平には目馴れた場所を幾つも通っていくはずである。たとえば浜町堀ならば、住まいの長谷川町だってすぐ脇だ。

新大橋で籠から下ろされると、次は舟だ。手を縛られ、腰に縄がついたままでの姿で舟に乗ると、さっきの籠道中とは打って変わり、今度は視界が開けたが、川の青も空の青も、しょせん島送り道中の浅葱幕《あさぎまく》、もはやただただ恨めしいだけである。

大川をどんどん下り、石川島が左手に見えてきたところで、舟は岸へ近づいた。河口の鉄砲洲《てっぽうず》で下ろされ、二晩過ごす。親類縁者との泣き別れは、ここでせよということらしい。

悔しい。腹立たしい。

言に尽くせぬ心持ちと、それこそ言葉で言うけれど、この思いをなんとするか。武平はもう、お咲とお花の顔をただ黙って見る以外、何もできなかった。

「刻限である。大島送りの者、出よ」

——お咲、お花。

ここから舟でさらに川を下り、沖に泊まっている大船に乗り換えるのだという。

「お父っちゃん！」

お花の悲鳴のような呼びかけが胸を裂く。

——なぜ、こんなことに。

鹿と馬の出てくる咄なんぞ、するんじゃなかった。それこそ、野暮で馬鹿な凸凹に、ずさんで馬鹿な扱われ方をして、このザマだ。

業が深いってのは、こんな報いも受けなくちゃならねぇってことなのか。

業ってやつは……。

舟が進むごとに、陸の影が小さくなり、目に見える色が、恨めしい青ばかりになっていく。

行く手には、大船が幾艘《いくそう》も行き交っていた。あの中の一つに、自分たちを大島まで運ぶ船があるのだろう。

武平の乗った舟には、他に五人の流人が乗っていた。手と腰の縄の他に、舌を噛まぬよう、猿轡《さるぐつわ》が噛まされている。舟を操る水手《かこ》と、流人を見張る役人、総勢十余人ほどを乗せた舟は、沖へ沖へと静かに進んでいたが、やがて、水手の一人が頓狂《とんきょう》な声を上げた。

「おい、水、入ってきてねぇか」

「なんだって。どういうことだ」

水手が騒ぎ出した。ひたひたと、武平の足にも水が寄せてきた。

――どういうことだ。

「搔き出せ、早く！」

大声で指図する役人に、水手が怒鳴り返した。

「無理だ！　水の入ってくる勢いが強すぎる」

――冗談じゃないぞ。

「いかん、ひっくり返るぞ」

「おい、船底が割れた。しかたない、飛び込め」

――?!

水手と役人はきっと泳げるのだろうが、縄目を受けている咎人たちは堪らない。もちろん武平も、泳ぎなどできるはずもなかった。

どうしようと考える間もなく、水の中へ放り出され、口の中が塩水で一杯になった。

手近にあるものをとにかく何でも摑もうと思うが、手が縛られていて自由にならない。あっという間に沈みそうになるのを、無我夢中で足をばたつかせ、必死に顔を振り、口と鼻を空へ向ける。助けてくれと叫びたいが、猿轡が邪魔をして、それさえも叶わなかった。

「うおう、うおうっ」

流人たちの、叫びにならぬ叫びがあちらこちらで響く。

遠島どころではない。このまま地獄行きだ。

武平は流れてきた板を、縄のかかったままの手でどうにか摑んだが、とても体を預けられるようなものではない。

「おおおい、つかまれ」

「こっちだ。泳げるものはこっちへ来い」

近くにいた大船が、小舟を何艘か差し向けてくれたようだ。水手たちがなんとか乗り移ろうとしている。

――わしも、わしも、頼む。死にたくない。

死にたくない。
一面に広がる青が、あっという間に遠のいていった。

結　ご祝儀

1　町奉行所

元禄十年（一六九七）六月。

江戸の南町奉行所で、同心が一人、本を読みながらくくっ、くくっと忍び笑いをしていた。脇にはもう四冊、その続きらしき冊子が積んである。

「これ。お役目を怠けてのんびり書見などしているとは何事だ」

上役らしい者が入ってきて、厳しい声を上げた。

「あ、いえ、某、決して怠けているのではございません。実は、いささか面妖なものが出回っているのを見つけましたので、調べの必要があるかどうかご判断いただきたく、持参いたしたのでございます」

「面妖なもの？」

上役はその冊子を取り上げて、外題《げだい》を見た。

「『鹿の巻筆』……なんじゃこれは」

「はあ。三年前に流罪になったはずの、咄家の鹿野武左衛門と申す者が以前に開板した、書物にございます」

「流人の書いたもの？」

「はい。人心を惑わす虚説を流布せしとてお咎めになった者の書物、確かその折に、板木も没収、焼却の処分となったはずなのですが、どういうわけか、近頃刷りの新しい物が出回っておるようでして……」

同心はそう言いながら脇の四冊をめくると、「しかしこれ面白いんだよな」と呟いた。

上役は、こほんとわざとらしい咳払いをすると、ことさらに鹿爪《しかつめ》らしい顔を作って尋ねた。

「その武左衛門は、赦免《しゃめん》になっておるのか」

「いえそれが……昨日来、ご裁許《さいきょ》の記録と流人の記録、すべて調べてみたのですが」

同心は首を傾げながら言葉を続けた。

「事の発端になった、筑紫園右衛門と八百屋惣右衛門については記載があるのですが、武左衛門については、どこにも記されておらんのです」

「なんだと……。それはおかしいではないか」

「はあ。やはり、調べた方が良いでしょうか」

上役は腕組みをしてしばらく考えていたが、やがて冊子をぱらぱらとめくると、もう一度、咳払いをした。

「捨て置け。幸い、お奉行も先日交代なされたばかりじゃ。現在、人の生き死にに関わらぬことであれば、うかつに藪《やぶ》を突《つつ》いて蛇を出さぬ方が良い」

「さようでございますか」

「うむ。捨て置け捨て置け」

上役がその場を立ち去ってしまうと、同心はまた本を開き、くくっと忍び笑いをした。自分の笑い声に我に返ったのか、辺りをきょろきょろ、見憚《はばか》っている。

「ふう。いかんな、つい読んでしまうぞ。持ち帰ってゆっくり読もう」

風呂敷に包もうとして、同心は「あっ」と声を上げた。

「巻の一がない。さては渡辺さま、持っていってしまわれたか」

廊下の向こうで、もう一度、こほんという咳払いが聞こえた。

2
江戸

……京露の五郎兵衛、江戸鹿野武左衛門、軽口頓作《とんさく》に妙を得て、生業《すぎわい》は咄の種、露の五郎兵衛は法会《ほうえ》法会に出見世をし、下直《やす》う売れども、床几《しょうぎ》借す水茶屋を加ゆれば、二十人余の口すきとなれり。鹿は死んでもその名高し。此名物二人を合わせて……

石川流宣は、できあがったばかりの咄本の序を見て、にやりと笑った。

「『鹿は死んでもその名高し』か。洒落てやがる」

序にはさらに続けて、死んだ武左衛門が、閻魔《えんま》大王に暇をもらって、東福寺《とうふくじ》のご開帳で作った咄を載せたなどというふざけた拵え事が書かれている。

『露鹿《つゆとしか》　懸合咄《かけあいばなし》』と題されたその本は、京の和泉屋《いずみや》と菊屋《きくや》、それに江戸の萬屋《よろずや》、三つの店が共同で開板したものだ。露の五郎兵衛と鹿野武左衛門、東西の咄家の新作を一度に読めるという、贅沢な本である。

――画が、もう一つだな。おれが描いてやりたかったが……。

板木を作る作業そのものは、京で行われたから、これぱかりは仕方がない。

武左衛門がいなくなってから、江戸ではすっかり、咄は下火になってしまった。伽羅の兄弟や休慶はすっかり怖じ気づいてしまい、表だって咄家の看板を背負う者は、残念ながら今はない。

――それでも、こういう本が残っていれば。

武左衛門の名を、忘れねぇ者がいれば。

きっと、また、必ず、咄をやる者が現れる。流宣はそう信じていた。

京にいるお咲からは、時折手紙が来る。

一人娘のお花は来年には十になるという。すっかり言葉が京ふうになって生意気でとの文面からは、穏やかな暮らしぶりが伝わってきて、ほほえましい。

昨年、養母のお芳が亡くなったと知らせてきた時は、さすがに気落ちした様子もうかがわれたが、それでも、お芳の最期の言葉が「死ぬ前にこんなにたっぷり上方見物ができるなんて、あたしは果報者だねえ」だったと書き送ってきたのには、武左衛門には過ぎた女房と姑だと、流宣はいささかうらやましくなった。

障子に影が差した。

お春が入ってきて、「お客さん。先生方」と書いた筆談用の冊子を見せた。

「これはこれは、お呼び出ししてすみません」

清兵衛と竜吉――名和清左衛門と赤松青竜軒が入ってきた。

お咲とお花、それにお芳の女連れ三人を上方へ行かせるにあたり、この二人に伴を

頼んだ。赤井御門守さまのお手配のおかげで、切手も手形も万端の旅ではあったが、
それでも女ばかりの旅は不安だったから、二人が快く出向いてくれたことはありがた
かった。
御門守さまは、この二人についても故郷の播磨へ帰れるよう、手配してくださった
のだが、結局二人は一年ほど経つと、また江戸へ舞い戻ってきてしまった。
父親が亡くなり、長兄が跡を継いだ家では、もはや二人は厄介者でしかなかったら
しい。父親の看病に手を尽くせたことで、もはや播磨に心残りはないと、二人とも口
を揃えていた。
「先生方。今日おれが言いてぇのは、そろそろ、新しいネタを工夫なさったらどうで
すか、ってことなんですよ」
「新しいネタ、とは……」
江戸で再び講釈を始めた二人だが、近頃、座敷のかかる回数が減っていた。二人と
も、口調や音の高低、間合いなどはむしろどんどん見事になっているから、流宣は人
気に翳りの出た理由を『太平記評判秘伝理尽鈔』という素材にあるかもしれぬと考え
たのだ。
「お武家さまも、みなさん、今の太平の世に慣れちまいましたからね。議論をするよ
りは、聴いてぱっと楽しめるもの、分かりやすいものも、工夫なさってみちゃあいか

がでしょう、たとえば、こんなのとか」

流宣は手持ちの『太閤記《たいこうき》』と『甲陽軍鑑《こうようぐんかん》』とを二人の前に積み上げた。『太閤記』の著者は小瀬甫庵《おぜほあん》という人で、実際に太閤さんに仕えていたらしい。序によると、書かれたのは寛永二年（一六二五）というから、七十年くらい前ということになる。二十冊もある本だが、決して読みづらいものではない。

『甲陽軍鑑』の方は二十巻二十三冊、もしこの人がもっと長生きしていたら世は違っていたろうと多くの人の口に上る、甲州の武人、武田信玄《たけだしんげん》の言葉や振る舞いを、家臣筋にあたる人がまとめたものらしい。

「太閤さんは百姓から一代で天下人になったお人ですから、そのご出世の物語は、いろんな人が面白がってくれるでしょう。それに、跡継ぎさんを徳川さまに滅ぼされたという点では、いわゆる〝判官贔屓〟ふうな人気も出るにちがいない。信玄公の方は、長生きをなすったら、きっと天下を取ったに違いないと言われるお方。どちらも、武家ばかりでなく、町場の客も付くんじゃねぇかと」

「町場の客と言いますと」

清兵衛が怪訝《けげん》そうな顔をした。弟の竜吉に比べると、清兵衛は何かにつけて慎重だ。

「武左衛門がやってたみたいに、先生方もそろそろ、小屋でやってみたらいかがですか。侍だけを相手にするより、きっと面白いですよ」

竜吉の目が輝きだした。

清兵衛は腕組みをしたままだったが、それでも本は手に取った。

「分かりました。一応、考えてみましょう。このご本は拝借できますかな」

「どうぞどうぞ。お持ちください」

二人が出て行くのを、お春が微笑みながら見送っている。

流宣は心密かに、いずれ、清兵衛がお春をもらってくれないだろうかと、淡い期待をしているが、今のところ、それを二人に話してみたことはない。

――これぱっかりは、縁だからな。おれが仕組むわけにいかねぇ。

兄弟が帰るのと入れ替わりに、手紙が一本来た。持ってきたのは吉原の若衆《わけえし》で、それだけで朝湖からだと分かる。

開けてみると、特に文面はなく、画が一枚だ。吉原の景色を手すさびに描いたものらしい。格子の向こうの女郎たちを、往来の男たちが思案顔で眺めている。色香が溢れているのに、決して下卑てはおらず、品のある画だった。

――どんどん腕上げてやがるな。畜生。

しかし、あんまり調子に乗るなよ。流宣は呟いた。

多賀朝湖は絵師としても人気だが、今やそれ以上に、大名や旗本を上手に廓で遊ばせる〝大名幇間〟として悪名を轟《とどろ》かせている。贔屓には遠江掛川《とおとうみかけがわ》藩主井伊直朝《いいなおとも》や、公方さまのご母堂、桂昌院の縁戚筋である常陸笠間《ひたちかさま》藩主の息子本庄資俊《ほんじょうすけとし》、高家《こうけ》旗本の六角広治《ろっかくひろはる》あたりがいるらしい。六角などは、廓での所行が過ぎて昨年、蟄居《ちっきょ》謹慎を命じられたほどで、その件では朝湖もお調べを受けたはずだ。

――尼御前のおっ母さんがまた泣くぞ。うっかり遠島なんぞになったら。

おまえの場合は、武左衛門の時みたいに、赤井御門守さま――甲府《こうふ》藩主徳川綱豊《とくがわつなとよ》さまに助けていただくってわけにはいかねぇからな。

――しっかし、おれも、よくやったもんだ。

流宣は、綱豊の屋敷に乗り込んでいった時のことを思い出した。

あの日、武左衛門と師重の住む長谷川町へ向かっていた流宣は、役人が数人、長屋の路地へ入っていくのを見た。

――これは。

流宣は着ていた紅い羽織を咄嗟《とっさ》に脱いで懐へ押し込むと、しばらく様子を見ながら、頭を必死に動かした。引っ立てられていく武左衛門の姿に叫び出しそうになるのをどうにか堪え、打てそうな手を頭の中に片っ端から並べてみた。

はっきりと思案がついていた訳ではなかったが、お咲とお花、それから役人たちの隙をついて武平の長屋に忍び込み、あの掛け軸を持ち出した。

御門守が新見左近、すなわち徳川綱豊であろうというのは、それまでの調べで十中八九間違いはないと思っていたが、屋敷へ押しかけていくのは、大きな博打《ばくち》だった。取り次いでもらうのは容易なことではなかろうし、よしんば中へ入れても、掛け軸を見せた時に、「かようなものは知らぬ」と言われたらそれまでである。

流宣は思案に思案を重ねながら、甲府藩の下屋敷へ向かった。

海屋敷とも言われる甲府藩邸は広大で、どこが入り口なのかも分からなかった。ようやく門を探し当てたが、門番たちは「町人は向こうへ行け」「みだりに近づくでない」とこちらを追い払うばかりで、取り付く島もない。

「私は、絵師の石川流宣と申す者です。こちらの殿さまに、どうしてもお目にかかりたい。以前にお預かりした、御直筆の画も持参しております」

いくら訴えても、門番たちが取り合ってくれぬのを見て、流宣は覚悟を決めた。

一番体の小さい門番を狙い、背後からいきなり突進して、首っ玉にむしゃぶりついて左腕で締め上げると、懐に忍ばせていた短刀を右手で突きつけながら、一世一代の大音声《だいおんじょう》を上げた。

「やい！　門番ども。おれに手を触れてみろ、こいつの首、ぶすっと穴が開いて血塗《ちまみ》れ、あの世行きだぞ。手を出すなよ。門を開けろ。開けろってんだ」

門を無理矢理開けさせると、流宣は門番に逃げられないよう、左腕に力を入れ直した。まだまだ、つまみ出されるわけにはいかない。

「……おおい！　甲府藩主徳川綱豊、いや、新見左近。よく聴け！　按摩《あんま》の錦木の時みたいに後悔したくなかったら、おれをさっさと屋敷へ入れやがれ。でないと、てめえの大事な友だちが、どうなっても知らねぇぞ。それとも何か、あの時ご下賜の鹿と馬の画の掛け軸は、何の気持ちも入ってねぇ子どもだましか！　おい！　返答しろ。返答しねえと、この門番の首、本当に掻き切って殺すぞ！　朱塗りの門が血塗《ちぬ》りの門になってもいいのか！」

これまで出したことのないような金切り声で叫び続けると、一人の侍が出てきた。

「ご貴殿、鹿野武左衛門殿の知己か」

「知己も知己。大知己のこんこんちきだ。あいつの一大事をご注進に参上しやした。嘘でない証拠は、ここに持参してございやす」

侍はいきり立つ門番たちを制し、「まあ、待て、待て」と言ってくれた。

「まずは、その者をお放しくださらんか。話は必ず、聞き申すゆえ」

流宣は門番から腕を放し、短刀を懐にしまった。体のあちこちが痛くてかなわないが、これからが本狂言である。

「鹿野武左衛門が奉行所の役人に連れて行かれました」

「なんと」

流宣は帯に紐で括りつけていた風呂敷包みを解き、掛け軸を取り出した。

「これは、こちらの殿が御直筆《おんじきひつ》と仰せになって、武左衛門に下しおかれたものです。鹿と馬、牛が描かれている。これを今、奉行所に持って行けば、こちらの殿もただでは済まないと思いますが、いかがでしょうか」

考えに考えてきた、台詞だった。

「ううむ。あい分かった。こちらへ入られよ」

長い廊下を通り、待たされ、ようやく会えた綱豊公は、武左衛門が役人に引き立てられていったことを知ると、しばらく黙って考え込んだが、やがてゆっくりと口を開いた。

「石川流宣と申したな。よく、知らせてくれた。余がなんとか、武左衛門の為の狂言の筋、書いてみよう。そなたは、しばらく町場へ戻らぬ方が良かろう。ここに逗留《とうりゅう》いたせ」

そう言われて、藩邸の一室をあてがわれたまま、何ヶ月も過ぎた時は、さすがの流宣も、これは体よく座敷牢に押し込められているだけなのではないかと慌てた。外へ出ようにも、常に誰かが見張っていて出られない。せめてお春に手紙だけでもと思って懇願したが、一切聞き入れてはもらえず、仕舞いには「どうなってるんだ！」と怒鳴ったり、座敷のあちこちを蹴破ろうとしてみたが、どうにもならなかった。

座敷牢への長い長い押し込めが解かれ、ようやくもう一度目通りが叶った時、綱豊は流宣の前に、掛け軸と、武左衛門たち家族が上方で暮らすための、さまざまな書き付けの入った包みを並べた。

「事が長引いての。幾度も狂言の筋が変わって、待たせてしまった。すまなんだの」

綱豊は相変わらず涼しい声で言うと、「鹿の身柄、しかと取り戻したぞ」と笑った。

「これを武左衛門の内儀に渡して、即刻京へ旅立つよう、伝えてくれるか。頼んだぞ」

――あれは、洒落だったのかな。

おかしな、しかし、話の分かる、粋なお殿さまだったな。

思い出すたびに、にやりとしてしまう。

綱豊は、その後、流宣に「何かあればまたいつでも屋敷へ訪ねてまいれ」と言ってくれたが、武左衛門たちが京で落ち着いたと分かって以降は、一度も屋敷へは行っていない。

――ああいう殿さまを頼るのは、一度切りだ。

それが、相変わらず業の深いおれたちの、心意気ってもんだろう。

武左衛門が遠島になった後、例のコロリの冊子を書いた筑紫園右衛門は死罪、八百屋惣右衛門は流罪になった。板木を作った弥吉《やきち》という者も召し捕られて、江戸追放になったと聞いている。

嫌なやつらだったが、あんなことでこう重たく処罰されるってのは、どういうことなのか。

そのことを考え出すと、また話は堂々巡り、落ちはどうにもつけようがなくなって、流宣の頭は混乱してしまう。

「さて、と」

気を取り直そうと、流宣は硯の上で手を動かし始めた。

絵図に浮世草子。お上がどうしようと、まだまだ、自分がやりたいことは山ほどある。

——今に見てろ。

「面白きは面白き」だ。

きっとまた大勢に、「面白い」って言わせて、金をもうけてやる。

傍らに座ったお春が、『懸合咄』の丁を、白い指でめくり始めた。

3　京

「おまえさん。五郎兵衛さんからお手紙だよ。珍念さん、いつもありがとうねぇ」

お咲が小坊主の珍念に幾らか駄賃をやっているようだ。

「おう、珍念さん。いつもすまねぇな」

武平が声をかけると、珍念は坊主頭に手をやってお辞儀をした。

「いいえ。私はこういうお使い、うれしうおます。お内儀はん、旦那《だん》はん、いつもおおきに」

「いやいや、こっちこそ、おおきに」

小坊主が出て行く背中に、お咲が「あんまり寄り道しないで、さっさとお戻りよ」と呼びかけた。たぶん歳はお花とおっつかっつなのだが、九つというのは男の子の方がずっと幼く見える。

京へ戻って三年。武平は北野の天神さまの近くの長屋で、親子三人落ち着いていた。

去年まではお芳もいたのだが、ある日突然めまいがすると言い出したと思ったら、そのままあっけなく逝ってしまった。六十を越えてからの突然の京暮らしは、さぞ不慣れで苦労だったろうと武平は申し訳なく思ったが、それでも、「こんなに浄瑠璃をいっぱい、いつでも聞けるところがあるなんて極楽みたいだよ」と口癖のように言ってくれていたのが、せめてもの救いである。

——あの世で、おっ母さん同士が会ってくれたらええな。

お芳が武平の母に向かって、「息子さんのおかげで、良い思いをさせてもらいましたよ」なんて言ってくれたら、どんなに良いだろう。「ウフフ」と笑ってくれるだろうか。そしたらきっと、父もようやく穏やかな顔になるに違いない。

武平はついそんな光景を思い描いて、ふと目頭が熱くなることがある。

あの日、流人舟が沈んだ日、海でもがいていて気を失った武平が目を覚ましたのは、大勢の水夫が忙しそうに立ち働く、千石船の中だった。

大島へ行く船にしては、縄を付けられた罪人も、見張りの役人もいない。代わりに、たくさんの荷物が積まれていた。

「おお、目が覚めたかい、居候のお荷物さんよ」

「え？」

「おまえさんは、この荷物といっしょに、大坂まで運ばれるのさ」

「それはいったい……」

「おれたちは知らねぇ。そのうち船長《ふなおさ》が来て事情を話してくれるから、まあ大人しくしてな」

まもなく分かったことは、この船が菱垣廻船《ひがきかいせん》と呼ばれる千石船であること、自分が甲府藩大坂蔵屋敷へ納められる予定の、荷物の一つとして扱われていることだった。

「あの、なぜわしが甲府藩の……」

「それは知らぬ。この件他言無用とのことゆえ、とにかく大人しく乗っていてくれ」

すべてのことに合点が行ったのは、大坂でお咲と再会したときだった。

「あのときはわし、本当に狐に化かされたと思った。なんでここにお咲がって。それとも、実はもうわしはあの世におって、魂だけこの世に彷徨《さまよ》ってるんだろうかと」

「そうよね。あたしだって、行き方知れずだった流宣さんがひょっこり姿を現して、出しぬけに今すぐ親子三人で京へ行け、って言ったときは、訳が分からなかったもの。京へ着いても、本当におまえさんの顔見るまでは、心細くてどうしようもなくて」

今でも時々、夫婦であの時の物語をしては、馬と鹿の掛け軸に手を合わせる。

「流宣さん、これ持って赤井御門守さまのお屋敷へ行って、一所懸命掛け合ってくれたんだって。そんなこと知らないから、さっさと一人で逃げたんだって、あたし一時流宣さんのこと、恨んでさぁ。申し訳なかったよ」

「しかし、新見左近てのが甲府藩主さまのお若い時の名だなんて、流宣よく調べたよなあ」

赤井御門守さまが武平に話した若殿と按摩錦木の話は、ほぼご自分の身の上話であったようだ。

甲府藩主徳川綱重《つなしげ》さま――この方は三代将軍家光《いえみつ》さまの三男である――のご長男に生まれながら、いったん家臣である新見家の養子にされてしまった綱豊さまは、紆余曲折の末、父の跡を継いで当代の藩主になったということらしい。

流宣から武平受難の話を聞いた綱豊さまは、あの涼しい顔で「任せておけ」と言って、流宣をしばらく藩の屋敷に匿い、流人舟から武平の身柄を奪ってくるという奇想天外な筋書きを考案、実行してくれたのだった。

「舟がひっくり返ったのも、全部仕込みだったとは。驚いたもんだ」

「あの時の他の流人はみな、ちゃんと助かったんだそうだよ。おまえさんだけ、死んだことにされたって。武左衛門は精霊軒幽霊になったんだって、流宣さんは書いてきたけど」

何にでも馬鹿な落ちをつけずにいられないのが、流宣らしい。

――殿さま。ありがとうございます。

綱豊さまには、二度までも命を救っていただいたのだ。どれだけ手を合わせて拝んでも、到底足りるものではない。

ただ、約束した按摩錦木の話の落ちは、なかなか考えつかないままだ。

――待てよ。

殿さまは確か、「錦木は、左近の骨格を『これは天下人となるべき人の体です』と言った」と言わなかったか。

公方さまには、跡継ぎになる男子が今のところおいでにならないと聞いている。綱豊さまは、公方さまのお兄御さまのご一子、つまり甥御さまに当たられる。

もしかして、この先――。

――わしなんぞが落ちをつける話では、ないかもしれない。

武平はしばらく、この話の落ちは考えないことにしようと決めた。

京へ来た武平が真っ先にしたことは、五郎兵衛に会いに行くことだった。勝手に真似をしてなんの断りもなく江戸で咄をやったことへの申し訳なさは、この何年もずっと心にかかっていた。

「ええですよ。咄はみんなのもんですからな」

五郎兵衛は以前見た時とほとんど変わらぬほわっとした笑顔で迎えてくれた。武平は、京に戻ってきた子細も正直に打ち明けた。

「あんさんのお噂は、よう聞いております。本も読ませてもらいましたよってに。島流しになったと聞いたときは、びっくりしましたけど、よろしうおしたなぁ。儲《もう》けもののお命ですさかい、大切にしなはれよ……ほやけど、あんさんほどの人が、もう表で咄をできんいうのは、惜しいですなぁ」

そういった五郎兵衛は、「ほな、いっしょに本、作りまひょか」と言い出した。「遺作の咄を集めた、いう形にすれば、よろしいですがな」というのだ。

そうしてできたのが『懸合咄』である。五郎兵衛の言ったとおり、表向きは、本屋が武左衛門の遺した咄を集めたという形にしてある。

五郎兵衛は咄好き、話好きだ。咄の話になると止まらない。

「武左衛門はん、咄が可笑しいと人が思ういうのんは、わしが思いまするには、人の気持ちがぴいんと張ったときに、ふわわわわ、と思いもよらんところから緩まる、そんな時やないかと思いますが、どうですやろ」

「はぁ……」

「落ちにもいろいろ、形がありますなぁ。たとえば……」

調子は柔らかいが、何にでも理屈が付いて弁が立ってこちらを煙に巻く点では、流宣と良い勝負である。

――大坂の、彦八さんいう人の咄も聴いてみたいな。

本当は、自分だって人前でやりたいのだが、公には死んだことになっているから、さすがにそれはもう、叶わぬ夢だ。

——せめて、本を残して置こう。

文字だけでは、咄の面白さはなかなか伝わらない。それがもどかしいが、それでも、自分が『醒睡笑』を穴が空くほど読んだように、武平が文字で残すものも、誰かが目に留めて、口演してみようと思ってくれるかもしれない。

——それに、お春さんにも。

正直、お春さんに会うまで、耳の聞こえない人というのは、客として、まったく考えたこともなかった。咄は、誰もが聴いて楽しめるもの、としか思っていなかったから、清兵衛から「耳がご不自由」だけれども、「咄を聴きたい」と言われて、ただただ驚くしかなかった。そんな人に向かって咄をして、どうやって楽しんでもらえばいいのかと思ったたが、それはお春の方で教えてくれた。

ああいう楽しみ方もあるのだ。

今思うと、流宣が何でも本にすることにこだわっていたのは、お春を楽しませたかったからなのだろう。

作って、板木にして。人前で演じることはもう望めそうにないが、それでも、やれることは、全部やっておこう。誰の目に、心に留まり、残るのか。それを楽しみに。

「ただいまぁ」

「おう、お帰り」

「あーあ。退屈だった」

手習所《てならいじょ》から帰ってきたお花が、武平の咄本『鹿の巻筆』を開いている。本に囲まれて育ったお花は、文字の覚えが早く、手習所の手本などは物足りなくて面白くないらしい。武平の書棚から、大人の本を引きずり出して読んでは、時々ませた艶っぽい声で「ウフフ」と笑うので、武平は時々、自分の娘なのにどぎまぎしてしまう。

「ねえねえ、お父はんは、上方の人なの、江戸っ子なの、どっち？　お母はんが江戸なのは、とってもよく分かるけど」

本を眺めていたお花が、そう言って小首を傾げた。仕草までませてきたようだ。

「そやなぁ。どっちでも、あるような、ないような」

てやんでぃ、べらぼうめが懐かしくもあるが、今では上方言葉がまた、戻りつつあった。

「べらんめぇ、でんがな」

お花が、「変なの」と言いながら、ウフフ、と笑った。


（了）

主要参考文献及び資料

桂文我「落語『通』入門」集英社新書
興津要「落語」講談社学術文庫
延広真治「江戸落語」講談社学術文庫
宮尾與男「元禄舌耕文芸の研究」笠間書院
今田洋三「江戸の本屋さん」平凡社ライブラリー
「宮武外骨著作集」（第四巻）河出書房新社
「江戸笑話集」日本古典文学大系　岩波書店
「醒睡笑」講談社学術文庫
「噺本大系」東京堂出版
「太平記評判秘伝理尽鈔」平凡社　東洋文庫
兵藤裕己「太平記〈よみ〉の可能性」講談社学術文庫
若尾政希「『太平記読み』の時代」平凡社ライブラリー
「天和笑委集」新燕石十種（第七巻）中央公論社
「御当代記」平凡社　東洋文庫
「江戸時代文藝資料」国書刊行会

「江戸図鑑綱目」古板江戸図集成（巻六）中央公論美術出版
富士昭雄「好色江戸紫」近世国文学——研究と資料　三省堂
井原敏郎「歌舞伎年表」岩波書店
諏訪春雄「元禄歌舞伎の研究」笠間叢書
若月保治「近世初期国劇の研究」青磁社
「御仕置裁許帳」近世法制史料叢書（第一）弘文堂書房
「江戸町触集成」近世史料研究会　塙書房
福田千鶴「徳川綱吉」日本史リブレット・人49　山川出版社
大舘右喜「生類憐愍政策の展開」所沢市史研究（第3号）所沢市史編さん室
塚本学「生類をめぐる政治」講談社学術文庫
小林忠「日本の美術　260　英一蝶」至文堂
「西鶴大矢数注釈」勉誠社
「井原西鶴集」「松尾芭蕉集」「近松門左衛門集」新編日本古典文学全集　小学館
「松尾芭蕉」「井原西鶴」「近松門左衛門」新潮古典文学アルバム

＊落語関係資料の閲覧については、桂文我（四代目）氏よりご教示を賜りました。記して御礼申し上げます。

解説

松尾貴史

私たちが住むこの世界の時間と並行して、落語の世界というパラレルワールドが同時進行で流れているのではないかと夢想することがある。喜六、清八、お松、お咲、甚兵衛、八五郎、のり屋のおばん、定吉、亀吉、一八、茂八……。彼らの住む世界が、時折私たちの世界と交錯する時、滑稽で馬鹿馬鹿しい出来事が起きるのではないか、とも。

『江戸落語事始　たらふくつるてん』は、実在した鹿野武左衛門や、菱川師宣、井原西鶴らと、落語の世界の住人が縦横に絡み合って虚構と実際の掛け算によって洒脱に物語が展開していく、実に嬉しい作品だ。

生前の立川《たてかわ》談志《だんし》師匠と、最後のレギュラー番組「新・話の泉」（ＮＨＫラジオ第二）で出演をご一緒していた。司会は渡辺あゆみアナウンサーで、立川談志、毒蝮三太《どくまむしさんだ》夫《ゆう》、嵐山光三郎《あらしやまこうざぶろう》、山藤章二《やまふじしょうじ》、松尾貴史の五人による落語やら演芸やら歌舞伎やら映画やら風物やら俳諧やら懐かしの名曲やらについて、知識を総動員して馬鹿話をするというたって平和な番組だった。ある時、司会の渡辺さんから「落語の起源はどこなんでしょう」と質問された談志師匠は、いきなり私を指して「それは松尾に聞いてくれ」と無茶なお鉢を回された。「この中で西の出は松尾だけなんだから説明しろ」というのだ。突然だったので狼狽しつつも、岐阜の生まれで京に没した安楽庵策伝の「醒睡笑」から、大阪の生魂神社境内で「仕方物真似」と称して滑稽な咄を聞かせて人気を博した米沢彦八、京都は北野天満宮の露の五郎兵衛、上方から江戸に出て「鹿の巻筆」を著した鹿野武左衛門たちの活動が元になったので「西から」とおっしゃったのではないか、という内容のことを喋った。米沢彦八は「彦八人形」という、今で言うところのノベルティグッズまで流行し、老若男女のアイドルだったとも言われている。現在でも、毎年9月の頭に二日間、生魂神社の境内で、上方落語協会の咄家が総出の「彦八まつり」が開催され、当代の人気者が出演する落語会、青空での出し物、咄家たちが入れ替わり立ち替わり売り子を務める露店などがあり、名物となっている。

上方落語は江戸落語と違い、三味線や太鼓、当たり鐘、笛などの鳴り物があり、出囃子（歌舞伎などでいう出囃子は演奏する人たちが客から見える舞台に「出」て演奏する「囃子」で、落語家が「出」る時に鳴る「囃子」とは意味が違う。言葉の発音も、落語の場合は平板で、歌舞伎は「ば」にアクセントが来る）だけではなく、咄の途中に効果音、BGMとしても演奏される。鹿野武左衛門がお座敷に招かれて演じた江戸の興行スタイルとは違い、上方は辻咄、あるいは境内に簡易の舞台を拵えて演じていたので、客が逃げないように飽きさせず、音曲やくすぐり（笑いどころ）を多数投入する必要があった。見台（人形浄瑠璃の太夫のそれとは違い、本を置くための角度はついておらず平らで、もっぱら叩くためにある）と膝隠し（激しい動きで裾が乱れても見苦しくないように視線を遮っている）を置いて、張り扇と小拍子でパンパンと見台を叩いて調子を取るのも、観客の足止めに一役買う構造だったのだろう。ついでに言うと、東京の寄席では、大正時代までは出囃子すらなかった。東西の交流が盛んになり、登場の時に音曲が入るのはいい演出だと、次々に東京でも演奏されるようになった。関東大震災で上方に避難した東京の咄家が、多数の滑稽噺を土産として東京へ持ち帰ったことも有名な話だ。

関西の人にとっては、京都の北野天満宮界隈で辻咄を生業にしていたとされる露の五郎兵衛の名は、ある程度以上の年代の人には馴染みがあるだろう。もちろん、江戸時代の人物に馴染むというわけではなく、その名跡を襲った、昭和から平成にかけて活動した落語家、二代目露の五郎兵衛の印象があるのではないだろうか。上方落語が壊滅的になった、というよりも新聞で「上方落語は滅びた」と断定的に報じられた時から、六代目笑福亭松鶴《しょうふくていしょかく》、三代目桂米朝《かつらべいちょう》、三代目桂春團治《はるだんじ》、五代目桂文枝《ぶんし》らとともに、珍品の出し物を多く継承し尽力した一人でもあった。

私事で恐縮だが、私を芸能の世界に定着させたのは、二代目露の五郎兵衛の前名が冠された、「露の五郎事務所」への所属だった。大阪芸術大学で非常勤副手をしていた頃、時間外でDJのアルバイトをしていた北新地のディスコで、当時の社長（五郎兵衛師ではない）にスカウトされたことが発端である。偶然にも、当時私が住んでいた実家の最寄り駅が、阪急の西宮北口で、露の五郎兵衛師匠宅も同じだった。うちから歩いて10分の場所で、何度か招かれご馳走していただいたことがある。当時、事務所の営業力はお世辞にも芳しいという状況ではなかったので、六代目桂文枝さんから「何でやあ、早まったなあ……」と呆れられたのはここだけの話だ。

落語の開祖の一人の名をそのまま継ぐことを遠慮してか、若い頃に襲名したのは「兵衛」の無い「露乃五郎」だった。二代目春團治の門下で、襲名までの前名は桂小《こ》春團治《はるだんじ》だった。その頃所属していたのは吉本興業で、同時期には初代の桂小米朝《こべいちょう》もいた。吉本興業のトップから、「松竹系に米朝と春團治がおって、何で吉本はそれに『小』がつくねん」という疑問が出たというのは楽屋雀《がくやすずめ》の噂話かもしれないが、同時期に「露乃五郎」「月亭可朝《つきていかちょう》」が誕生することになった。

月亭可朝については、上方落語の亭号で「月亭」を名乗る者がおらんので継がせてほしい」と師匠の米朝に申し出たのだと本人から聞いたことがある。しかし、代表的な名跡「月亭文都《ぶんと》」では師匠の米朝より大きな名になってしまう（現在は米朝の孫弟子に当たる文都がいる）ので、三笑亭可楽《からく》と桂米朝から一文字ずつもらって「可朝」

としたとの事だったように記憶している。別の場所では、米朝師匠から「姓名判断でつけてきよった」とも聞いたことがあるが、可朝さんも鬼籍に入られた今となっては確かめようがない。

ご案内の通り、落語の魅力というのは、最小限の情報によって最大限の客の想像力を喚起させるところだ。配役分人数がいるわけではなく、舞台上にはたった一人で、それも正座しているので帯から上しか「演技」をしない。いや、歩いている意思表示で左右の膝頭を交互に持ち上げる仕草をするし、下を見下ろすような場面では膝立ちになることもあるが、実際に立って歩くのは舞台袖から出てくる時と、終演して引っ込む時だけだ。上方落語の「天下一浮かれの屑《くず》より（紙屑屋）」ではいわゆるアヒル歩きで座布団の周りを回って踊る場面があるが、稀《まれ》な例だろう。

説明、ト書きのような機能を持つ地語りのところは極力少なくし、左右、上下《かみしも》を向いて誰が喋っているのかを記号的に伝える。家の主人は客から見て右側にいるという設定、訪ねて来る者や目下の立場の登場人物は左側にいるという設定だ。主人や目上の側を演じる時には、相手が下手にいるので、客から見て左に顔を向けて喋ることになる。「上下を切る」ということが多いが、これは恐らく芝居の舞台設定から来ているのだろう。歌舞伎でも、家の主人は右か奥にいて、訪ねて来る者は下手の袖、重要人物は下手側の後ろにある揚げ幕から登場して、舞台下手まで伸びる花道をやって来る。その役者の位置関係を、座布団から動かずに表現すると、噺家の首の動きに集約されるということだろう。

冒頭から、上方言葉における敬称の「～はん」の使い方が気になった。「お松はん」や「西鶴はん」「流宣はん」、後半には「武左衛門はん」まで登場したが、実際には、これらの名前には「はん」は付かない。京ことばでも大阪弁でも、敬称はやはり「さん」である。「はん」という敬称が生まれたのはどこからかはわからないし、同時多発的であったかもしれない。しかし、この発音が生まれたのは、「あごたのずぼら」からである。つまり、顎の動きを怠けたせいで、転訛《てんか》、あるいは洗練されたというべきか。

固有名詞の最後の音がア段で終わる場合、例えば「田中」であれば「田中はん」と言っても問題はないし、「清兵衛」もエ段で終わる名前なので、「清兵衛はん」ということもある。これは、「さん」という敬称はSから始まるので、顎が開いた状態の音からの繋がりだと、改めて下顎を閉じるところまで持ってこなければ発音できない。つまりは、口が大きめに開いたところから「さん」を言おうとしてSが出ず、その代わりにその状態でも発音しやすい子音のHが定着して生れたのが「はん」なのだ。つまり、ア段、エ段、オ段で終わる名には「はん」を付けても、イ段、ウ段と、最後の文字が「ン」で終わる名前には付かない。いや、「ご苦労はん」というではないか、という方もあろうが、この場合は実際の発音では長音扱いで、オ段で終わる「ごくろー」なのだ。

「オバはん」とはいえど、「オジはん」とはならず「オッさん」となり、お嬢さんのことも「いとはん」とはいえど、「こいはん」とはならず「こいさん」となる。この辺りの理屈は、上方落語中興の祖、桂米朝師匠から若い頃に教えていただいた。「もう、ややこしい時は全部『さん』付けといたらええんや」ともおっしゃっていた。滅多に解説する機会が無いのでここには記したけれども、「はん」をつけると「はんなり」して、上方風を記号的に出しやすくなるのか、朝の連続テレビドラマなどではもう闇雲に「～はん」が出て来て、すでに慣れてしまった感もある。文字で読む分にはいちいち発音するわけではないのでさほど気にならず、物語の面白さは十二分に堪能できた。

ここまで落語の世界観と、実際に起きた島流しのエピソードなどがパズルのように集約、整理されて、江戸の落語誕生の大河ドラマを見ているような一大絵巻のようにも感じた。安楽庵策伝、井原西鶴、露の五郎兵衛、米沢彦八、鹿野武左衛門、近松門左衛門、落語誕生に寄与したオールスターの顔が揃って、落語好きには興奮と感動が矢継ぎ早に飛び出す垂涎の運びだった。そして、頻繁に落語に登場する名詞も、物語をイメージしやすくする役割と、「ここに連れてきたか」という楽しみもあって、粋《すい》な演出も濃密だ。ましてや、仇討ちや不器用な職人、美しい人妻からの夢のような誘惑など、まるで落語のストーリーの美味しいところを凝縮させた構成に何度も声を出して唸らされた。

当然ながら、相当の量の文献や資料を調べ上げた上での物語の構築だったのではないか。労作ではあるけれど、それを感じさせることなく爽やかに時空を超えてすこぶる楽しい旅をさせていただいた。

（まつお・たかし　タレント）

二〇一五年九月　中央公論新社刊

中公文庫

江戸《え》《ど》落語《らくご》事始《ことはじめ》　たらふくつるてん

2021年１月25日　初版発行

著　者　奥山景布子《おくやまきょうこ》
発行者　松 田 陽 三
発行所　中央公論新社
〒100-8152　東京都千代田区大手町1-7-1
電話　販売 03-5299-1730　編集 03-5299-1890
URL http://www.chuko.co.jp/

ＤＴＰ　嵐下英治
印　刷　大日本印刷
製　本　大日本印刷

Published by CHUOKORON-SHINSHA, INC.
Printed in Japan　ISBN978-4-12-207014-1 C1193
定価はカバーに表示してあります。落丁本・乱丁本はお手数ですが小社販売部宛お送り下さい。送料小社負担にてお取り替えいたします。

各書目の下段の数字はISBNコードです。978－4－12が省略してあります。

中公文庫既刊より

お-82-1
時《し》平《へい》の桜、菅公の梅　奥山景布《きょう》子《こ》
孤高の俊才・菅原道真と若き貴公子・藤原時平。身分も年齢も違う二人は互いに魅かれ合うも、残酷な因縁に辿り着く——国の頂を目指した男たちの熱き闘い！
205922-1

お-82-2
恋衣　とはずがたり　奥山景布子
後深草院の宮廷を舞台に、愛欲と乱倫、嫉妬の渦に翻弄される一人の女性。遺された日記を初めて繙いた娘の視点から、その奔放な人生を辿る。〈解説〉田中貴子
206381-5

お-82-3
秀吉の能楽師　奥山景布子
太閤秀吉を能に没頭させよ、との密命を帯び、天下人に近づいた能楽師・暮松新九郎。能に見せた秀吉の狂気はやがて新九郎を翻弄してゆく。〈解説〉縄田一男
206572-7

あ-79-2
高座のホームズ　昭和稲荷町らくご探偵　愛川晶
昭和五〇年代、稲荷町の落語長屋。噺家連中が持ち込む謎の数々を解き明かすのは、八代目林家正蔵（のちの彦六）⁉　名人の推理が光る洒脱な落語ミステリー。
206558-1

あ-79-3
黄金餅《こがねもち》殺人事件　昭和稲荷町らくご探偵　愛川晶
古典落語の名作「黄金餅」を彷彿とさせる怪事件が雪の東京で発生した！　落語界の大看板にして名探偵・八代目林家正蔵が謎に挑む痛快落語ミステリー第二弾！
206645-8

あ-79-5
高座のホームズみたび　昭和稲荷町らくご探偵　愛川晶
「犬の目」を口演中の二つ目・佃家花蔵が酔客に左眼を殴打され、次いで花蔵の兄弟子・傳朝が暴漢に襲われる。八代目林家正蔵の推理は⁉〈解説〉西上心太
206775-2

あ-79-7
芝浜の天女　高座のホームズ　愛川晶
天女のように美しい妻の秘密とは？　女に金に、芸の道に悩める噺家たちが今日も探偵・林家正蔵の長屋へやってくる。落語ミステリー第四弾。〈解説〉広瀬和生
206903-9

た-56-1
新釈落語咄
立川談志
古典落語の真髄を現代訳した〝家元〟談志の落語論。「粗忽長屋」から「妾馬」まで珠玉の二十篇に新たに光が当てられ、いま蘇る。〈解説〉爆笑問題・太田光
203419-8

た-28-12
道頓堀の雨に別れて以来なり
川柳作家・岸本水府とその時代(上)
田辺聖子
大阪の川柳結社「番傘」を率いた岸本水府と川柳に生涯を賭けた盟友たち……上巻は、若き水府と、柳友たちとの出会い、「番傘」創刊、大正柳壇の展望まで。
203709-0

た-28-13
道頓堀の雨に別れて以来なり
川柳作家・岸本水府とその時代(中)
田辺聖子
川柳への深い造詣と敬愛で、その豊醇・肥沃な文学的魅力を描き尽す伝記巨篇。中巻は、革新川柳の台頭、水府の広告マンとしての活躍、「番傘」作家銘々伝。
203727-4

た-28-14
道頓堀の雨に別れて以来なり
川柳作家・岸本水府とその時代(下)
田辺聖子
川柳を通して描く、明治・大正・昭和のひとびとの足跡。川柳への深い造詣と敬愛でその豊醇、肥沃な文学的魅力を描く、著者渾身のライフワーク完結。
203741-0

た-28-19
大阪弁ちゃらんぽらん〈新装版〉
田辺聖子
「あかん」「わやや」……。大阪弁に潜む大阪人の気質と、商都ならではの心くばり。大阪弁を通して、大阪人の精神を考察するエッセイ。〈解説〉長川千佳子
206906-0

た-28-20
大阪弁おもしろ草子
田辺聖子
「そこそこ」「ぼつぼつやな」。短い言葉の中にも多様な意味やニュアンスが込められている大阪弁を通して、大阪の魅力を語るエッセイ。〈解説〉國村隼
206907-7

あ-32-10
ふるあめりかに袖はぬらさじ
有吉佐和子
世は文久から慶応。場所は横浜の遊里岩亀楼。尊皇攘夷の風が吹きあれた幕末にあって、女性たちはどう生き抜いたか。ドラマの面白さを満喫させる傑作。
205692-3

あ-32-11
出雲の阿国《おくに》(上)
有吉佐和子
歌舞伎の創始者として不滅の名を謳われる出雲の阿国《おくに》だが、その一生は謎に包まれている。日本芸能史の一頁を活写し、阿国に躍動する生命を与えた渾身の大河巨篇。
205966-5

各書目の下段の数字はISBNコードです。978－4－12が省略してあります。

あ-32-12
出雲の阿国（下）
有吉佐和子
数奇な運命の綾に身もだえながらも、阿国は踊り続ける。歓喜も悲哀も慟哭もすべてをこめて。桃山の大輪の華を描き、息もつかせぬ感動のうちに完結する長篇ロマン。
205967-2

あ-32-5
真砂屋《まなごや》お峰
有吉佐和子
ひっそりと家訓を守って育った材木問屋の娘お峰はある日炎の女に変貌する。享楽と頽廃の渦巻く文化文政期の江戸を舞台に、鮮烈な愛の姿を描く長篇。
200366-8

あ-84-1
女体について　晩菊
の八篇
安野モヨコ選・画
太宰治／岡本かの子／森茉莉他
はたかれる頰、蚤が戯れる乳房、老人を踏む足、不老の童女……文豪たちが「女体」を讃える珠玉の短篇に、安野モヨコが挿画で命を吹きこんだ贅沢な一冊。
206243-6

あ-84-2
女心について　耳《みみ》瓔《よう》珞《らく》
の十篇
安野モヨコ選・画
芥川龍之介／有吉佐和子／円地文子他
わからないなら、触れてみる？　女の胸をかき乱す、淋しさ、愛欲、諦め、悦び――。安野モヨコが愛した、女心のひだを味わう短篇集シリーズ第二弾。
206308-2

は-31-4
窯変　源氏物語1
橋本治
千年の時の窯で色を変え、光源氏が一人称で語り始めた――原作の行間に秘められた心理的葛藤を読み込み壮大な人間ドラマを構築した画期的現代語訳の誕生。
202474-8

は-31-5
窯変　源氏物語2
橋本治
平和な時代に人はどれだけ残酷な涙を流すことが出来るのか。最も古い近代恋愛小説の古典をこの時代に再現してみたい。〈著者・以下同〉（若紫／末摘花／紅葉賀）
202475-5

は-31-6
窯変　源氏物語3
橋本治
光源氏という危険な男の美しくも残酷な、孤独な遍歴ドラマを今の時代に流行らないようなものばかり集めて華麗にやってみようと思った。（花宴／葵／賢木）
202498-4

は-31-7
窯変　源氏物語4
橋本治
源氏はJ・フィリップ、葵の上はR・シュナイダー……フランスの心理小説と似通った部分があるから、配役はフランス人で構想。（花散里／須磨／明石／澪標）
202499-1

は-31-8
窯変 源氏物語5
橋本治
横文字由来の片仮名言葉を使わず心理ドラマを書くのは辛い作業だ。でもこれが今一番新鮮な日本語ではないかと自負している。(蓬生/関屋/絵合/松風/薄雲)
202521-9

は-31-9
窯変 源氏物語6
橋本治
源氏物語の心理描写は全部和歌にあり、それを外すと何もわからなくなる。だから和歌も訳したし当時の歌謡も別な形で訳している。(朝顔/乙女/玉鬘/初音)
202522-6

は-31-10
窯変 源氏物語7
橋本治
源氏物語をただの王朝美学の話ではなく、人間の物語にしたかった。『赤と黒』のスタンダールでやろうと思った。(胡蝶/螢/常夏/篝火/野分/行幸/藤袴)
202566-0

は-31-11
窯変 源氏物語8
橋本治
口絵はモノクロ写真。50年代ヴォーグの雰囲気でいきたかった。エロチックで、透明度がありイメージ通りの出来上がりだ。(真木柱/梅枝/藤裏葉/若菜上)
202588-2

は-31-12
窯変 源氏物語9
橋本治
執筆中は光源氏が僕の右手の所にいて、それをコントロールする僕がいるという感じ。だから源氏物語を書いている万年筆で他のものは書けない。(若菜下/柏木)
202609-4

は-31-13
窯変 源氏物語10
橋本治
日本語の美文はどうしても七五調になるが、平安朝のものはどこか破調が必要。七五調になる前の際どい美しさ。(横笛/鈴虫/夕霧/御法/幻)
202630-8

は-31-14
窯変 源氏物語11
橋本治
女の作った物語に閉じ込められた男と、男の作った時代に閉じ込められた女——光源氏と紫式部。虚は実となり実は虚を紡ぐ。(雲隠/匂宮/紅梅/竹河/橋姫)
202652-0

は-31-15
窯変 源氏物語12
橋本治
平安朝の美人の条件は、身分が高いこと。後ろ楯がしっかりしていること。教養が高いこと。だから顔の造形は美人の第一要素にはならない。(椎本/総角/早蕨)
202674-2

各書目の下段の数字はISBNコードです。978－4－12が省略してあります。

は-31-16 窯変 源氏物語13 橋本治
僕には古典をわかり易くという発想はない。原典が要求するものしか書かない。古典に対する変な扱いを取り除きたい、それだけのこと。〈寄生／東屋／浮舟一〉
202700-8

は-31-17 窯変 源氏物語14 橋本治
美しく豊かなことばで紡ぎ出される、源氏のひとり語り。現代語訳だけで終わらない奥行きと深さをもって構築された「橋本源氏」遂に完結。〈浮舟二／蜻蛉／手習／夢浮橋〉
202721-3

は-31-38 お春 橋本治
夢のような愚かさを書いてみたい――橋本治が谷崎潤一郎『刺青』をオマージュして紡いだ、愚かしく妖しい少女の物語。〈巻末付録〉橋本治「愚かと悪魔の間」
206768-4

ふ-12-4 夜の橋 藤沢周平
無頼の男の心中にふと芽生えた一掬の情愛――江戸深川の夜の橋を舞台に男女の心の葛藤を切々と刻む表題作ほか時代秀作自選八篇。〈解説〉尾崎秀樹
202266-9

ふ-12-5 義民が駆ける 藤沢周平
老中の指嗾による三方国替え。苛酷な運命に抗し、荘内領民は大挙江戸に上り強訴、遂に将軍裁可を覆す。天保期の義民一揆の顚末。〈解説〉武蔵野次郎
202337-6

ふ-12-6 周平独言 藤沢周平
歴史を生きる人間の風貌を見据える作家の眼差しで、身辺の風景にふれ、人生の機微を切々と綴る。情感豊かな藤沢文学の魅力溢れるエッセイ集。
202714-5

ふ-12-7 闇の歯車 藤沢周平
曰くありげな赤提灯の常連客四人に押込強盗を持ちかける謎の男。決行は逢魔が刻……。深川を舞台にくり広げる長篇時代サスペンス。〈解説〉清原康正
203280-4

ふ-12-8 雲《くも》奔《はし》る 小説・雲井龍雄 藤沢周平
安井息軒の三計塾きっての俊才、米沢藩士・雲井龍雄。幕末の動乱期に、討薩ひとすじに生きた二十七歳の短く激しい悲劇の志士の生涯を描く力作長篇！
205643-5